셰익스피어와 성서

〈리어 왕〉 격론

셰익스피어와 성서 〈리어 왕〉 격론

인쇄 · 2023년 1월 3일
발행 · 2023년 1월 10일

지은이 · 이 태 주
펴낸이 · 김 화 정
펴낸곳 · 푸른생각

편집 · 지순이 | 교정 · 김수란, 노현정 | 마케팅 · 한정규
등록 · 제310-2004-00019호
주소 · 서울시 마포구 토정로 222 한국출판콘텐츠 402호
대표전화 · 02) 2268-8707
이메일 · prun21c@hanmail.net / prunsasang@naver.com
홈페이지 · http://www.prun21c.com

ⓒ 이태주, 2023

ISBN 979-11-92149-29-5   03840
값 25,000원

셰익스피어와 성서

〈리어 왕〉 격론

이태주 지음

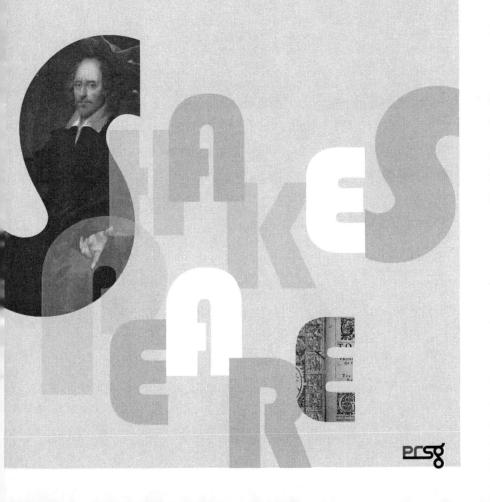

prsg

왜 셰익스피어와 성서인가?

6·25 때 서울에서 나는 3개월 동안 남창동 우리 집 마루 밑에서 살았다. 9·28 전날 밤, 인천 바다에서 함포탄이 연거푸 날아와서 서울이 불바다가 되었다. 야밤중, 온 식구들이 마루 지하에서 숨을 죽이고 있는데, 갑자기 쿵 하는 요란한 소리와 함께 천장이 뚫리면서 흙냄새가 코를 찔렀다. 무거운 돌덩이 같은 것이 마루를 강타했다. 그것이 무엇인지 아무도 몰랐다. 새벽에 나와보니 시커먼 괴물 같은 포탄이 마루에 누워 있었다. 불발탄이었다. 온 가족들이 그것을 보고 벌벌 떨었다. "나는 다 살았으니 내가 들고 나간다"고 하시면서 아버지는 그 포탄을 들고 바깥으로 나가셨다. 얼굴이 백지장처럼 된 아버지 얼굴이 지금 눈앞에 선하다. 그 포탄을 어떻게 처리했는지 아무도 모른다.

그러고 나서 연일 서울에서는 총격전이 벌어졌다. 우리는 집에서 나와 옆 건물로 옮겼다. 막내동생 오줌 뒷바라지하시던 아버지가 밖으로 나가는 순간 허벅지에 총탄을 맞았다. 순식간에 아버지 몸에서 핏기가 사라졌다. 형님과 나는 길에 버려진 리어카에 아버지를 눕히고 무작정

남산 쪽으로 향했다. 국군이 남산을 점령했다는 소문이 돌았기 때문이다. 가는 도중 사방에서 포탄이 터졌다. 전쟁이 휩쓸고 간 폐허 속을 정신없이 달렸다. 간신히 남산에 도달해보니 적십자 표시가 있는 미군 천막이 보였다. 그 속으로 들어가서 응급치료를 받고 아버지는 살아났다.

서울이 수복되고, 이듬해 1·4후퇴는 또 다른 위기였다. 우리 가족은 남쪽으로 피난 가기로 했다. 나는 친구와 함께 화차 꼭대기에 매달려 눈보라 속에서 굴러떨어질 뻔하다가 간신히 부산에 도착했고, 나머지 식구들은 용케 군용차를 얻어타고 남쪽으로 달렸다. 문제는 모자라는 좌석 하나였다. 이때, 어머니는 자리를 양보하고 가족을 떠나보낸 후, 엄동설한에 걸어서 길을 나섰다. 서울에서 전라도 길을 돌아 부산까지 걸었다. 그 고생은 상상을 초월할 정도였을 것이다. 그때 입은 동상으로 돌아가실 때까지 고통을 겪으셨다.

부산 피난 시절, 나는 친구의 권유로 강원용 목사 부흥회에 갔다. 온몸이 여위고 얼굴이 유난스럽게 검은 목사는 이글대는 눈빛이 자못 야성적이었다. 그는 당시 이단자로 몰리고 있었다. 그는 미친 듯한 언동으로 회중을 감동시켰다. 그는 격렬하게 시대를 비판했다. 설교를 마친 후, 목사님은 회중에게 질문을 하라고 했다. 나는 선뜻 일어나서 말했다. "간디가 암살당했습니다. 그 선한 사람이 무슨 죄가 있습니까? 이런 일을 하느님은 허락하십니까? 하느님은 존재하십니까?" 고등학생의 당돌한 질문에 목사님은 놀랐을 것이다. 그러나 그는 답변을 해줄 테니 부흥회 후 남으라고 했다. 그 이후, 나는 남선여고 강당에서 목회를 시작한 강 목사 교회에 나가기 시작했다. 피난 시절, 그는 타오르는 불꽃이었다. 나는 단숨에 그에게 빠져들었다. 그의 설교는 방황하는 나에게 큰

셰익스피어와 성서 : 〈리어 왕〉 격론

힘이 되었다.

나는 대학에 입학한 후, 강 목사가 이끌고 있는 기독교 학생운동에 참여했다. 격전지에서 계속 후송되는 부상병들로 인해 병원도 교사도 넘쳐서 운동장에서 치료를 받고 있는 부상병들 틈을 강원용 목사와 함께 누비며 찬송가를 부르고 기도를 하면서 위문 활동을 했다. 낙동강 전선과 부산 앞바다가 침공당하는 위기일발의 전황이 계속되는 무렵이었다.

대학에 입학한 날, 형님 친구(동국대 불교학과 안계현 교수)가 나에게 셰익스피어 전집을 선물했다. 나는 그 책을 들고 권중휘 교수의 셰익스피어 강의에 드나들었다. 당시 산언덕에 서울대학교 판자 강의실이 설치되어 있었다. 박종홍 교수의 실존주의 철학 강의는 잊을 수 없는 명강의였다. 전란 속에서 나는 성서와 셰익스피어를 동시에 만났다. 서울이 수복된 후, 나는 강원용 목사의 경동교회에 다니면서 학사논문과 석사논문을 셰익스피어 관련 주제로 쓰고, 졸업 후에도 계속해서 셰익스피어 작품의 번역, 저술, 강의와 연출, 그리고 연극평론을 하면서 연극계와 인연을 맺게 되었다. 그런데 지금 나 자신도 놀라고 있는 것은 내가 주섬주섬 셰익스피어를 읽고 성서를 들먹이며 지나는 동안 어느새 이 책을 시작하는 대장정에 나서게 되었다는 사실이다. 이 일이 어림도 없는 무모한 짓인 줄 알면서도 뚜벅뚜벅 그 길로 가고 있는 것은 내 인생의 역정이 마침내 '신의 한 수(providence)'로 은혜를 입는다는 안도감 때문이다.

지금 이 순간에도 세계 어느 곳에서는 성서를 봉독하며 예배를 올리고 있을 것이다. 그리고 세계 어느 곳에서는 셰익스피어 작품을 무대에 올리고 있을 것이다. 이토록 두 책은 세계에서 가장 많이 읽히는 책이다. 약 2천 년 전 이스라엘 땅에서 한 사람의 유대인이 선교 활동을 시작했다. 그는 로마 제국의 탄압을 받고 체포되어 십자가에 못 박혔다. 그의 사후에, 예수의 제자들은 복음을 전파하기 시작했다. 그 과정에서 성서가 탄생했다. 이웃을 사랑하고, 자신의 죄를 뉘우치고, 하느님의 사함을 받아 구제되어야 한다는 기독교의 복음을 전하는 교전(敎典)이 성서이다. 성서는 여러 선지자들이 써서 집대성했다. 성서는『구약성서』전 39권과『신약성서』전 27권으로 구성되어 있다. 영국의『흠정역성서』가 간행된 것이 1611년이고, 셰익스피어가 최후의 작품「폭풍」을 쓴 것이 1611년이다. 그가 사망한 해가 1616년이고, 폴리오판 셰익스피어 전집이 1623년에 출판되었다. 문제는 이 두 책이 어떻게 서로 영향을 끼치며 연관되고 있느냐는 것이다.

성서와 셰익스피어 작품은 수세기에 걸쳐 모든 사람들의 정신의 양식이 되어왔다. 문학비평가 노스럽 프라이(Herman Northrop Frye)는 서구문학 총체 속에 있는 '원형(archetype)'과 '신화(mythos)'의 존재를 토대로 해서 작품을 분석하는 비평 이론을 수립해서 20세기 문학에 지대한 영향을 끼쳤다. 그는『비평의 해부(*Anatomy of Criticism*)』(1957)와『거대한 체계(*The Great Code*)』(1982),『힘에 넘친 언어(*Words with Power*)』(1990) 등 명저를 발표하면서 다음과 같이 말했다. "서양의 문학 전통에서 볼 수 있는 수많은 표현 양식은 성서적 이미지 표현, 성서적 이야기의 전개, 성서에서 인용한 시구로 정형화되어 있다."

종교와 문학은 개념적으로는 서로 분리되어 있다. 종교는 인간과 신과의 관계를 말한다. 문학은 사상을 언어로 표현하는 예술이다. 그러나 자신과 신과의 관계를 문장으로 표현하면 종교와 문학이 관련을 맺게 된다. 성서는 엄밀히 말해 신앙의 고백이면서 동시에 유대 민족의 역사이며, 문학이다. 성서는 법률, 역사, 시, 설화, 철학이 경건한 신앙심으로 표현되어 있기 때문에 종교적인 문서로 칭송받고 있다. 셰익스피어가 성서의 영향을 받고 작품을 썼다면 그의 작품을 이해하기 위해서는 성서를 정확하게 읽어야 하는 일은 당연하다. 예컨대, 「폭풍」을 제대로 이해하려면 「요한계시록」을 철저하게 읽어야 한다. 〈자에는 자로〉를 올바르게 이해하려면 "너 자신이 처단되지 않으려면, 남을 처단하지 말라"는 「마태복음」 7장 1-2절의 주제를 파악하고 있어야 한다. 영문과 재학 시절 나는 〈리어 왕〉을 읽고 왜 선한 사람들은 악한 사람들에게 희생되는지 의문이 생겼다. 그 가운데서도 특히 코델리아. 그 어이없는 죽음을 이해하는 데 아리스토텔레스의 『시학』과 브래들리의 『셰익스피어 비극』은 도움이 되었다. 비극은 "연민과 두려움으로 정화작용을 통해 카타르시스 효과를 낸다"고 아리스토텔레스는 말했다. 원래 카타르시스는 그리스어로 '고통스런 부분을 제거하고 정화'한다는 의미의 의학용어이다.

『셰익스피어와 성서』의 저자 스티븐 마크스(Steven Marx)는 성서와 문학에 관해서 이렇게 말했다. "엘리자베스 여왕은 종교적이며 정치적인 이유로 성서 읽기를 제도화했다. 성서는 정치활동의 원천이었고, 인문주의 학문의 주요 대상이 되었다. 르네상스 시대의 성서는 위대한 문학작품으로서 작가와 화가들에게 종교적 발상의 원천이 되었다. 존 던(John Donne)은 세인트폴 대성당의 사제장으로 있으면서 시를 썼다. 필립 시드니 경(Sir Philp Sidney)은 시론집 『시의 옹호』에서 성서의 문학적 업적을 찬양했다. 셰익스피어와 성서의 관계에서 우리가 받은 영향은 두 가지인데, 그중 첫째는 성서와 가깝게 지내야 한다는 것이고, 둘째는 셰익스피어 작품 때문에 성서가 새로운 의미로 빛을 발산하게 된다는 것이다.

햄릿은 부왕의 망령을 만난 후 호레이쇼에게 "이 천지간에는 우리들의 학식으로는 도저히 해결할 수 없는 일들이 많다"고 실토했다. 그는 이 말에서 초월적인 존재인 신의 존재를 암시했다. 그것은 바로 성서의 영역이다. 셰익스피어는 선과 악의 대결에서 선한 자가 겪는 고난의 문제를 파고들면서 선이건 악이건 모두 죽음으로 끝나는 종말론으로 작품을 처리했다. 〈리어 왕〉은 이 경우가 된다.

〈리어 왕〉은 성서와 정신의 궤를 함께한다. 성서와 셰익스피어는 '인유(引喩)'가 성립된다. 인유는 두 가지 의미가 교차하는 기호이다. 셰익스피어는 성서의 의미를 자신의 미적 체계 속에 재정립했다. 그런 수사학적 기교는 상호 가치의 교접이요 활용이다. 스티븐 마크스는 이와 관련해서 말했다. "인용의 형태로 하는 그런 작업은 한 구절만의 결합이 되기도 하고, 작품의 주제와 구조에 포괄적으로 포함되는 경우가 되기도 한다." 셰익스피어가 인용한 성서는 암호화된 의미로 전달된다. 성서 해석의 '예표론(豫表論)'은 성서와 작품 간의 유사점과 대응 관계를 강조하는 방법이다. 이런 방법을 통해 성서에서 일어난 일이 〈리어 왕〉에서 발생한 일로 표상되면서 그 의미를 강조하게 된다. 이런 수사(修辭)는 원천과 유사의 경우라 할 수 있다. 셰익스피어와 성서의 예표론적 관계를 설명하면서 마크스는 「욥기」와 〈리어 왕〉을 예로 들고 있다. "성서의 비극을 모방하는 듯한 플롯, 인물, 이미지 표현으로서 셰익스피어는 인간과 신의 화해 문제를 탐구했다"고 마크스는 주장했다.

이태주

제1장

셰익스피어와 그의 시대

1. 요정의 여왕 엘리자베스 1세

엘리자베스 1세의 친모 앤 불린 왕비가 참수당한 후 왕위에 오른 메리 1세는 가톨릭 왕국 스페인의 통치자 펠리페와 결혼해서 재위 5년 동안 국민의 반감을 샀다. 신교도 3백 명의 화형, 재위 기간 말년에 중세 이후 대륙 침공의 교두보였던 칼레(Calais)를 프랑스에 빼앗긴 일, 그리고 결국은 펠리페에게 버림받은 치욕에 대해서 국민들의 분노는 들끓었다. 메리 여왕은 병사했다.

엘리자베스 1세는 위기에 직면한 나라의 제왕이 되었다. 스페인과 프랑스는 바티칸과 손잡고 종교적 · 정치적으로 영국을 괴롭혔다. 국내적으로는 민심이 요동치며 정부에 대한 신뢰를 잃고 끊임없이 반란을 일으켰다. 가장 큰 문제는 신교와 구교의 끊임없는 종교 분쟁이었다.

유럽 역사에서 5세기부터 15세기에 이르는 천 년이 중세이다. 중세는 서로마제국 붕괴에서 르네상스 시대가 열리는 그 사이, 신의 영광을 위해 모든 것을 희생하는 종교의 시대를 지칭한다. 중세 초기에 인구

이동과 침략행위가 자주 일어났다. 북방에서는 바이킹이, 동방에서는 마자르, 남방에서는 사라센이 침략을 감행했다. 중세 중기는 서기 1000년 이후가 되는데, 농공업이 진흥되어 유럽 인구가 급격하게 증가했다. 1095년에 성지 수복을 위한 십자군이 출발했다. 왕이 중앙집권 통치체제의 중심에 자리를 잡고 통일된 기독교 국가 건설을 지향했다. 대학이 세워지고, 토마스 아퀴나스의 신학, 지오토의 그림, 단테의 『신곡』, 마르코 폴로의 해양 탐사와 신세계 탐험 등이 당시 위세를 떨쳤다. 중세 말기는 재난, 질병, 기근, 전쟁으로 유럽 인구가 감소하고, 1347년부터 1350년까지 흑사병이 유행해서 유럽 인구의 3분지 1이 사망했다. 이 고난의 시기에 종교적 갈등, 파벌 간 쟁투, 농민의 반란이 유럽 여러 나라를 휩쓸었다. 중세가 지나고 르네상스의 새벽이 열렸지만 종교의 권위와 교회의 위세는 여전했다.

1485년, 보즈워스 전투에서 리처드 3세(요크 가문)를 살해하고 30년 장미전쟁을 종결시킨 헨리 튜더(랭카스터 가문)는 헨리 7세가 되었다. 이때 시작된 튜더 왕조는 1603년 엘리자베스 1세의 서거로 막을 내린다. 다섯 국왕이 120년 동안 영국을 지배한 튜더 왕조는 헨리 8세와 엘리자베스 1세 시대에 대영제국 발전의 기틀을 놓았다.

엘리자베스 여왕이 집권했을 당시, 16세기 유럽의 지도를 보면 영국이 얼마나 위축되고 있었는지 알 수 있다. 도나우강 남쪽은 오스만제국의 영토로서 독일, 리투아니아, 폴란드 연합국을 위협하고 있다. 유럽 동부지역은 몽골의 지배로부터 벗어난 모스코대공국의 영역이 되며, 북유럽은 덴마크, 스웨덴, 노르웨이 삼국이 카르말 동맹을 맺고 있다.

유럽 남서부 이베리아반도에서는 이슬람 세력을 물리친 스페인과 포르투갈이 식민지 개발에 열을 올리고 있다. 16세기 초, 서구 인구는 프랑스 1,500만, 스페인 800만, 영국은 웨일스를 합쳐 300만이었다.

앤 불린 왕비가 처형되었을 때, 엘리자베스는 두 살이었다. 부왕 헨리 8세의 총애를 받은 엘리자베스는 부왕이 사망한 후, 토머스 시모어 반란 음모 사건으로 체포되어 런던탑에 구금된 적이 있다. 당시 엘리자베스는 열다섯 살이었다. 엘리자베스는 자신의 결백을 주장하는 편지를 써서 에드워드 6세의 섭정 서머싯 공작에게 보냈다. 이 편지로 엘리자베스의 혐의는 풀렸지만, 이후에도 시련과 고난은 계속되었다.

1553년 6월, 에드워드 6세가 열여섯의 나이로 사망하자 왕위에 오른 메리는 엘리자베스를 왕위 계승에서 배제하려 했지만 반란의 증거를 찾지 못하자 엘리자베스를 연금 상태로 두었다.

1558년 11월 17일, 엘리자베스는 스물다섯 살에 왕위에 올랐다. 헨리 8세 시대부터 영국 통치의 기반은 국왕 자문기관인 추밀원이었다. 여왕은 취임하자 추밀원에 신교도 신하를 배치했다. 메리 시대에는 39명이었던 위원을 19명으로 줄였다. 대법관 니콜라스 베이컨(프랜시스 베이컨의 부친)과 수석비서실장 윌리엄 세실(William Cecil)이 그 중심에 있었고, 프랜시스 월싱엄(Francis Walsingham)은 여왕 신변 경호와 정보담당 책임자가 되었다. 여왕 주변에는 20명의 정예 경호원이 밀착 경비를 하고 있었다. 10대 시절부터 엘리자베스를 알고 지낸 세실은 이때 나이 서른여덟이었다. 그는 여왕을 40년간 보좌했다. 케임브리지대학교를 졸업한 세실은 법학원을 마치고 에드워드 6세, 메리 여왕, 그리고 엘리자베스 1세까지, 궁궐에서 3대째 일한 명관(名官)이었다.

1588년 5월 중순, 스페인 무적함대(아르마다)는 130척 함선과 2만 명의 병력으로 리스본 항구를 출발해서 7월 19일 영국 남서부 콘월주 리저드 해안에 출현했다. 영국 해군은 주력함 60척이 플리머스 항구에 대기 중이었다. 다른 30척은 도버와 칼레 사이 해변을 경계하고 있었다. 해전이 시작된 후, 7월 29일 영국 함대의 지능적인 작전과 포격으로 스페인 함대는 괴멸 상태가 되어 철수했다. 엘리자베스 여왕은 "나는 여성으로 약하지만, 국왕으로서는 강하다"는 명연설을 하면서 국민의 절대적인 지지를 받았다. 엘리자베스 여왕은 이 해전의 승리로 국위를 선양하고 통치의 권위를 확보했다. 영국이 아르마다 해전에서 스페인을 패배시킨 원동력은 조선업과 무기 생산의 발전, 철공업의 진흥 때문이었다.

"왕관은 지니는 것보다는 그것을 바라보는 일이 더 영광스럽다"고 엘리자베스 여왕은 말한 적이 있다. 동시에 여왕은 덧붙였다. "자유의지로 일관했던 나의 행동은 오로지 신에게만 책임을 진다." 여왕은 자신에게 주어진 왕권은 신의 은총이라고 했다. 오로지 신의 은혜로 나라를 다스린다고 언명했다. 1576년, 여왕은 의회에서 분명히 밝혔다. "나의 행복한 국정 운영에 뒤따랐던 특별한 혜택은 오로지 하느님 덕분이라는 것을 나는 알고 있습니다." 엘리자베스 여왕은 이런 모든 발언에 나타나 있듯이 여왕 자신만이 교화와 국가의 모든 복잡하고도 신비로운 일을 해낼 수 있다고 믿었다. 이런 자신감 때문에, 누구든 여왕의 신성한 영역을 침범하는 자는 엄벌에 처했다. 엘리자베스는 절대군주였다.

셰익스피어와 성서 : 〈리어 왕〉 격론

이른바 지상의 여신이었다.

여왕은 신하와 국민의 사랑의 힘으로 나라를 다스린다는 것을 항상 명심하고 있었다. 자신은 국민의 안전과 평화를 위해서 존재하는 국민의 어머니라고 말했다. 여왕의 정치 능력은 놀라웠다. 여왕은 기민하고, 실리적이고, 근면하고, 타협을 두려워하지 않았다. 반란과 전쟁에는 엄청난 용기를 발휘했다. 여왕의 정치 제1조는 법질서와 교회 확립이었다. 여왕은 사법관들에게 여왕을 위해서가 아니라 진실을 위해 싸우라고 엄명했다. 여왕은 궁정 관리들에게 높은 도덕적 기준을 요구하며 궁녀들과의 은밀한 접촉을 금지했다. 궁녀들은 출중한 가문에서 교육을 잘 받은, 성서에 능통하고 예절 바른 미녀들로서, 자수, 음악, 무용, 승마에 재능이 있어야 했다. 월터 롤리 경(Sir Walter Raleigh)은 궁녀와 결혼해서 엄중한 질책과 벌칙을 받았다. 여왕의 측근이 되려는 신하들의 경쟁은 치열했다. 성공하면 출세요, 승진이요, 지위 격상이요, 축재였기 때문이다. 모든 면에서 여왕은 보수성을 발휘했다. 중세시대의 기독교적인 우주관을 찬양하며 중세적 계급 사회를 이상으로 삼고 있었다. 16세기 영국 군주는 신비로운 우상이요 신의 대리인이었다.

엘리자베스 여왕은 하루 세 시간 역사책을 읽었다. 여왕은 생이 끝날 때까지 취미로 타키투스, 보에티우스, 플루타르코스, 호라티우스, 키케로를 번역했다. 승마와 무용을 즐겼고, 철학 공부는 일과에서 빠트리지 않았다. 1593년, 프랑스 왕 앙리 4세가 가톨릭으로 개종했다는 소식을 접하고 분을 참지 못해서 26시간 연속으로 보에티우스의 『철학의 위로』를 영어로 번역했다는 일화가 있을 정도다.

음악은 여왕의 또 다른 취미였다. 여왕은 당대 음악가 탈리스(Thomas

Tallis)와 버드(William Byrd)의 후원자였고, 류트와 하프시코드도 연주했다 (여왕이 애용했던 이 악기는 현재 런던 빅토리아앨버트박물관에 소장되어 있다). 무용곡을 작곡하기도 했다. 연극 관람은 열광적이었다. 야외극과 가면극을 즐겼다. 셰익스피어와 벤 존슨의 작품을 선호해서 수없이 많은 어전 공연을 관람했다. 5시 만찬이 끝나면 9시까지 밤의 여흥이 시작되었다. 공연 때마다 4백 파운드의 예산을 썼다. 그 지원을 받는 극단은 큰 도움이 되었다. 1597년 〈헨리 4세〉를 관람한 여왕이 셰익스피어에게 폴스타프가 사랑하는 장면을 보고 싶다고 해서 작가는 급히 〈윈저의 즐거운 아낙네들〉을 써서 공연을 하고, 1601년에는 〈십이야〉를 궁정에서 공연했다. 여왕은 청교도들이 극장을 폐쇄하려고 하자 이를 막기 위해서 적극적으로 극단을 보호했다. '여왕극단(the Queen's Men)'을 창단한 것도 이 때문이었다.

여왕이 천문학자요 연금술사인 존 디(John Dee)를 예우한 것은 놀라운 일이었다. 1575년 여왕이 친히 그의 연구소를 방문했다고 존 디는 기록하고 있다. 여왕은 그에게 궁정 내에 거처를 마련해주겠다고 했지만 존 디는 연구에 방해된다고 거절했다. 여왕은 그의 과학적 업적에도 경탄했지만 특히 관심을 기울인 것은 그의 예언이었다. 1577년, 존 디는 '대영제국의 찬란한 발전'을 예언했다. 그의 비전 때문에 여왕은 드레이크와 롤리, 그리고 길버트의 해외 원정을 지원해서 신대륙 식민지 개발에 박차를 가하게 된다. 여왕은 존 디에게 광범위한 논제들 — 새로운 혜성, 치통, 과학적인 수수께끼, 꿈의 해석 등에 관해서 질문했다. 엘리자베스 여왕은 이후로 '신의 은총'에 대해서 더욱더 확고한 신념을 갖게 되었다.

셰익스피어와 성서 : 〈리어 왕〉 격론

2. 연극의 도시 런던

르네상스의 빛과 어둠

중세는 종교의 시대였다. 로마 교황청은 유럽 천지를 성서와 돈으로 다스렸다. "교황은 태양, 황제는 달"이었다. 교황은 왕위의 승계와 왕족의 혼인, 성직자 임명, 해임, 파문 등 막대한 권한을 장악했다. 교황청의 백성들은 10분지 1의 종교세를 납부했다. 유럽 영지에서 얻어지는 수입과 신도들 수입금도 헌납되었다. 그러나 중세 말기에 이르러 지식인 집단이 형성되면서 문화, 교육, 산업이 진흥되고, 새로운 경제기반이 형성되면서 도시로 사람들이 몰리고, 세속화 바람이 거세지고 있었다.

중세 유럽 교회는 기도, 성경 봉독, 설교 등의 소통을 라틴어로 했다. 정치인, 외교관, 고문관, 신학자, 목사, 의사, 법관 등 사회지도층 인사들 모두가 라틴어를 사용했다. 라틴어를 모르는 서민을 위해 성경 내용을 그림으로 보여주거나, 성직자들이 연극을 만들어 복음을 전파했다.

이른바 종교극의 시작이었다. 16세기 당시 영국의 대부분 국민들은 교육을 받지 못해 라틴어를 몰랐다. 서민들은 소외감과 굴욕감으로 라틴어 습득의 기회를 갈망했다. 라틴어는 출세의 길이었다. 르네상스 시대에 라틴어는 문화요, 예절이요, 정치, 사회, 교육의 동력이었다. 망령도 라틴어를 사용했다. 〈햄릿〉에서 엘시노 성탑을 지키는 위병들이 라틴어를 구사하는 대학생 호레이쇼를 성탑으로 불러낸 이유도 언어 문제였다.

중세 절정기(약 1050~1300년)에 상공인의 길드가 형성되면서 교역이 왕성해지고 유럽 국가 간의 문화 교류가 이루어졌다. 중세 후기(약 1300~1500년)에는 교회 바깥에서 길드 상인이 운영하는 대중극이 장터에서 공연을 했다. 1300년 이후, 중세는 쇠락의 길로 들어섰지만, 종교극은 1350년부터 1550년 사이 절정기에 도달했다. 성서는 생명의 언어요, 생활의 규범이었기 때문에 종교극 관람은 국민들의 일상이었다.

1470년대 도입된 인쇄술로, 그리스와 로마 시대의 인문학 고전과 이탈리아 문학이 런던에 보급되었다. 존 콜릿(John Colet)은 1505년 런던에 세인트폴즈스쿨(St. Paul's School)을 창설했다. 콜릿은 인문학자 에라스무스(Erasmus), 모어(More)와 친밀하게 지내면서 영국 르네상스 시대의 중심인물이 되었다.

고전 문법을 가르치는 그래머스쿨(Grammar School)도 세워졌다. 7세 아동이 입학해서 6년간 아침 7시부터 11시까지, 오후 1시부터 5시까지 라틴어와 고전학을 습득했다. 고학년이 되면 그리스어 공부도 했다. 윌리엄 릴리가 쓴 책『라틴어 문법』의 암기, 키케로, 베르길리우스, 오비디우스 등 라틴문학, 리비우스의『로마역사』, 세네카와 플라우투스의 로

24 　　　　　　　　　　　　셰익스피어와 성서 : 〈리어 왕〉 격론

마 연극, 또한 윤리학과 수사학, 변론술 등을 이수했다. 이 모든 것은 셰익스피어 창작의 원천이라 할 수 있다. 16세기에 이르러 이런 교육기관은 전국에 300개 이상으로 확산되었다. 그래머스쿨을 졸업하고 대학으로 진출한 인재들은 궁정, 지방행정기관에서 활동했으며, 정치인과 귀족의 비서 등으로 활약했다. 문화 분야에서는 엘리자베스 시대 문명(文名)을 떨친 크리스토퍼 말로, 에드먼드 스펜서, 존 릴리(John Lyly), 윌리엄 셰익스피어 등 눈부신 업적을 남긴 인물들이 이러한 교육기관을 통해 배출되었다.

르네상스의 바람이 런던을 휩쓸고 있었다. 그리스 로마 관련 책이 쏟아져 나오면서 교육이 보편화되고 문학과 예술의 지평이 넓어졌다. 천문학자들은 구세대 우주론에 도전했다. 그 대표적인 인물이 코페르니쿠스였다. 그는 지구가 아니라, 태양이 우주의 중심이라고 주장했다. 지구는 고정되어 있는 것이 아니라 돌고 있다고 주장했다. 엘리자베스 여왕은 해양 탐험과 통상을 촉진하면서 과학 발전에 힘쓰고, 상공업을 일으켰다. 햄릿의 독백처럼 "인간의 무한한 가능성"이 점쳐지는 시대를 향해 일사불란하게 돌진했다. 사람들의 인생관도 세계관도 바뀌고 있었지만, 영국은 기본이 종교국가였다.

유럽 모든 나라는 국왕 중심의 중앙집권체제였다. 엘리자베스 여왕의 고민은 신구 종교의 알력과 충돌과 생사를 건 대립이었다. 흉작과 전염병은 시도 때도 없이 엄습해서 국민들을 죽음의 공포로 떨게 했다. 국민 다수가 문맹인 나라에서 귀족 출신 선민(選民)들이 정권을 장악했다. 정부는 탐험과 전쟁에 막대한 재화를 퍼붓고 있었지만, 과학과 의료와 복지시설은 부실했다. 런던의 호화찬란한 궁정과 가신들의 어마

어마한 장원(莊園)에 비해 서민들은 어둠침침한 움막집에서 비참한 생활을 하고 있었다. 부유층은 해외 유람 여행을 즐겼지만, 빈민들은 지방을 유랑하며 교회서 구걸하고, 도적질로 연명했다.

사회상과 여성상

엘리자베스 여왕은 사회질서를 위해 계급제도를 확립했다. '젠트리(gentry)'는 귀족과 '에스콰이어(esquire, 향사[鄕士])' 사이의 계급인데 주로 지주였지만, 상인, 변호사, 행정관, 성직자, 대학교수, 내과의 등 전문인 계층이었다. 이 중 상위층은 '나이트(knight)'로서 주장관이나 치안판사를 담당하며, 하원의원으로 선출되었다. 그 아래 '요먼(yeoman)'이 있고, 그 아래 농업 종사자인 '허즈번드먼(husbandman)'이 있었으며, 농공업에 종사하는 임금노동자와 도제(徒弟)들은 최하위에 있었다. 엘리자베스 여왕이 궁정에서 직접 접할 수 있는 인사들은 귀족이나 젠트리였다.

1570년대와 80년대 빈부 격차는 극심했다. 재물은 상류층이 독점했다. 빈민은 일자리도 구하기 힘들었다. 가난 때문에 교육을 받지 못한 젊은 실업자들은 양친의 수입에 의존했다. 이들에게 인생은 수난이요, 고역이었다. 영양실조와 질병은 숙명이었다. 폭발적인 인구 증가는 물가 상승을 조장했다. 임금은 최저치를 기록했다. 기후 때문에 흉년이 들면 재난이었다. 흉작으로 인구가 급감한 시기는 여왕이 즉위하기 직전인 1555~1557년이었는데, 이 당시 15만 명 이상 인구가 감소했다. 여왕 즉위 당시 280~320만이었던 인구는 치세 말에 375~420만으로 증가했다. 런던의 인구는 1520년대에는 6만이었는데, 80년대에 10~12만, 1600년 지나서 18만 5000~21만 5000명으로 증가했다.

구교 시대에는 재산가나 사회 저명인사들이 빈민 구제를 의무로 삼았다. 신교 시대에는 게으름으로 인한 빈곤은 신의 구제를 받을 수 없었다. 헨리 8세 시대, 빈민 구제의 중심이었던 수도원이 해산되고 토지와 재산이 몰수되었다. 당시 교회는 영국 영토의 4분지 1을 800개 수도원이 차지하고 있었다. 그로부터 발생하는 수익은 국가수익에 맞먹는 것이었다. 수도원 해산의 공로를 세운 충신은 토머스 크롬웰이었다. 교회가 재산을 잃었기 때문에 빈민 구제는 어려워졌다. 하지만, 1592년에서 1593년까지 유행한 페스트와 1594년 이후에 발생한 흉작 때문에 극빈자 구제책이 마련되어 1598년에 '극빈자구제법'이 제정되었다. 일할 능력이 있음에도 게을러서 구걸하는 자에게는 엄한 처벌이 내리고 교정원(矯正院)에 수용되었다. 생활이 어려운 환자와 노령자는 구빈원(救貧院)에 수용되었다. 엘리자베스 여왕 시대의 구빈원은 산업혁명 이후 1834년까지 계속되었다.

16세기 영국의 여성들은 투표권이 없었다. 법률의 보호와 법적 권리도 미미했다. 초보 과정은 교육받을 수 있었지만, 고등교육은 이수할 수 없었다. 그래머스쿨만 하더라도 현관에 남성 전용 팻말이 붙었다. 소수의 학교에서 여성을 받아들였지만, 그들이 이수하는 과목은 쉽고 간단한 기초과목이었다. 옥스퍼드와 케임브리지대학교는 여성에게 학위를 주지 않았다. 옥스퍼드는 1920년, 케임브리지는 1948년에 비로소 여성의 학위 취득이 가능해졌다. 서민층 여성들은 동네 초등학교에서 읽기, 쓰기를 공부했지만, 상류층 여성은 달랐다. 가정교사로부터 고전문학과 그리스어, 라틴어, 헤브라이어를 학습했다. 당대 저명 여성인 제인 그레이(Lady Jane Gray)는 플라톤 철학을 공부했다. 앤 베이컨(Anne Bacon)은 22세에 『라틴어 설교집』 22권을 번역 출판하고, 메리 시드니(Mary Sidney)는 프랑스 고전 비극을 번역했다. 엘리자베스 여왕은 외국어와 인문학 공부를 열두 살 때 시작했다. 여왕의 언어 구사력은 전설적이었다. 외국의 외교관들과 현지어로 대화했다. 그러나 상류층 여성들도 한계가 있었다. 아무리 공부해도 사회 진출이 불가능했다. 여성은 직업을 가질 수 없었다. 미혼 여성이 들어설 자리는 없었다. 왕실에서 여왕을 모시는 일은 예외였는데, 그 직함은 여성 최고의 영예로운 자리였다.

당시 여성은 신앙심을 지니고, 정조를 지켜야 하며, 가정경제와 집안 일을 잘 챙겨야 했다. 바느질, 요리, 과일 보존, 가계부 작성, 뜨개질, 악기 연주 등에 능숙해야 했다. 그 시대 여성에게 열린 길은 결혼뿐이었다. 상류층 여성들은 가정부들을 거느리고 있어서 시간의 여유가 많았다. 그들이 주로 시간을 보내는 일은 편지 쓰기, 노래하기, 춤추기, 정원 산책, 동물 키우기, 바느질, 승마, 카드놀이, 가정 방문 등이었는데, 이 모든 일도 남편의 승낙이 있어야 했다. 남편은 가정의 주인이요, 기둥이었다. 아내는 남편의 재산 목록 일부였다. 여성은 결혼하면 친가의 성명을 잃었다. 백작, 공작, 자작 등의 존칭은 유지되었다. 장터에서 음식물을 사는 일은 여성의 몫이었다. 여성은 외출할 때 의상에 멋을 냈다. 의상은 이들의 취미요 사치였다. 연극 무대에서도 그랬지만 의상은 당시 신분 계급의 표시였다.

여성들은 잘 차려입고 문 바깥에서 자신을 자랑하고, 길 가는 사람들을 구경했다. 연회나 만찬 모임에서는 각별한 대우를 받았다. 상석에 자리 잡고 최우선적인 식사 응대를 받았다. 남편은 절대군주요, 아내는 충실한 신하였다. 기혼여성은 거리에서나 실내에서 모자를 썼다. 처녀들은 모자 없이 다녔다. 여성은 약하고 부드러운 존재였다. 셰익스피어는 여성을 '갈대'에 비유하면서 남성의 보호가 필요한 허약한 존재로 묘사했다. 망령이 나타나서 햄릿에게 왕비를 해치지 말라는 당부를 했는데 이런 맥락에서 이해되어야 한다.

가린(Eugenio Garin)은 그의 저서 『르네상스 문화사』에서 르네상스의 개념을 다음과 같이 명쾌하게 정의했다.

르네상스는 1400년대 중엽, 추기경 니콜라우스 쿠자누스에 의해 이론화되어 주창되고, 마르실리오 피치노에 의해 기독교적 플라톤주의로 통합되어 심화된 종교적 관용, 신앙의 완화, 문화적 사실이며, 생활과 예술, 문학과 과학, 그리고 풍속에서 나타난 현실에 대한 재인식이다. 새로운 시대가 탄생했다는 의식은 전 시대의 특징과는 상반되는 특색을 지니는데, 15세기와 16세기에 펼쳐진 문화의 전형적 한 가지 국면이라 할 수 있다. 이탈리아에서 발생한 르네상스의 두 가지 특징은 고대 세계와 고전으로의 회귀와 인간이 중심이 되는 역사의 개막과 중세의 종막이라 할 수 있다.

도시 풍경과 사람들

런던은 숲과 정원의 도시지만 교회의 뾰족탑으로 가득 찬 도시 풍경은 중세 도시 그대로다. 템스강을 낀 런던의 남과 북은 런던브리지로 연결되었고, 다리 양쪽은 상가가 있다. 다리 난간에 반역자의 목이 걸려 있는 경우도 있었다. 런던 시내의 도로는 좁고 불결했다. 나쁜 위생 상태는 전염병의 원인이었다. 불빛이 없는 칠흑의 밤거리는 꼬불꼬불 이어지면서 범죄의 소굴이 되었다. 야경꾼과 경찰이 순찰을 돌았고, 시외 변두리에 매춘부들이 들락거렸다. 매춘은 극장가 주변에서 번창했다. 런던 인구의 반은 시 울타리 안에 있었다. 화이트홀 왕궁, 웨스트민스터 성당, 국회의사당 등 중심 거리는 현재까지 템스강 서쪽으로 약 2마일 지점에 있다.

도로 사정이 나빠서 여행은 고통스러웠다. 노상강도는 끊임없는 위협이었다. 〈헨리 4세〉 1부는 런던으로부터 캔터베리 사이 노상강도 장면을 보여주고 있다. 영국의 여인숙은 대륙의 경우보다 나았다. 템스강의 선박이 중요 교통수단이었다. 앤트워프(Antwerp)는 영국의 양모 수출 항구였다. 가톨릭 국가인 스페인의 펠리페 2세는 1576년과 1585년 앤트워프를 공격해서 영국에 막대한 손해를 끼쳤다. 그러나 엘리자베스 여왕은 굴복하지 않고 막강한 해군의 힘으로 해상무역을 계속했다.

엘리자베스 여왕 시대의 경제 부흥은 사회 변화의 원동력이었다. 궁정에는 '신인(new men)' 관료들이 넘쳤다. 헨리 7세와 헨리 8세에 이어 엘리자베스 여왕도 서민층에서 인재들을 발굴했다. 토머스 울지(Thomas Wolsey) 추기경은 이름 없는 가문 출신으로 헨리 8세의 중신이 되었다.

셰익스피어와 성서 : 〈리어 왕〉 격론

레스터 백작도 별 볼 일 없는 가문 출신이었다. 부의 축적과 교육의 보급은 새로운 인재들을 배출했다. 부유한 중산층은 어느새 사회의 중견층이 되었다. 무역이 왕성해지면서 유럽에서 해외 문물이 쏟아져 들어왔다. 새로운 패션이 유행하고 생활 스타일이 달라지기 시작했다. 〈햄릿〉의 폴로니어스는 레어티즈에게 옷을 잘 입으라고 충고한다. 그러나 청교도들은 사치스러운 생활상을 죄악시했다. 셰익스피어는 이 같은 사회적 변화를 민감하게 포착해서 작품에 반영했다.

 1570년대에서 1642년까지의 기간 동안 런던의 반야외 포천극장, 레드블루극장, 글로브극장 등의 입석 입장료는 1페니였다. 실내극장 좌석은 최저요금이 6펜스였다. 직공들의 식비는 주급의 반을 차지했다. 당시 식비는 계속 올랐다. 식비에 비하면 극장 입장료는 저렴한 편이었다. 대중들은 편하게 극장 출입을 할 수 있었다. 수공업품도 고가였다. 면양말 한 켤레 값이 2~4파운드였다. 부인용 가운 한 벌이 7~20파운드였다. 레스터 백작은 더블릿 상의 7벌과 망토 2벌에 543파운드를 지불했다. 이 값은 셰익스피어가 고향 땅에 구입한 저택 비용을 상회하는 액수다. 레스터 백작의 장례 비용은 3천 파운드였다. 제2차 프라이어스 극장 건설비의 5배나 되는 돈이었다. 이토록 빈곤층과 부유층의 격차는 극심했다. 전국적으로 직공이나 교사의 연봉이 15파운드였고, 자유민(향사)은 40파운드에서 100파운드였는데, 이들은 약 6만 명이었다. 그중 1만 명 정도는 300에서 500파운드의 수입을 올리고 있었다. 귀족의 평균 수입은 2천에서 3천 파운드였다. 이 액수는 잘 나가는 상인들의 수입과 맞먹는 액수였다.

극장 구조와 무대

　16세기 말에 영국과 스페인은 극장을 지원하고 극작가들의 활동을 장려했다. 이들 극장은 로마와 그리스 극장의 전통과 중세시대 종교극도 계승했다. 영국 연극은 스페인을 앞서갔다. 영국에는 15세기부터 유랑극단과 배우들이 있었는데, 이들은 귀족들의 보호를 받았다. 1500년에 이르러 왕족들과 귀족들은 자체 극단을 갖게 되었다. 1572년 공포된 조례에 따라 극단은 정부의 허가를 받아야 했다. 1574년에 '공연허가청(Master of Revels)'이 설치되어 작품의 등록과 공연 허가 업무를 집행했다. 런던의 간섭과 제재와는 달리 엘리자베스 여왕은 극단을 지원하고 연극인을 우대해서 연극 발전에 크게 기여했다. 그래머스쿨과 대학은 수많은 극작가를 배출했다. 존 릴리, 토머스 키드, 크리스토퍼 말로 등 유명 작가들이 있다. 법률가 양성 기관인 '법학원(The Inns of Court)'도 연극 발전의 원천이었다. 영국 최초의 비극작품인 〈고버덕(Gorboduc)〉은 토머스 색빌과 토머스 노턴의 합작품인데, 이 작품은 1561년 법학원에서 엘리자베스 여왕이 임석한 가운데 어전 공연되었다.

　그 당시 두 종류의 극장이 있었다. 하나는 '공중극장(public theatre)'이요, 다른 하나는 '사설극장(private theatre)'이다. 공중극장은 반야외공간 건축물이고 사설극장은 옥내극장이었다. 사설극장은 주로 부유층 관객들이 드나들었다. 공중극장은 서민층이 단골이었다. 공중극장에도 부유층은 드나들었다. 엘리자베스 여왕도 공중극장을 기웃거렸다는 소문이 있다. 런던 중심가에서 템스 남안에 있는 공중극장에 가려면 배를 타고 가야 했다. 셰익스피어의 대부분 작품이 공연된 글로브극장(The

Globe)은 공중극장이었다. 1614년 이후 1642년까지 런던에 옥내극장들이 집중적으로 건축되었다. 1606년 셰익스피어 극단이 옥내극장으로 문을 연 블랙프라이어스를 인수하자 다른 극단들도 이를 따라 옥내로 극장을 옮겼다. 이들 옥내극장은 세인트폴 대성당에서 서쪽으로 뻗은 일직선 도로에 자리 잡았다. 1604년, 원형극장인 공중극장은 런던에서 공급 과잉 상태였다. 글로브극장은 1599년에 남안으로 운반한 건축자재로 지은 극장이었다.

1615년 이전에 9개 공중극장이 건립되었다. 시어터극장(The Theatre, 1576), 커튼극장(The Curtain, 1577), 뉴잉턴버즈(Newington Butts, c.1579), 로즈극장(The Rose, 1587), 스완극장(The Swan, c.1595), 글로브극장(1599, 화재로 재건, 1614), 포천극장(The Fortune, 1600, 1621 재건), 레드불극장(The Red Bull, 1605), 호프극장(The Hope, 1613) 등이다. 이 극장들은 런던 외곽 북쪽이나 템스 남안에 세워졌으며, 객석은 약 2천 석이었다. 외형은 극단마다 달라서 원형, 사각형, 오각형, 팔각형도 있었다. 공중극장은 극장 앞마당을 세 방향으로 둘러싸고 있었다. 입장료는 야외 입석과 옥내 좌석에 따라 달랐다. 귀빈석(박스석)도 있었다. 런던에 계속 건립되는 극장과 명작 공연 때문에 유럽 여러 나라에 런던이 연극 도시로 알려져 관광객들이 몰려들기 시작했다.

공중극장은 앞마당 중앙에 높이 4~6피트 높이의 무대가 전면으로 돌출하고 있었다. '앞무대(forestage)' 또는 '메인 무대(main stage)'라고 불리는 이 공간이 공연 무대였다. 관객은 이 무대를 삼면으로 둘러싸고 노천에서 관극을 하거나 옥내 갤러리 객석에 자리 잡고 무대를 내려다봤다. 무대 뒤 평면 공간에 두 개의 문이 설치되어 배우들이 출퇴장할 때 이용되었다. 때로는 장치물이 들락거리기도 했다. 무대 뒷면 이층은 발코니, 포탑, 이층 창문, 그 밖의 다양한 용도로 사용되었다. 삼층 공간도 연기 공간이나 악사들 공간으로 활용되었다. 무대장치용 기계가 지하와 옥상에 설치되었다. 무대 앞부분에 '구멍(trapdoors)'을 내어 묘지 장면, 망령과 악령의 등장, 불이나 연기의 배출, 그 밖의 특수효과를 위해 사용되었다. 무대 위에는 천장이 설치되었다. 장치물을 끌어 올리거나 내리는 용도로 밧줄이나 크레인이 그곳에 비치되어 있었다. 음향효과(천둥 번개, 경적, 대포 소리, 화재 효과 등)를 내는 공간으로도 사용되었다.

최초의 사설극장은 수녀원이 있었던 고급주택지에 리처드 패런트(Richard Farrant, 1530?~1580)가 1576년에 세운 첫 번째 블랙프라이어스극장(Blackfriars Theatre)인데, 이 극장에 관해서는 자세한 기록이 남아 있지 않다. 이 극장은 런던 시내에 자리 잡고 있었지만, 시 당국의 관할권에서 벗어나는 이점이 있었다. 5에이커의 토지는 법률상 교구(敎區)의 혜택을 받는 '자유지구'였다. 런던시 당국은 이 지역이 왕실의 보호를 받으면서 독자적으로 운영되고 있는 점을 못마땅하게 생각해서 1608년 자유지구를 폐지했다.

1596년 제임스 버비지(James Burbage)는 6백 파운드를 들여 두 번째 블랙프라이어스극장을 세웠다. 공설극장 옥외 입장료는 1페니인데, 사설극장 입장료는 최하가 6펜스였다. 극장 구조는 큰 차이가 없었다. 옥내 객석은 공중극장의 4분지 1이나 2분지 1로 줄어들고 있는 점, 관객 전부가 좌석을 차지하고 있는 점이 달랐고 무대 뒷면은 공설극장과 흡사했다. 따라서 극단들은 자유롭게 공설과 사설 무대로 이동하며 공연했다. 무대 면과 배경은 로마 극장을 방불케 했고, 무대를 둘러싼 객석은 그리스 극장을 닮았다. 무대공간과 무대기술은 중세 전통을 계승하고 있었지만, 엘리자베스 시대의 극장은 과거의 유산을 자신의 독창적인 문화에 접목해서 새로운 연극문화를 창조하고 있었다.

공설극장에서는 인공조명이 사용되지 않았다. 공연이 야외공간이었고, 오후 시간이었기 때문이다. 사설극장에서는 촛불이 사용되었다. 극장에서는 밤시간을 촛불, 호롱불 등으로 표시했다. 장치는 별로 없었지만, 무대의 색조는 현란했다. 깃발이 도입되고, 전쟁 장면과 행렬, 그리고 무용 장면이 재현되었다. 중요한 것은 의상이었다. 다채롭고 휘황찬란한 의상의 모양과 색채는 관객들을 기쁘게 했다. 엘리자베스 시대의 무대의상은 두 가지로서, 당대의 의상이나 인습적인 고전 의상이었다. 대부분 직업과 인물의 성격에 따라 그 위상에 맞는 엘리자베스 시대의 의상을 착용했다. 전통적인 의상은 로마, 터키, 스페인의 외국 사절, 요정, 신들, 망령, 마녀 등 초현실적인 존재, 신부, 목사, 의원, 광대, 직공등 직업별 인물, 그리고 동물들에 따라 디자인되었다.

런던에서 세 번째 중요한 무대는 궁정 내 극장이다. 궁정 내 극장은 옥내극장을 닮았다. 엘리자베스 시대의 공연 장소는 화이트홀 궁전의 향연관(饗宴館)으로, 사방 1백 미터 정도의 사각형 홀이었다. 높이는 약 12미터에, 유리창이 292개 있었다. 이 건물은 제임스 1세 때인 1607년에 개축되었다. 1919년 1월 12일 향연관이 소실되어 이니고 존스 설계로 재건되었다. 재건하는 데 건축비 9,850파운드가 소요되어 1622년 완공되었다. 무대 깊이는 12.2미터, 높이는 1.8미터였다.

극단들

런던의 극단은 지방 순회극단과 구분되었다. 조직과 재정의 차이 때문이었다. 지방 순회극단의 인원은 6인에서 8명이었다. 이 소규모 극단들은 배우 중심이었다. 의상을 제외하고 소도구는 없었다. 중심배우 한 사람이 경영자요, 출자자였다. 이들은 소도구, 의상, 극장 임대료 이외에도 배우 출연료, 무대, 의상 담당, 악사, 입장료 징수인의 보수를 책임졌다.

런던 극단의 공연은 보통 20명의 배우가 배역을 맡았다. 최대 40명의 배우가 필요한 공연도 있었다. 대규모 공연은 두 극단의 합동공연이었다. 1580년경, 런던의 극단은 10명에서 20명의 인원으로 조직되었다. 20명의 단원 중 10명은 주주(株主)였고, 나머지는 고용인이었다. 주주 외의 배우들은 극장 소유주인 '하우스홀더(house-holder)'가 되었다. 극장 외 인사들도 하우스홀더가 되어 극장에 투자할 수 있었으며 이들은 극장 수입의 일부를 보장받았다. 극단은 성인 배우 이외에도 3~5명의 소년 수습 배우를 확보하고 있었다. 어린이와 여자 역할을 맡았던 소년 배우들은 보통 10~14세부터 18~21세까지 극장에 소속되었다. 이후에는 정규 단원이 되거나 다른 직업을 찾았다. 그 외에도 극장에는 관리인, 악사들, 무대 요원들이 고용되었다.

배우들은 각자 특별한 역할을 맡고 있었다. 극장에 소속된 극작가는 이 배우들을 염두에 두고 작품을 썼다. 배우 리처드 버비지(Richard Burbage, 1567?~1619)는 셰익스피어 작품에서 대부분의 주인공 역할을 했다. 작가는 그의 역량을 참작하며 작품을 쓰는 이점이 있었다. 극단은 풍부

셰익스피어와 성서 : 〈리어 왕〉 격론

한 레퍼토리를 보유하여 매일 작품을 바꿔가며 공연할 수 있었다. 이른 바 레퍼토리 시스템이었다. 관객 호응이 좋으면 계속되고, 그렇지 않으면 종연되었다. 배우는 자신이 맡은 다양한 역할을 해내야 하며 이를 위한 연습에 여념이 없었다.

리처드 버비지는 셰익스피어 시대 명성을 떨친 배우이다. 그는 1594년에 셰익스피어의 궁내대신극단(Chamberlain's Men)에 주주배우로서 가담한 이후 셰익스피어 작품에 주인공으로 등장하면서 당시 배우들에게 모범이 되었다. 그는 셰익스피어가 유서에 적은 선물의 수혜자 세 명 가운데 한 사람이었다. 그가 맡은 리처드 3세, 햄릿, 리어 왕, 오셀로는 연극사에 남는 명연기였다. 시어터극장을 창건한 부친 제임스는 1597년 사망하면서 리처드와 형 쿠스버트(Cuthbert)에게 시어터극장과 블랙프라이어스극장을 유산으로 남겼다. 당시 50세였던 리처드는 경영에 집착하지 않고 연기에만 집중했다. 1610년대에 그와 함께 명성을 떨친 배우는 네이선 필드(Nathan Field, 1587~1620)였다. 그는 벤 존슨이 격찬하며 아끼던 배우이자 극작가이기도 했다.

극단에서는 고정 주급을 받는 극작가도 있었고, 작품을 극단에 파는 극작가도 있었다. 극작가는 연습장에서 연극 만드는 일에 협조했다. 배우는 자신의 대사가 적힌 쪽지를 들고 게시판에 붙은 전체 작품의 스토리와 출퇴장을 익혀두었다. '북홀더(bookholder)'는 '프롬프터(prompter)'를 겸했다. 공연 날은 극장 옥상에 깃발이 나부꼈다. 템스강 북쪽에서 그 깃발을 보고 개막을 인지하며 강을 건넜다. 공연은 전염병이 돌거나 종교행사가 열리거나 특별한 공휴일 이외에는 정상적으로 진행되었다. 관객들은 사회 전체를 망라한 다양한 계층의 사람들이었다. 여성 관객의 입장도 허용되었다.

런던 이외의 도시에서는 시 공회당이나 귀족들의 저택, 여인숙 마당, 그리고 때로는 시장 한구석에서 공연을 했다. 1594년부터 1595년 시즌에 해군대신극단은 주 6일 공연으로 총 38편의 희곡작품을 무대에 올렸다. 그중 신작 21편은 2주간에 걸쳐 공연되었다. 이 신작 중 2편은 한 번으로 끝나고 8편은 다음 시즌에 공연되었다. 해군대신극단이 1596년부터 97년 시즌에 34편을 공연했는데, 그중 신작은 14편이었다. 이 중 가장 인기 있었던 〈웨스트체스터의 현인들〉은 3년간 32회 공연을 기록했다. 매일 공연물을 바꾸는 극단은 레퍼토리를 체계적으로 조정했고, 이에 따라 배우는 하루걸러 다른 작품에 등장했다. 이 때문에 배우는 평소 상당한 시간을 연습에 집중해야 했고, 그 결과로 연기술은 날로 발전했다.

극작가들

1590년대, 셰익스피어가 연극계에 진출할 무렵, 토머스 키드(Thomas Kyd, 1558~1594), 크리스토퍼 말로(Christopher Marlowe, 1564~1593), 존 릴리(John Lyly, c.1554~1606) 등 유명 작가들이 활동하고 있었다. 키드는 〈스페인 비극〉(c.1587)을 발표해서 대성공을 거두었다. 그의 작품은 세네카의 잔혹극 영향으로 새로운 복수극을 창출했다. 말로는 케임브리지대학교 출신으로 〈포스터스 박사〉, 〈에드워드 2세〉, 〈탬벌레인〉, 〈말타의 유대인〉 등 명작을 발표했는데 셰익스피어 이전 영국의 최고 작가였다. 그는 '블랭크 버스(blank verse)'를 사용해서 명성을 떨쳤으며 탁월한 성격 창조와 극작술로 셰익스피어와 비교되는 업적을 이룩했다. 릴리는 산문적인 희극작품으로 명성을 얻었다. 그는 신화에서 소재를 얻어 우아한 문체로 기지에 넘친 대사를 구사하는 작품을 발표했다. 작품의 배경은 아름답고 평화로운 전원이다. 그의 영향은 셰익스피어의 〈한여름 밤의 꿈〉, 〈당신이 좋으실 대로〉, 〈십이야〉 등에서 확인할 수 있다.

셰익스피어 동시대 극작가로서 벤 존슨(Ben Jonson, 1572~1637)이 가장 유명하다. 가난한 집에서 태어난 그는 학교교육을 제대로 받지 못했다. 1597년경 배우로 출발했지만 오래가지 못했다. 동료배우 스펜서와 결투해서 그를 살해했기 때문에 투옥되어 사형을 당할 뻔했다. 옥중에서 가톨릭으로 전향했지만 12년 후 국교회로 복귀했다. 그는 1598년 〈사람들 각자 기분대로〉를 글로브극장에서 공연해서 세상을 놀라게 했는데, 이 무대에 셰익스피어가 출연했다. 그는 시인이요, 극작가요, 평론가였다. 1605년 그의 궁정가면극(Of Blackness)이 대성공을 거두어 제임스 1세로부터 연금을 받고 사실상 계관시인의 영광을 누렸다. 「볼포네」(1606), 「침묵하는 여인」(1609), 「연금술사」(1610)를 발표해서 고전적 학식과 광범위한 식견으로 문단의 최고 원로작가가 되었다.

프랜시스 보몬트(Francis Beaumont, c.1584~1616), 존 플레처(John Fletcher, 1579~1625) 두 극작가는 희비극과 낭만적 비극작품으로 이름을 날렸다. 존 웹스터(John Webster, ?~c.1630), 존 포드(John Ford, 1586~1639), 필립 매신저(Philip Massinger, 1583~1640), 토머스 헤이우드(Thomas Heywood, c. 1574~1641), 토머스 데커(Thomas Dekker, c.1572~c.1632), 시릴 터너(Cyril Tourneur, c.1580~1626), 제임스 셜리(James Shirley, 1596~1666) 등 작가들도

당시 활동하고 있었다.

셰익스피어는 궁내대신극단의 전속 작가가 되어 1954년을 경계로 1605년 〈리어 왕〉을 거쳐 1611년 〈폭풍〉에 이르기까지 진지한 주제를 다룬 비극작품과 역사를 다룬 사극작품, 그리고 즐겁고 경쾌한 희극작품을 발표했다. 동시대 극작가 헤이우드는 1633년 혼자서 또는 합작으로 220편의 희곡작품을 집필했다. 작품 한 편 창작하는 데 4~5명 작가들이 합작하는 경우도 있었다.

특정 극단에 소속되어 집필 활동을 하며 정기적으로 보수를 받는 당시 25명 극작가 가운데서 극단과 정식으로 계약을 맺은 작가는 8명 정도였다. 그러나 놀라운 사실은 극작가의 희곡작품이 돈이 되는 생업으로 발전한 일이다. 셰익스피어 이후, 공연 가능한 구작이 항상 확보되어 있는 상황에서 신작 공연은 저조했다. 1630년대 주도적인 활동을 해오던 국왕극단은 신작을 4편 의뢰했을 정도였다. 찰스 1세 치하에서 궁정에서 공연된 88편의 작품 가운데서 64편은 구작이고, 나머지 작품들도 일부는 20년 전 작품이었다.

3. 1606년의 셰익스피어

그해에 무슨 일이 일어났는가?

1603년, 「햄릿」(불량판)이 출판되었다. 3월 24일, 엘리자베스 여왕이 서거하고, 4월 전염병이 런던을 휩쓸었다. 이 때문에 극장이 폐쇄되었다. 1604년, 「햄릿」(우량판)이 출판되고, 4월, 극장이 다시 문을 열었다. 1605년 셰익스피어는 〈리어 왕〉에 몰두하고 있었다. 1606년 〈맥베스〉, 〈안토니와 클레오파트라〉가 초연되었다.

1606년 1월 5일, 6백여 명의 저명인사들이 화이트홀 궁전에 도착했다. 고관대작들과 귀부인들, 의정장관(Lord Chamberlain), 거기에 국왕 제임스 1세까지 무대를 향해 자리를 잡았다. 셰익스피어는 당대 이름난 극작가였지만, 제임스 왕 궁전에서 유행했던 가면극은 집필하지 않았다. 가면극을 쓰면 돈도 명예도 얻을 수 있었다. 가면극은 오락성이 강한 행사용 작품이었기 때문에 셰익스피어는 집필을 기피했다. 제임스 왕 시대에 셰익스피어는 과거 찬란했던 시대의 영화를 누리지 못했다. 그의 소네트도 한물갔다. 28편의 희극, 사극, 비극 작품 가운데서 〈햄릿〉 이후 다섯 편만이 세상의 빛을 보았다. 셰익스피어는 침잠(沈潛)하고 있었다. 그래도 제임스 시대에 들어서면서 〈오셀로〉, 〈자에는 자로〉를 쓰고, 1605년에는 〈끝이 좋으면 다 좋다〉, 〈아테네의 타이몬〉, 〈리어 왕〉이 공연되었다.

이런 활동이 지속되면서도 셰익스피어는 옛날 같지 않았다. 그는 글로브극장에서도 이미 낯익은 얼굴은 아니었다. 한참 때는 매일 셰익스피어의 얼굴을 극장에서 볼 수 있었지만 이제는 보기 드물었다. 1606년, 셰익스피어의 나이 42세였다. 그는 앞으로 작품 활동을 할 수 없다는 것을 알고 있었다. 더욱이 전염병이 유행하는 계절이라 공연 활동을 장담할 수 없었다. 그는 이런 상황에서도 〈리어 왕〉을 끝내고 1606년 〈맥베스〉를 완성했다.

1605년 11월 5일, 가이 포크스 의사당 폭파 음모 사건이 알려졌다. 가톨릭 신봉자들이 의사당을 폭발해서 제임스 왕을 살해하려고 했다. 음모 가담자들은 체포되어 고문을 받고 재판에 회부되어 공개처형되었다. 1601년 2월 8일 에식스 백작이 반란을 일으켰다가 체포되어 사형당한 사건에 이어 이번 일은 셰익스피어에게 극심한 영향을 끼친 듯했다. 반가톨릭 여론이 들끓고, 프로테스탄트 예배에 참석하지 않은 가톨릭 신도를 색출하는 일이 대대적으로 벌어졌다. 한동안 물밑으로 스며들었던 종교분쟁이 다시 수면으로 떠오른 것이다. 제임스 왕은 이 기회에 영국과 스코틀랜드의 통합 문제를 꺼내들었다.

영국에서는 정체성 위기라고 해서 반대 여론이 격화되었다. 셰익스피어는 이런 상황을 주시하며 〈리어 왕〉과 〈맥베스〉를 완성했다. 'En-gland'라는 단어는, 엘리자베스 시대에는 그의 작품에 224회 언급되었다. 그러나 제임스 1세 이후 이 단어는 21회로 끝났다. 셰익스피어는 제임스 왕 이전에는 'British'라는 용어를 사용하지 않았다. 'Britain'은 셰익스피어의 엘리자베스 시대 작품에는 두 번 언급되었는데, 제임스 왕 시대에는 29회 언급되고 있다. 셰익스피어는 제임스 1세의 통합정책에 귀를 기울이고 있었다. 〈리어 왕〉의 개막 장면에서 리어 왕은 대영제국 지도를 펼쳐놓고 '대영제국(Britishness)'의 의미를 강조했다.

1603년 3월, 전염병이 런던에 걷잡을 수 없이 퍼졌다. 7월 감염 환자 중 사망자는 일주일에 천 명을 넘어서고, 8월에는 일주일 동안 3천 명을 넘었다. 계속해서 런던 인구 3분지 1이 감염되고, 그중 3만 명 이상이 사망했다. 런던에 온 제임스 왕은 대관식을 연기하고 햄프턴 코트로 피신했다.

1606년, 런던 시민들은 들썩거렸다. 신문 방송이 없는 그 당시 사람들이 모여서 정보를 나누고 의사소통을 하는 곳은 극장이었다. 한동안 고개를 수그리고 있던 셰익스피어의 가슴이 뛰고 창조적 본능이 작동했다. 〈맥베스〉는 1590년대의 사극과 비극처럼 왕권의 문제를 다루고 있다. 그의 작품은 외침(外侵)과 내전(內戰)의 두려움을 문제 삼고 있다. 제임스 1세는 아들 하나와 딸 둘을 두었으며 성공적으로 왕위를 계승하고 스페인의 외침이나 내전도 없이 순조롭게 나라를 통치하기 시작했다.

그 당시 셰익스피어 극단은 쇼어디치의 커튼극단, 뱅크사이드의 로즈극단과의 극심한 경쟁에 시달리고 있었다. 1603년, 셰익스피어의 든

든한 후원자였던 조지 캐리 의정장관이 중병에 걸렸다. 그의 죽음은 셰익스피어 극단의 생존을 위협하는 중대사건이었다. 이 일에 겹쳐 더욱 더 힘든 일이 벌어졌다. 1603년 3월 19일, 추밀원은 모든 공연을 금지하고, 1603년 5월 7일에는 제임스 왕이 주일날 공연을 금지했다. 일요일에 관객이 몰리는 극장으로서는 이런 조치는 큰 타격이 되었다. 이 와중에서 다행스런 일은 1603년 5월 19일, 셰익스피어 소속 극단이 '여왕극단(Queen's Men)'에서 '국왕극단(King's Men)'으로 선정된 일이었다. 셰익스피어 활동의 장(場)이 새롭게 마련된 셈이다. 셰익스피어는 궁내관(Groom of the Chamber)이 되었고, 그의 극단은 어전공연, 글로브극장 공연, 전국순회공연을 마음껏 할 수 있는 권한이 생겼다.

'국왕극단'이 된 내력은 알 수 없지만 여러 가지 추측은 할 수 있다. 셰익스피어 극단의 우수성과 명성이 일차적으로 선발기준이 되었을 것이다. 다음은 인맥이다. 별로 알려져 있지 않았던 이 극단의 배우 로렌스 플레처(Laurence Fletcher)는 한때 스코틀랜드에서 활동하고 있었다. 당시 제임스 왕이 그의 연기를 보고 서로 친해졌다는 이야기가 있다. '국왕극단'이 포고되면서 그 명단에 셰익스피어 이름 앞에 그의 이름이 있었기 때문에 그 공로를 짐작할 수 있다. 그전에는 그런 일이 없었다. 의정장관의 동생 로버트 케리 경의 지원도 짐작할 수 있는 일이다. 엘리자베스 여왕이 서거하는 순간, 창문 앞에서 왕위를 상징하는 여왕의 반지를 넘겨받아 말을 타고 에든버러까지 달려가서 제임스 왕에게 전한 사람이 바로 의정장관의 동생인 로버트였다. 그의 노력을 평가하지 않을 수 없다. 다음은 셰익스피어의 후원자였던 사우샘프턴 백작이나, 배우 버비지의 열렬한 팬이었던 펨프로크 경의 도움이 주효했다고 짐작할 수 있다. 이들은 모두 제임스 왕의 측근들이었다.

두 통의 편지

 1605년 10월 말, 시원한 가을날, 영국의 귀족들은 전염병을 피해 머물렀던 별장에서 런던으로 돌아오고 있었다. 런던의 극장 관계자들은 이즈음 폐쇄령 철회를 기다리고 있었다. 셰익스피어는 〈리어 왕〉에 몰두하면서 글로스터와 에드먼드 부자 상봉 장면을 마무리하고 있었다.

에드먼드   형님을 변호하기 위해서 한 말씀 드린다면, 이 편지는 형님이 저의 효심을 시험하고 떠보기 위해 쓴 것인 듯합니다.

글로스터   (읽는다) 노인을 존경해야 한다는 세상 관습 때문에 인생의 꽃인 우리의 청춘은 괴롭고 고달프다. 우리가 재산을 양도받을 때가 되면 이미 늙은 합죽이가 되어 우리는 인생을 마음껏 즐길 수 없을 것이다. 노인이 폭력을 휘두르는 것은, 그들에게 실력이 있어서가 아니라 우리가 그들에게 복종하기 때문인데, 나는 노인의 독선적 압력이 부질없고 어리석은 속박인 것을 통감하기 시작했다. 이 문제에 대해서 더 얘기를 나누고 싶으니, 이곳으로 와다오. 만약 아버님께서 내가 깨울 때까지 푹 잠이 들어 계신다면, 나는 아버님 수입의 반을 차지할 수 있을 뿐 아니라, 형 에드거의 사랑을 받으며 살아갈 수 있을 것이다.(1.2.45-52)

이 편지는 에드거를 축출하기 위해 에드먼드가 위조한 것으로 글로스터는 그 책략에 넘어갔다. 그런데, 이와 비슷한 사건이 제임스 왕이 사냥 나간 사이, 10월 26일 화이트홀의 추밀원에서 벌어지고 있었다. 이들의 회의는 몬티글 경(Lord Monteagle)의 도착으로 중단되었다. 그는 의원들에게 잘 알려진 존재였다. 에식스 경의 반란 사건에 연루되었던 몬티글은 한때 런던탑 감옥에서 솔즈버리(Salisbury)에게 구명 탄원서를 낸 바 있다. 그는 벌금형을 받고 풀려났다. 몬티글의 반동은 그것으로 끝나지 않았다. 그는 엘리자베스 여왕 재위 시 스페인이 획책한 반역 사건에도 가담했다가 제임스 왕조가 출범하면서 간신히 처벌을 면할 수 있었다. 그는 가톨릭을 떠났다. 그러나 솔즈버리 등 의원들은 그가 여전히 반동세력과 엮인 몸이라고 의심했다. 그는 제임스 왕 치세에 국가 통합 관련 일을 하고 있었다.

몬티글은 의원들에게 편지 한 통을 건넸다. 편지 내용은 의사당에서 폭발 사건이 발생한다는 정보였다. 그는 의원들에게 의사당으로 가지 말라는 충고를 했다. 그러나, 이 사건이 누구에 의해서, 어떻게 진행되고 있는지에 관해서는 아무 말도 없었다. 에드먼드의 편지처럼 이 편지도 정체불명이었다. 이 편지를 어떻게 입수했는가라고 질문했을 때, 몬티글은 정체를 알 수 없는 사람이 그의 하인에게 편지를 주면서 주인에게 전하라고 했다는 답변을 했다.

솔즈버리는 이 문제를 고관들과 협의한 후, 제임스 왕에게 알렸다. 제임스 왕은 심사숙고 끝에 의사당 수색을 명했다. 수색 결과 의사당과 연결되는 지하실에서 대량의 장작더미가 발견되었다. 장작더미를 지키고 있던 하인은 그것이 토머스 퍼시의 것이라고 설명했다. 그는 가톨릭 계통의 추밀원 의원 노섬벌랜드 경 밑에서 일하고 있었다. 의심은 깊어가지만 일단 의사당 수색은 중단되었다. 하지만 제임스 왕은 여전히 의혹을 떨쳐버릴 수 없었다. 왕은 다시 수색을 하라고 명령했다. 수색은 다시 시작되었고, 그 결과 36개의 화약통이 발견되었다. 다음 날, 개원되는 의사당에서 이 화약이 폭발하면, 제임스 왕과 왕비, 왕자 헨리와 찰스, 정계 지도자들, 의원들, 교회 지도자들, 회당에 모인 국민들 모두가 순식간에 참사를 당했을 것이다. 제임스 왕은 희생자가 3만 명에 달했을 것이라고 말했다. 이것이 이른바 '가이 포크스 의사당 폭파 음모 사건'이다. 퍼시의 하인도 체포되었다. 이름은 존 존슨, 가톨릭 신자로서 국왕을 암살하고 새로운 왕국을 세울 예정이었다고 진술했다.

제임스 왕은 끈질기게 배후를 캐기 시작했다. 광범위한 체포령이 발동되었다. 모든 항구는 봉쇄되었다. 전국 곳곳에 반역 죄인을 찾는 포스터가 나붙었다. 11월 5일 런던 시민들은 사건 소식을 접하고 크게 놀라면서 불안에 떨었다. 노섬벌랜드 백작이 주모자로 지목되었다. 가톨릭 지도자들이 다수 연루되었다. 수많은 정계 지도자들도 거명되었다. 가혹한 심문과 고문에 시달린 존 존슨은 11월 9일 범행을 자백했다. 그의 본명은 기도 포크스(Guido Fawkes)였다. 일명 '가이 포크스'로 알려진 인물이다. 심문 조서에 서명도 못 할 정도로 그는 탈진 상태였다. 주모자는 로버트 캐츠비(Robert Catesby)였다. 그는 사촌 토머스 라이트와 토머스 윈터와 함께 1604년에 밀의(密議)를 거듭했다. 그들은 폭발물 기술자인 포크스를 포섭했고, 이듬해 8명을 더 끌어들였다. 이들은 웨스트민스터 근처의 건물을 세어 이곳에서 의사당 지하까지 땅굴을 파기로 했다. 굴착 작업을 할 인원을 증원했으나 여의치 않던 도중, 뜻밖에도 의사당 지하창고를 빌릴 수 있게 되어 굴착은 중단되었다.

이들은 의사당 지하창고에 화약을 몰래 숨겨두었다. 자금 조달을 위해 두 사람을 더 증원했다. 일을 확대하다 보니 마지막 순간에 실수가 생겼다. 발각 3주 전 프랜시스 트래섬(Francis Tresham)이 가담했다. 그는 몬티글의 친척으로, 편지를 전달한 장본인이다.

이들은 가톨릭 탄압에 불만을 가진 신도들로서, 혈연으로 맺어진 중부지방 출신들이었다. 상당수가 체포되었고, 나머지 범인들도 끝까지 추적해서 잡아들이고, 혹독한 고문 끝에 참혹하게 공개 처형했다. 기독교 국가에서 그런 야만적인 처형은 있을 수 없는 일이었는데 실제로 영국 왕조 시대에는 흔히 있는 일이었고, 제임스 왕 시대에는 더욱더 심했다. 셰익스피어는 그 처절함을 알고 있었을 것이다.

제임스 왕은 의회에서 "이 음모는 나 개인의 파멸만이 아니라 여기 참석한 여러 의원들, 계급, 나이, 성별에 관계없이 모든 국민들을 위협하는 사건"이라고 말했다. 이 사건은 미수로 끝났지만, 영국 사회에서 여전한 종교분쟁의 심각성을 나타내고 있었다. 정부가 수많은 정보망을 통해서도 감지하지 못했던 억압과 분노의 폭발은 제임스 왕 집권 30개월을 참고 견디지 못한 민심의 폭발이었다. 1606년, 셰익스피어는 〈리어 왕〉에서 인간 악의 문제를 제기했다. 그가 「햄릿」에서 말했던 것처럼 "연극은 시대를 비추는 거울"이었기 때문이다.

이 사건이 셰익스피어에게 어떤 영향을 미쳤는지 알 수는 없지만, 그의 작품에 남긴 어떤 흔적은 더듬어볼 수 있을 것이다. 스코틀랜드의 군주를 살해하는 것으로 시작되는 〈맥베스〉는 그 영향을 감득할 수 있는 작품이다. 〈리어 왕〉도 그 영향권 안에 있다. 에드먼드의 편지가 그렇다. 브리튼 왕족의 절멸을 알리는 종말론적 비극은 '건파우더 사건'의 화약 냄새가 난다. 켄트의 대사 "이것이 약속된 땅인가?"라든가, 그의 뒤를 잇는 에드거의 대사 "아니면 그 공포의 이미지인가?"는 그 영향이라고 짐작할 수 있다. 폭풍 속에서 배신당한 한을 품고 울부짖는 리어는 제임스 왕의 모습으로 비춰진다. 셰익스피어 말년의 비극작품과 제임스 왕의 성서는 당시의 세태를 반영하고 있다. 놀라운 것은 성서 번역에 셰익스피어의 언어가 크게 기여하고 있다는 사실이다. 셰익스피어는 〈리어 왕〉 집필을 끝내고도 '가이 포크스 사건'의 악몽에 시달리면서 그의 작품은 탐욕, 배신, 선악의 문제를 벗어나지 못하고 있었다.

　제임스 왕의 초상에는 다이아몬드가 번쩍이는 왕관이 있다. 그 왕관은 엘리자베스 여왕의 보석, 그의 모친의 보석, 프랑스에서 사들인 보석, 15세기 인도에서 갖고 온 보석 등을 모아서 만든 것이었다. 나라 일이 쉽게 풀리지 않았고 재정이 핍박(逼迫)하여 제임스 왕은 왕관의 보석도 저당으로 내놓아야 했다. 1625년 죽음 직전까지 그토록 염원했던 대영제국 통합의 꿈은 이루어지지 않았다. 게다가 집안 흉사가 겹쳤다. 왕비와 헨리 왕자가 세상을 떠났다. 왕자는 1612년 18세 이른 나이에 죽었는데, 왕가와 나라에 참담한 충격을 안겨주었다. 제임스 왕은 남은 딸 엘리자베스를 보헤미아의 왕비로 출가시켰지만, 보헤미아는 멸망하고 왕비는 유형(流刑) 생활을 했다. 제임스 왕을 승계한 찰스가 왕위에 오르자 부왕이 떠넘긴 재정 문제, 종교 문제, 정치 문제에 얽혀 폭동이 일어나고 혁명으로 나라가 뒤집혔다. 그는 폐위되고, 1649년 교수형으로 공개 처형되었다.

1606년, 제임스 왕 시대에 셰익스피어는 충만한 수확을 거두었다. 이 시기에 〈리어 왕〉, 〈맥베스〉, 그리고 〈안토니와 클레오파트라〉가 완성되었다. 이 작품들은 세계 문화의 찬란한 유산이 되었다. 1606년 이후, 3년에 걸쳐서 셰익스피어는 조지 윌킨스(George Wilkins)와 함께 〈페리클레스〉를 완성했다. 이어서 그는 〈코리올레이너스〉, 〈끝이 좋으면 다 좋다〉, 〈심벨린〉, 〈겨울 이야기〉 그리고 〈폭풍〉 등 명작을 발표했다. 그 후 고향에 은퇴해서 만년에 존 플레처와 합작으로 작품을 썼다는 말이 전해지고 있다.

셰익스피어와 성서 : 〈리어 왕〉 격론

4. 셰익스피어의 런던 활동 시대

스티븐 그린블랫(Stephen Greenblatt)은 그의 명저『세상에 나온 윌(*Will in the World*)』(2004) 서문에서 셰익스피어에 관해서 이런 질문을 했다.

작은 지방 도시 출신 젊은이. 버젓한 재산도 없고, 세도 당당한 족벌도 아니면서, 게다가 대학 출신도 아닌 그가 1580년대 런던으로 나와서, 짧은 기간에 놀랍게도 당대 최고의 극작가일 뿐만 아니라 모든 시대를 풍미한 예술가가 된 그는 누구인가? 그의 작품은 배운 사람이나 무지한 사람들을 똑같이 매혹하고, 도시의 세련된 상류층에서 지방의 초참 관객들에 이르기까지 찬양의 대상이 되었다. 그는 관객을 웃기고, 울렸다. 그는 정치를 시(詩)로 전환시켰다. 그는 어렵지 않게 속된 어릿광대와 고매한 철학적 통찰을 배합했다. 그는 예리한 관찰로 제왕들과 거지들의 인생을 감지했다. 그는 어떤 때는 법률 공부를 한 듯했고, 또 어떤 때는 신학을, 그리고 때로는 고대사를, 그러면서도 힘들이지 않고 시골뜨기 흉내를 내며 노부인의 이야기에 넋을 잃고 있다. 이런 장대한 업적을 어떻게 설명할 수 있는가? 어떻게 셰익스피어는 셰익스피어가 되었는가?

셰익스피어의 런던 극장 활동 시대를 자세하게 서술한 그린블랫의 저서는 셰익스피어의 런던 극단 시대를 알아내는 일에 도움이 되었다. 그린블랫 이외에도 앤서니 버제스(Anthony Burgess)의 『셰익스피어』(1970), 파크 호넌(Park Honan)의 『*Shakespeare, A Life*』(1999), 캐서린 던컨-존스(Katherine Duncan-Jones)의 『*Shakespeare, an Ungentle Life*』(2010), 조너선 베이트(Jonathan Bate)의 『*The Genius of Shakespeare*』(2008) 등은 대단히 유익한 자료를 제공해주었다. 조너선 베이트가 던진 아래의 질문은 신선했다. 그 의문에 대한 해답은 곧 셰익스피어 런던 시대의 전모(全貌)가 될 것이다.

셰익스피어는 어디서 왔는가? 어떤 소재로 그는 작품을 썼는가? 그의 천재적 소질은 어떤 경로를 통해 인정되고 찬양되고 있는가? 16세기 영국, 그 하찮은 곳에서 태어난 극작가가 어떻게 해서 세계 연극사에 가장 추앙받는 존재가 되었는가? 그리고, 셰익스피어 작품의 독창성은 무엇인가?

존 셰익스피어(John Shakespeare)와 농장주 아덴 집안의 딸 메리 아덴 사이에서 1564년 4월 26일, 장남 윌리엄 셰익스피어가 탄생했다. 윌리어엄은 스트랫퍼드 홀리 트리니티 교회에서 세례를 받았다. 1566년 10월 13일, 차남 길버트가 탄생했다. 1568~9년, 부친 존 셰익스피어는 스트랫퍼드의 지방행정관(Bailiff)을 지냈다. 1569년 4월 15일, 장녀 조앤(Joan)이 태어나 세례를 받았다. 1571년 9월 28일, 차녀 앤(Anne)이 태어나 세례를 받았다. 1572년, 레스터극단이 스트랫퍼드에서 공연을 했다. 어린 셰익스피어는 이때 아버지 손을 잡고 공연을 보았을 것이라고 추측된다. 1574년 3월 11일, 삼남 리처드(Richard)가 태어나 세례를 받았다. 1575년 7~8월, 엘리자베스 여왕이 케닐워스성 축제를 참관했다. 1578년, 스트렌지스와 에식스 극단이 스트랫퍼드에서 공연을 했다. 이 행사에도 셰익스피어가 참가했을 것이라고 추정된다. 1579년 4월 4일, 앤 셰익스피어가 사망해서 매장되었다. 1580년 3월 3일, 4남 에드먼드(Edmund)가 태어나 세례를 받았다. 1581년, 워스터즈 극단이 스트랫퍼드에서 공연을 했다. 이 공연은 셰익스피어에게 깊은 영향을 끼쳤을 것이라고 생각된다.

1582년 11월 27일, 윌리엄 셰익스피어와 앤 해서웨이(Anne Hathaway)의 결혼인증서가 교회에서 발급되었다. 신부는 26세, 신랑보다 8세 연상이었다. 신부는 스트랫퍼드에서 1.6킬로미터 떨어진 쇼터리의 유복한 농가의 딸이었다. 1583년 5월 26일, 장녀 수잔나(Susanna)가 태어나서 홀리 트리니티 교회에서 세례를 받았다. 1985년 2월 2일, 햄닛(Hamnet)과 주디스(Judith) 쌍둥이가 태어나 세례를 받았다. 1587년, 부친 존 셰익스피어가 재정상 위기에 봉착해서 스트랫퍼드시의 관직에서 물러나고 교회에 나타나지 않았다. 당시 교회에 모습이 보이지 않으면 문제인간으로 취급되었다. 셰익스피어는 쌍둥이가 태어나자 큰 결심을 하고 런던으로 향해 떠났다. 이후 7년 동안 그의 행방을 알 수 없다. 쇼어디치(Shoredicth) 교외에 있는 제임스 버비지 극장에서 수업을 받았을 것이라

셰익스피어 글로브극장

　　　　　　　　　　　　　　　셰익스피어와 성서 : 〈리어 왕〉 격론

추측되는데 확증은 없다. 고향을 떠나면서 그는 극장에서 성공해야 된다는 결심을 했을 것이다. 1780년, 조지 스티븐스(George Stevens)는 셰익스피어의 생애에 관해서 간단히 이렇게 말했다.

셰익스피어에 관해서 확실하게 말할 수 있는 것은―그는 에이번 강변 스트랫퍼드에서 태어나서, 결혼하고, 그곳에 자녀를 두었다는 사실과―런던으로 가서 배우가 되고, 시와 희곡을 썼으며, 말년에 스트랫퍼드로 돌아와서 유언장을 남기고 사망한 후 매장되었다는 사실이다.

스티븐스가 제시한 증거는 셰익스피어의 유언장, 교회에 보관된 출생 기록과 결혼 기록, 딸 수잔나 세례 기록, 햄닛과 주디스 쌍둥이 세례 기록, 셰익스피어 매장 기록 등이다. 스티븐스 이후 2세기 지나서 셰익스피어, 그의 가족, 그리고 그의 극단에 관한 50개 항목의 기록이 새로 발견되었다. 그러나 여전히 셰익스피어 생애에 관한 의문은 풀리지 않고 있다. 셰익스피어가 런던에서 알려진 것은 1592년 그의 나이 28세 때였다. 윌리엄 그린의 책에서 셰익스피어를 비난하는 문구 "벼락 출세한 까마귀(upstart crow)"가 언급된 후였다. 1592년, 셰익스피어의 〈헨리 6세〉가 로즈극장 무대에 올랐는데, 셰익스피어는 그 무대에서 연기를 했다고 전해지고 있다. 그는 그린의 질투를 살 정도로 바쁘게 일하는 촉망받은 단역 배우요 신진 극작가였을 것이다. 로즈극장 무대는 당시 비극작품의 산실이었다. 키드의 〈스페인 비극〉이나 말로의 작품들이 그곳에서 공연되었다. 그 무대는 연극 신입생 셰익스피어의 훈련장이었다. 23세, 또는 24세 때, 그는 단역 배우이자 극작가 견습생으로서 극단에서 일했을 것이다.

배우는 적어도 30개 역할은 머릿속에 담고 있어야 했다. 셰익스피어가 당시 고용인으로서 단역을 맡았다고 한다면 한 시즌에 100개 정도의 단역을 했다고 추정된다. 리처드 버비지 같은 주연배우는 한 역할에 800행의 대사를 암기해야 했으며, 주당 4,800행의 대사를 암기하고 있어야 했다. 그래서 배우 각자는 자기 나름대로의 '암기술'을 터득해야 했다. 공설극장 무대 모든 면과 천장의 그림을 암기를 위한 암호로 활용했다는 주장이 제기될 정도였다. 셰익스피어는 작품을 쓰기 위해 상당량의 독서를 했을 것이다. 무대 생활을 통해 그는 작중 인물의 성격 창조와 희곡 창작에 도움이 되는 기술을 연마했을 것이다. 그는 〈베로나의 두 신사〉로 두각을 나타냈을 때, 1588~91년에 쓴 '릴리식(Lylyan)' '사랑과 우정'의 주제와 낭만적 극작술 영향이 나타났기 때문이다.

1592년, 전염병 유행으로 20개월 동안 극장이 폐쇄되었다. 런던 인구의 14%가 사망했다. 쇼어디치와 사우스워크(Southwark) 극장가의 사망률이 런던보다 더 높았다. 런던 관헌 당국은 극장가를 병의 소굴로 단정했다. 정치적 불안, 재물의 손상, 무질서와 폭력 등 모든 불리한 것은 극장 책임으로 돌렸다. 런던 극단들은 지방 순회공연을 시작했다. 그나마 왕실은 공연을 유지하며 극단을 도왔다. 셰익스피어는 이 시기에 두 권의 시집을 냈다. 『비너스와 아도니스(Venus and Adonis)』와 1594년에 『루크리스(Lucrece)』로 출판되었다가 후에 『루크리스의 능욕(The Rape of Lucrece)』으로 제목이 바뀐 작품이다. 셰익스피어는 이 시기에 14행시 『소네트(Sonnets)』를 쓰기 시작했다.

〈햄릿〉(1600~1601)은 그리스 비극 시대 후 2천 년 동안 발표된 작품 중 최고의 명작으로 평가되고 있다. 이에 맞서는 작품은 〈리어왕〉(1605~1606), 〈맥베스〉(1606), 〈오셀로〉(1603~1604)뿐이라는 정평이 나 있다. 이른바, 1600년부터 1606년 사이에 발표되었던 셰익스피어 4대 비극 작품이다. 그래서 이 시기를 셰익스피어 비극 시대라고 부른다.

셰익스피어가 인생의 위기를 느끼지 않고서야 어떻게 연달아 비극 작품을 썼을 것인가? 관객의 취향이 바뀌어 그 길로 갔든가, 아니면 그의 연극관이 바뀌었든가, 아무튼 그의 비극시대 전환에 대해서 여러 의문을 제기할 수밖에 없다.

1601년 9월 8일 부친 존이 홀리 트리니티 교회서 매장되었다. 1603년 3월 24일, 엘리자베스 여왕이 서거했다. 1601년 2월 8일 에식스 백작이 반란을 일으켜 처형되었고, 사우샘프턴 백작은 종신형으로 수감되었다. 에식스 백작의 요청에 의해 왕위 찬탈극 〈리처드 2세〉를 반란 전야 2월 7일 글로브극장에서 공연해서 물의를 일으켰다. 1603년 3월 19일 전염병으로 극장이 1년간 폐쇄되었다. 1605년 '가이 포크스 의사당 폭파 음모 사건'이 발각되어 관련자 전원이 체포 및 처형되었다. 1603년 그의 보호자였던 조지 캐리 경(Sir George Carey)이 1603년 9월에 사망했다. 극단의 주도적인 배우이며 셰익스피어와 특별히 친근했던 오거스틴 필립(Augustine Phillips)도 사망했다. 그의 죽음은 셰익스피어에게 큰 충격이요 아픔이었다. 이런 불안하고 슬픈 사건들이 속출하면서 셰익스피어는 극심한 심적 고통을 느꼈을 것이다. 특히 튜더 왕조 종말의 시기에 그는 제반 사건에서 인생의 비극을 통감했을 것이다. 미쳐서 광야를 헤매며 폭풍 속에서 포효하는 리어 왕의 말로와 처절함을 이 모

〈윌리엄 셰익스피어의 연극들〉, 존 길버트(John Gilbert), c.1849

셰익스피어와 성서 : 〈리어 왕〉 격론

든 일을 통해 뼈아프게 느꼈을 것이다. 이런 비극적 체험의 심연(深淵)에서 그는 비극의 펜을 들었을 것이다.

1604년, 셰익스피어는 40세가 되었다. 셰익스피어는 그동안 배우로서, 극작가로서, 극장 경영인으로서 열심히 바쁘게 살았다. 〈리어 왕〉과 〈아테네의 타이몬〉(1605)은 세상을 비관하고 비판한 작품이다. 두 작품은 똑같이 배은망덕의 사연을 담고 있다. 세상은 배은과 위선의 지옥이요, 부패와 악행이 넘쳐 있는 곳이라고 그는 개탄했다. 선한 사람들이 악한 사람들의 만행으로 파멸당하는 부조리를 그는 고발하고 있다. 셰익스피어는 이 모든 일을 그의 비극 시대에 하고 있다.

1594년 봄, 전염병은 가라앉았다. 지방을 돌던 극단들은 런던으로 돌아왔다. 1595년 여름, 런던에서 음식 가격 때문에 폭동이 일어났다. 런던 시장과 여왕은 이 사건에 경악하고 통행금지령을 발포(發布)했다. 극장이 다시 폐쇄되었다. 6월 26일, 셰익스피어는 생활의 터전을 잃게 되었다. 로즈극장이 문을 닫았기 때문이다. 8월까지 버비지극장도 휴관으로 고통을 겪었다.

셰익스피어는 부단히 움직였다. 〈존 왕〉(1590), 〈말괄량이 길들이기〉(1590), 〈헨리 6세 1부〉(1591), 〈헨리 6세 2부〉(1591), 〈헨리 6세 3부〉(1592), 〈리처드 3세〉(1592), 〈타이터스 앤드로니커스〉(1592), 『비너스와 아도니스』(1593), 『소네트』(1593~1603), 『루크리스의 능욕』(1594), 〈실수연발〉(1594), 〈리처드 2세〉(1595), 〈로미오와 줄리엣〉(1594~96), 〈한여름 밤의 꿈〉(1595~96), 〈베니스의 상인〉(1596~97), 〈헨리 4세 1부〉(1596~97), 〈헨리 4세 2부〉(1597~98) 등을 발표하면서 셰익스피어는 런던을 떠나지 않고 있었다. 그의 수입도 1596년에 이르러 상당한 액수에 이르렀다.

그해 10월, 세인트 헬렌 교구(parish) 주민 73명 과세 해당자 한 사람으로 기록되어 있을 정도가 되었다. 그의 연수는 100에서 160파운드로 추산된다.

셰익스피어는 모인 재산으로 스트랫퍼드에서 두 번째 큰 호화저택 뉴플레이스(New Place)를 1597년 5월 4일 60파운드로 구입했다. 이 건물은 15세기에 지은 유서 깊은 건축물이다. 그의 아내와 14세 수잔나, 12세 주디스는 1597년 혹은 1598년 2월 이전에 그 집으로 이사 갔다. 셰익스피어는 은퇴 후 1611년부터 1616년까지 그곳에 거주했다. 3층 건물인 뉴플레이스는 화덕이 있는 10개의 방(당시 화덕은 사치로 간주되어 과세 대상이었다), 두 개의 정원, 두 개의 과수원, 두 개의 창고가 있는 벽돌과 목재 저택인데 시 중심부 1에이커 땅이었다. 셰익스피어는 정원에 장미꽃과 사과나무를 심었다. 그의 작품에 사과나무는 30회 언급되고, 장미꽃은 100회 이상 인용되고 있다. 작품에 언급된 여타 식물은 일종의 식물도감이었다. 이 건물은 후에 손녀 엘리자베스 내시가 살다가 그녀의 두 번째 남편 존 버너드 경이 사망하자 에드워드 워커 경에게 매도되었고, 그는 이곳에서 1677년까지 살다가 휴 클롭턴 경(Sir Hugh Clopton)의 후손에게 양도했다. 1702년, 존 클롭턴 경은 건물을 허물고 그 자리에 새 건물을 지었다. 새 건물주 프랜시스 가스트렐은 1759년 다시 그 건물을 허물었다. 1737년 재건되었을 당시의 건물 전면 스케치가 현재 남아 있다.

5. 에이번강의 노을에 지다

1709년, 니콜라스 로(Nicholas Rowe)에서 1975년 새뮤얼 쇤바움(Samuel Schoenbaum)에 이르는 전기(傳記) 논객들은 대부분 셰익스피어가 노년에 스트랫퍼드에서 안락한 전원생활을 즐겼다고 주장했다. 그러나 호니그먼(E.A. J. Honigmann)이나, 그린블랫, 캐서린 던컨-존스 등의 신예 학자들은 이와는 다른 의견을 냈다. 스트랫퍼드에 은거할 당시 셰익스피어는 집필 중단 상태에서 극단의 주식을 내놓는 입장이었다고 말했다. 재산을 쌓고 명성을 얻었지만, 그는 여전히 런던을 왕래하면서 극단 사업과 집안일로 심뇌(心惱)를 거듭하고 있었다는 것이다.

셰익스피어는 1604년 은퇴할 생각이었지만, 용단을 내리지 못한 것은 자신의 은퇴를 비극으로 봤기 때문이다. 건강이 쇠퇴하는 노년, 그로 인한 온갖 권력의 포기, 재산의 이양, 인간관계의 단절 등은 리어 왕의 경우처럼 슬픈 일이었다. 셰익스피어는 그 당시 걱정할 일이 너무 많았다. 1614년 11월 17일, 변호사 토머스 그린(Thomas Greene)은 런던에서 셰익스피어를 만났다. 방문 목적은 소송 문제였다고 그린은 일기에 적고 있다. 1614~1616년 기간 셰익스피어 송사(訟事) 가운데서 가장 그를 괴롭힌 사건은 '웰콤브 울타리(Welcombe enclosures) 사건'이다. 스트랫퍼드의 대주주 윌리엄 콤브(William Combe)의 부친이 1610년 사망했는데, 생존 시에 그는 스트랫퍼드 웰콤브 토지 일부를 울타리로 '둘러막는(enclose)' 일을 제안했다. 변호사 그린은 그 제안에 반대하는 운동을 하고 있었는데, 이 일에 셰익스피어의 동의를 구하려고 했었다. 그러나, 셰익스피어는 그의 협조를 거절했다.

셰익스피어는 혼자 힘으로 재산을 모았다. 모친의 재산은 부친 존이 파산하면서 잃게 되었다. 자신의 형제들은 재산을 축적하지 못했다. 여동생 조앤은 가난한 모자 상인한테 시집갔다. 윌리엄 자신도 중산층 보통 집안의 여자와 결혼했다. 그는 아무런 재산도 상속받지 못했다. 그의 입신출세에 힘을 보태준 친척도, 친지도, 연고도 없었다. 모든 것을 혼자 힘으로 쟁취했다. 스트랫퍼드의 뉴플레이스 저택도, 광활한 토지 매입도 자신의 노고와 이재(理財)의 성과였다. 셰익스피어는 열심히 돈을 모았다. 그의 런던 생활은 검소했다. 1604년의 여러 재판 기록을 보면 그는 런던 서북지방 크리플게이트(Cripplegate)의 실버 스트리트(Silver Streets)에 있는 상점가에 숙소를 정하고 있었다. 그곳은 프랑스나 저개발국가에서 온 이민들과 여러 분야의 기술자, 직공들의 생활 터전이었다. 극장 근처여서 편리했고 집세도 저렴했다. 그의 재산세 기준으로 평가한 재산 액수는 5파운드였는데, 당시 유복한 주민의 재산 평가는 3백 파운드였다. 셰익스피어는 부친의 재정 파탄을 일찍부터 목격하고 그런 일을 되풀이하지 않도록 만반의 준비를 했다. 당시 스트랫퍼드 시민들은 벼락출세하고 재산을 모으고 이름을 날린 셰익스피어의 유복한 생활을 부러워하면서도 빈민 구제에 소극적이며 세금을 아끼는 그를 구두쇠라고 불렀다. 1597년, 셰익스피어가 뉴플레이스를 구입한 해, 비숍스게이트의 세리(稅吏)는 셰익스피어가 세금을 내지 않았다고 불평했다. 그러나 재산은 축적되고 있었다. 1602년 5월, 셰익스피어는 320파운드를 출자해서 토지를 구입했다. 1605년, 그는 440파운드를 출자해서 스트랫퍼드의 농지를 구입했다. 이 정도의 구매력이라면 셰익스피어는 당시 당당한 재산가가 된다. 어전 공연은 그에게 명예와 부를 보장했다. 1605~1606년 크리스마스 시즌과 새해에 그의 극단은 어전 공연만으로도 100파운드의 수입을 올렸다. 1606~1607년에는 90파운드, 1608~1609년에는 130파운드, 1609~1610년과 1610~1611년에는 150파운드의 막대한 수입을 올렸다. 어전 공연 이외에도 글로브극장에서의 공연 수입이 있고, 지방공연 수입도 있다.

실상, 셰익스피어는 눈코 뜰 새 없었다. 글로브극장 재정비, 제임스 1세 치하의 제반 업무에 대한 적응, 신진 배우 영입, 쇄도하는 어전 공연 준비, 새로운 연기술 개발과 배우 훈련, 부산하게 달리는 지방공연, 새로 개관하는 블랙프라이어스극장과의 업무협의, 스트랫퍼드 가족 방문, 딸아이들 결혼식, 부동산 매입, 성가신 소송업무, 그리고 희곡 창작 일 등으로 피곤이 상접해서 1604년 그는 은퇴 생각을 하게 되었다.

스트랫퍼드에서 셰익스피어를 괴롭힌 사건 가운데 하나는 햄닛과 쌍둥이로 태어난 둘째 딸 주디스의 결혼이었다. 첫째 딸 수잔나는 셰익스피어가 좋아하는 의사와 결혼해서 흡족했는데, 주디스는 아니었다. 주디스의 결혼 상대는 포도주 상인 토머스 퀴니였다. 주디스는 당시 31세, 퀴니는 27세였다. 문제는 나이 차이가 아니라 결혼인증서 없이 1616년 2월 16일 결혼 불가일에 혼인해서 법을 위반했기 때문이다. 퀴니는 재판 불출두 죄목으로 파문당했다. 주디스도 공범으로 몰렸다. 셰익스피어 일부 학자들은 셰익스피어가 이 사건으로 사회적 모욕감을 느끼며 정신적으로나 육체적으로 심한 충격을 받았다고 했는데, 그린버그는 그런 주장을 반박하고 있다. 그것이 이유인지 아닌지는 알 수 없지만 그런 일이 일어난 후 셰익스피어는 세상을 떠났다. 1616년 4월 23일 사망한 날은 52년 전 그가 탄생한 날이다. 그는 26일 홀리 트리니티 교회에 매장되었다.

수잔나는 셰익스피어 노년의 사랑스런 동반자였다. 리어 왕 말년의 효녀 코델리아 같았다. 그의 말년의 작품 〈페리클레스〉, 〈겨울 이야기〉, 〈폭풍〉 등은 한결같이 '아버지와 딸' 관계를 주제로 삼고 있는 점을 그린발트는 특히 주목하고 있다. 이것은 셰익스피어가 사랑하는 딸 수잔나와 자신의 몸을 돌봐주는 의사 사위와 함께 살아가는 행복한 노년을 의식했기 때문이라는 것이다. 셰익스피어가 아내에게는 '두 번째 침대'만 남겨주고 뉴플레이스를 포함해서 유산의 대부분을 수잔나 부부에게 유증(遺贈)하고, 이들을 상속 대리인으로 지명한 이유도 알 수 있을 듯하다. 사위 존 홀(John Hall)은 케임브리지 대학교 출신 신사였다. 그는 프랑스에서 의학 수업을 마치고 돌아왔다. 결혼 무렵 이미 그는 의사로서 일가를 이루고 재산도 갖고 있었다. 수잔나는 독립심이 강하고, 절제심 있는 강직하고 성실한 여성이었다. 결혼했을 때, 수잔나는 24세였다. 〈페리클레스〉 5막에서 아버지가 자신의 딸 마리나에 대해서 감동적인 증언을 하는 대목이 있다.

페리클레스. ……넓은 이마,/ 늘씬한 키, /은방울 목소리, 보석 상자
에 담은/ 빛나는 눈동자, 여신 주노의 걸음걸이…(5.1. 109-112)

셰익스피어는 수잔나를 생각하며 이런 대사를 쓰지 않았나 생각된
다. 수잔나는 딸 엘리자베스 출산 후, 1608년 2월 21일 딸의 세례를 마
쳤으니 셰익스피어는 43세에 할아버지가 되었다. 셰익스피어는 수잔나
와 단란한 가족을 이루며 에이번 강가의 백조가 되어 유유자적하는 생
활을 이어 나갔다. 엘리자베스는 1626년, 18세 때 자신보다 두 배나 더
많은 나이의 남자 토머스 내시(Thomas Nash)와 결혼했다. 그는 셰익스피
어가 반지를 유증했던 토머스 내시의 아들이었다. 그는 법률 공부를 했
는데 변호사가 되지 못했고 그럭저럭 살다가 1642년 8월 20일 사망 5년
전에 유언장을 작성해서 홀 의사의 부동산과 뉴플레이스를 자신의 것
인 양 위장해서 친척인 에드워드 내시에게 유증했다. 수잔나는 제소하
고 내시는 패소했다. 수잔나는 셰익스피어의 책과 원고 처리 과정에서
법적으로 오류를 범했다. 판권의 일부를 남편 홀에게 넘겨주었기 때문
에 이 일로 인해 사위 내시에게 유리하게 판결이 났다. 수잔나는 1649
년, 7월 11일 66세로 생애를 마감했다.

주디스는 1662년 2월 9일 사망했다. 77세였다. 주디스는 1616년 셰
익스퍼(Shaxper)라는 이름의 아들을 낳았는데 유아 때 사망했다. 또 다른
아들 리처드(Richard)는 1618년에 탄생했는데 21세의 팔팔한 나이에 사
망했다. 셋째 아들 토머스(Thomas)는 1620년 1월 태어나서 1639년 19세
의 젊은 나이에 사망했다. 수잔나의 딸 엘리자베스와 결혼한 토머스 내
시는 1647년 53세 나이로 사망했다. 2년 후, 엘리자베스는 두 번째 남

편을 맞이했다. 존 버너드 경(Sir John Barnard)이었다. 그에게는 첫 아내 사이에 8명의 자식들이 있었다.

1649년 6월 4일, 이들의 결혼식이 열렸다. 엘리자베스는 뉴플레이스를 상속받았다. 버너드 부인이 된 엘리자베스는 1670년 후손 없이 사망했다. 62세 되던 해였다. 기념비도, 비석도, 아무런 흔적도 없이 셰익스피어의 후손은 지상에서 완전히 사라졌다.

제2장

셰익스피어와 종교

1. 메리 여왕과 엘리자베스 여왕

헨리 8세는 1534년 '국왕지상법'을 제정하고, 로마 교황청과 단절했
다. 그는 프로테스탄트 국교(Protestant Church of England)를 선포하는 종교
개혁을 단행했다. 1547년, 헨리 8세를 계승한 에드워드 6세는 대주교
토머스 크랜머(Thomas Cranmer)의 '42조 교리'와 '공통기도서'를 영국국
교의 기본으로 삼았다. 또한, 라틴어 대신 영어로 예배를 거행하는 '예
배통일법'(1549)을 선포했다. 이 일을 계기로 가톨릭 탄압이 시작되면서
종교분쟁이 시작되었다. 1747년, 아홉 살 나이로 왕위에 오른 에드워드
6세는 폐결핵으로 1553년 6월, 열여섯 살에 사망했다.

에드워드 6세를 계승한 메리 1세는 가톨릭 신봉자였다. 여왕의 통치
기간 동안(1553~1558) 신교도들이 화형되고, 윌리엄 틴들(William Tyndale)
이 번역한 성서는 금서가 되었다. 메리 여왕의 박해를 견디지 못한 신
교도들은 해외로 망명길을 떠났다. 그중 일부는 신학자 칼뱅(John Calvin)
이 1536년 '기독교요강'을 발표하며 신교의 요람지로 삼았던 스위스 제

네바에 정착했다. 이들은 신학자들의 자문을 받으면서『제네바 성서(*The Geneva Bible*)』를 번역해서 발간했다. 이 성서는 엘리자베스 시대 널리 보급된 것으로, 셰익스피어가 읽었던 성서이며, 청교도들이 메이플라워호를 타고 미국으로 출범할 때 들고 간 성서이기도 하다. 1560년 간행된 이 성서는 제임스 1세가 완성한『킹제임스 성서』(1611)보다 51년 앞선다. 올리버 크롬웰(Oliver Cromwell), 존 녹스(John Knox), 존 던(John Donne), 존 버니언(John Bunyan) 등 당대 명사들이 읽었던 성서이다. 1579년, 스코틀랜드에서 최초로 발행된 성서도『제네바 성서』였다.

1644년까지 이 성서는 150판 발행되었다. 신약성서는 그리스어에서, 구약성서는 헤브라이어에서 영어로 번역되었으며, 순교자 틴들의 초기 영역본이 이 성서의 토대가 되었다.

엘리자베스 1세는 헨리 8세와 에드워드 6세의 신교를 계승하면서 국민 모두가 주일날 교회에 가는 것을 법적으로 의무화했다. 엘리자베스 여왕의 궁정은 정치와 문화의 중심이었고, 사실상의 정부였다. 비서실장과 대법관이 궁정에서 일하고, 여왕은 그곳에서 외국 사신들을 영접하기 때문에 귀족들과 충신들이 결집하는 곳이었다. 화려한 향연, 무용, 연극 행사도 그곳에서 거행되었다. 그곳에 드나드는 궁정인은 교양과 지성을 갖추어야 했다. 이탈리아인 카스틸리오네의『궁정인론』(1560)은 르네상스 신사들의 교재였다. 정치가요 군인이었던 필립 시드니(1554~1586)와 시인 에드먼드 스펜서(1552~1599)도 궁정에 드나들었다.

엘리자베스 여왕은 그리스와 로마, 그리고 중세의 전통문화와 영국 토착문화를 융합시키는 일을 했다. 나라의 제왕은 교회의 수장이라고 선포했던 헨리 8세의 유훈을 따라 여왕은 종교와 정치의 밀접한 관계

셰익스피어와 성서 : 〈리어 왕〉 격론

를 유지했다. 1534년 헨리 8세와 로마 교황 간에 시작된 암투와 분쟁은 영국의 정치와 사회, 문화 전반에 막대한 영향을 끼치면서 분란과 소요의 원인이 되었지만, 선왕 시대에 다져진 중앙집권 행정체계와 여왕의 국내외 정사를 자문하는 추밀원의 지원으로 국사는 순조롭게 이루어졌다. 여왕은 중세 이후 교육을 장악했던 성직자 대신에 전문 학자들을 그 자리에 배치하고, 그리스와 로마 시대 고전을 번역해서 지식을 국민에게 널리 보급했다. 이 일로 문화예술이 발전하고, 안정된 사회가 보장되면서 국민들의 종교적 열정도 가열되었다. 여왕은 과도한 열기를 식히느라 고심하며 종교적인 박해를 될수록 자제했다.

엘리자베스 여왕은 그리스어, 라틴어, 프랑스어, 스페인어, 이탈리어어, 네덜란드어 등에 능통했다. 수학, 천문학, 역사, 철학, 고전학에도 해박한 지식을 지니고 있었다. 여왕의 궁정에는 필립 시드니, 에드먼드 스펜서, 월터 롤리, 프랜시스 베이컨 등 문인들이 드나들면서 문예 진흥에 도움을 주었다. 1520년 런던 인구는 6만 명, 1982년에는 10만 명, 17세기에 접어들면서 20만 명이 되었다. 템스강 북쪽은 정치 종교, 통상의 중심지요, 남쪽은 극장가와 주점이 늘어선 문화예술과 연예오락의 중심지였다. 앤서니 버제스(Anthony Burgess)는 그의 저서 『셰익스피어』 (2002)에서 엘리자베스 여왕을 다음과 같이 묘사했다.

엘리자베스 여왕은 남성의 의지와 여성의 술책을 타고났다. 여왕의 처녀성은 미끼요 무기였다. 부친으로부터 고집과 애국심의 혈통을 이어받았지만 맹목적인 폭군적 분노는 없었다. 여왕은 모친으로부터 매력과 교태를 이어받았지만 어리석음과 경솔함은 없었다.

엘리자베스 여왕은 45년간 집권하고 침대에서 마지막 숨을 거두었다. 충성스런 두 신하 — 윌리엄 세실과 프랜시스 월싱엄을 거느린 일은 행운이었다. 엘리자베스 여왕은 항상 말했다. "나는 신에게 감사한다."

엘리자베스 여왕은 영국으로 망명한 스코틀랜드 여왕 메리 스튜어트 (1542~1587)의 반란 음모에 시달리다가 1587년 그녀를 반역죄로 처단했다. 메리 스튜어트는 당시 44세였다. 메리 스튜어트의 처형은 16세기 후반 종교 분쟁의 처절한 단면이었다. 엘리자베스 여왕 살해 음모, 메리 여왕 옹립, 구교 신앙의 부활, 스페인의 영국 침공 등 모든 위기의 근원은 교황 그레고리우스 13세였다. 이 음모를 적발한 것은 월싱엄의 정보기관이었다.

가톨릭 사제 길버트 기포드(Gilbert Gifford)가 프랑스에서 영국 땅 라이(Rye)에 도착한 순간 체포되어 월싱엄 앞에 끌려왔다. 기포드는 파리에 있는 메리의 측근이 보낸 요원이었다. 그는 메리와 접선하며 프랑스 대사관에 예치한 밀서를 메리에게 전달하는 역할을 했다. 월싱엄은 기포드를 역으로 이용했다. 메리의 회답 편지가 샛길로 빠져 월싱엄의 테이블에 도착했다. 월싱엄의 비서 토머스 펠리페(Thomas Phelippes)는 암호해독 전문가였다. 메리의 암호문서가 해독되어 복사된 후, 다시 원본은 원래의 착신지로 송부되었다. 편지 누설을 알지 못했던 기포드는 메리 스튜어트에게 밀서의 전달 통로를 자랑했다. 메리에게 정기적으로 배달되는 맥주통 속에 넣은 작은 방수통에 편지가 들어 있었던 것이다. 벅스턴(Buxton)의 주류업자 마스터 버턴(Master Burton)은 메리 스튜어트 신봉자였다. 그는 체포되어 모든 것을 털어놓았다.

영국 북부지방에는 가톨릭 신봉자들이 은거하고 있었다. 노섬벌랜드 백작이나 웨스트모어랜드 백작이 이들의 후원자였다. 이들은 엘리자 베스 여왕을 위협하고 해치는 세력이었다. 가톨릭 신도들 간에도 신앙과 국가 중 어느 편을 들 것인가의 문제로 분열이 생겼다. 신교도들 간의 분열도 골칫거리였다. 그중에서 청교도들은 영국국교가 가톨릭 편을 든다고 심하게 반발했다. 엘리자베스 시대 초기에 소수파였던 청교도는 의회 일부 의원들의 비호를 받으면서 점차 세력을 확장했다. 에식스 백작이나 헌팅턴 백작 등 정치세력도 이들에게 가세했다. 성서를 신앙과 생활의 절대적인 길잡이로 삼았던 청교도들은 급기야 가톨릭보다 더 위협적인, 종교적이며 정치적인 세력으로 떠올랐다.

1559년 '국가지상법'과 '예배통일법'이 시행된 후, 신교도 가운데 '반성직복파(反聖職服派)'를 중심으로 1560년에 청교도 집단이 형성되었다. 이들의 주세력은 영국국교회를 근간으로 삼고 개혁을 추진하는 성직자들이었다. 일의 발단은 케임브리지대학교 신학 교수 토머스 카트라이트의 「사도행전」 강의였다. 예수 사후에 사도들 활동을 기록한 초대교회의 역사가 신약성서의 「사도행전」이다. 카트라이트 교수는 교회 통치기구 연구를 통해 주교 제도는 나중에 인간이 정한 제도이고, 장로교회 제도가 본래 성서에 정해진 교회 존재 방식이라고 주장했다. 칼뱅도 이 주장에 동의했다. 이 강의 때문에 물의를 빚은 카트라이트는 교수직에서 해임되었다. 카트라이트의 주장에 호응한 장로교회는 여왕의 종교정책에 불만을 품고 '의회권고' 문서를 작성해서 의회에 제출했다. 이 문서는 영국국교회가 주교제를 폐지하고 장로교제로 전환해야 된다는 주장을 담고 있었다. 국교회 측은 이 제안에 반대하며 주교제를 계속 밀고 나갔다.

2. 튜더 왕조의 정치와 종교

영국 플랜태저넷 왕조(1154~1399) 시대에 헨리 2세는 프랑스 영토의 반을 차지하고 있었다. 그러나 후대에 이르러 차츰 그 영토를 잃게 되었는데, 헨리 2세의 막내아들 존 왕(1199~1216 재위)이 소유했던 영토의 반을 프랑스 왕 필리프 2세에게 빼앗겼다. 이 때문에 존 왕을 '실지왕(失地王)'이라고 부르기도 한다. 튜더 왕조(1485~1603)의 헨리 7세를 계승한 헨리 8세는 형 아서의 급사(急死)로 왕위를 계승했으며, 형수 캐서린과 결혼해서 메리 1세를 얻었다. 헨리 8세는 바티칸 교황청의 맹렬한 반대에도 불구하고 캐서린 왕비와 이혼한 후 시녀였던 앤 불린과 결혼했다.

1537년, 헨리 8세의 세 번째 왕비 제인 시모어가 아들을 낳았다. 후의 에드워드 6세이다. 왕비 제인은 에드워드를 낳은 지 12일 만에 사망했다. 1547년, 에드워드 6세가 왕권을 계승했는데, 그는 병약한 몸이어서 열여섯 살의 나이에 병몰(病歿)했다. 1553년, 에드워드 6세 서거 후, 헨리 7세의 증손녀인 제인 그레이가 왕위를 계승했지만 그 재위 기간은

9일뿐이었다. 1553년 7월 19일, 메리 1세가 왕권을 장악했다. 메리 1세를 승계한 엘리자베스 1세는 1558년 11월 17일 즉위하고, 1603년 3월 24일까지 튜더 왕조를 지켜나갔다.

튜더 왕조 시대의 영국은 종교분쟁에 시달렸다. 이 때문에 국민의 사회생활과 정치는 크게 영향을 받았다. 헨리 7세 당시에는 종교보다도 왕권 확립과 그 수호가 더 큰 문제였다. 헨리 7세는 즉위 후 왕권을 주장하는 반란에 대처해야 했다. 헨리 7세는 정국 안정을 위해 장자 아서를 왕위 계승자로 지목하고 스페인의 캐서린 공주를 며느리로 삼았다. 이것은 혼인을 통해 평화와 번영을 이루려는 정책이었다. 한편 그는 지방 귀족들의 권력을 약화시키며 중앙집권적인 체제를 구축했다. 헨리 7세 집권 초기에 악화된 왕실 재정을 정상화하기 위해, 요크파의 영토를 몰수해서 왕령으로 편입시켜 세수를 늘렸다. 또한 직물산업을 장려하여 관세 수입을 늘렸다.

셰익스피어가 살았던 시대는 1564년부터 1616년까지이다. 영국에서는 중세 이후 르네상스 바람이 휩쓸고 있었다. 국민들은 나라에 대한 긍지가 대단해서 애국심에 넘쳤지만 아직은 인구 5만 명의 작은 섬나라였다. 14세기에 넓게 차지했던 프랑스 영토는 엘리자베스 시대(1558~1603)에 이르러 점차 줄어들었다. 웨일스는 여왕의 지배하에 있었다. 1580년대의 미국 버지니아 땅은 이제 막 개척되는 단계였다. 스코틀랜드는 대영제국이 아니었다. 1541년 아일랜드는 영국 영토였지만 1597년부터 1601년까지 휴 오닐과 타이론의 반란으로 소란했다.

르네상스 시대 영국은 농경과 산림의 나라였다. 농업은 영국민의 생

계 수단이었다. 농민 세력은 지배층과 충돌을 계속했다. 1586년, 1591
년, 1596년에 계속해서 농민 폭동이 일어났다. 엘리자베스 여왕 시대
에 켄트 지방에서만 폭동이 13회 일어났고, 1607년 제임스 1세 때도 중
부지방에서 반란이 계속되었다. 농업과 함께 광업 진흥책이 모색되었
다. 이런 변화는 경제 발전의 전환점이 되었고, 항해술의 발달은 미국
과 동구권, 그리고 동양 여러 나라와의 무역을 가능케 했다. 여왕은 궤
도에 오른 경제를 촉진하기 위해 국제 간의 평화를 유지하려고 애썼다.
그러나 문제는 빈부 격차였다. 1580년대와 1590년대에 걸친 셰익스피
어의 런던 시절에 그 격차는 최악의 상태였다. 과세는 증가하고 인플레
는 극심해졌다. 더욱이나 흉작은 계속되고 전염병이 시도 때도 없이 유
행했다. 이 시기를 놓칠세라 대륙에 본거지를 둔 가톨릭 세력들의 공세
도 격렬해졌다. 실업과 범죄는 날로 늘어났다.

헨리 8세 시대 유럽은 스페인과 프랑스가 이탈리아의 패권을 둘러싸
고 다투고 있었다. 그 당시 신성로마제국을 중심으로 세력을 확장했던
합스부르크 가문은 프랑스의 발루아 가문과 대립하고 있었다. 헨리 8세
는 이런 정세를 틈타 여러 번 프랑스로 진격하며 함대를 편성하고 영국
남해안에 포대를 설치하는 등 군사력을 증강했다.

헨리 8세의 정무를 왕실의 사제 토머스 울지가 보필했다. 그는 특히
외교 수완을 발휘해서 약소국 영국의 국제적인 위상을 높이는 일에 공
을 세웠다. 그러나, 로마 교황청과 국왕 사이의 외교적 타협에 실패한
후 실각하고 체포되어 병사했다. 울지가 물러나고 토머스 크롬웰(Thom-
as Cromwell)이 왕의 심복이 되었다. 크롬웰은 헨리 8세의 의향에 따라 종
교개혁을 추진하면서 국교회 설립을 위한 입법에 공헌했다. 그러나 헨

리 8세가 네 번째 왕비를 만나는 일에 끼어들었다가 정적으로 몰려 처형되었다.

헨리 8세의 유일한 왕자 에드워드 6세는 신동이었다. 당시 영국은 캔터베리 대주교 토머스 크랜머가 종교개혁을 추진하고 있었다. 그는 젊은 프로테스탄트 왕을 보좌하며, 가톨릭 의식을 철폐하고, 교회에 영역성서를 비치하며, 새로운 기도서를 작성했다. 이 기도서를 토대로 '제2예배통일법'이 제정되고 또한 '42개조 교리'(1551)가 제정되어 영국국교회의 기틀이 잡혔다. 크랜머는 종교개혁을 온건하게 추진했다. 섭정 서머싯 공작이나 추밀원 주요 인사들은 프로테스탄트 급진파였다. 종교개혁이 가속화되자 1549년 영국 북부와 서부지방 가톨릭 신도 밀집지대에서 반란이 일어났다. 1553년 에드워드 6세의 죽음으로 종교정치에 새로운 파문이 일어났다. 그해 7월 19일 메리 1세가 왕위에 오르자 프로테스탄트 신도들이 박해를 받고 개종을 강요당하며 처형되었다. 토머스 크랜머도 처형되었다.

엘리자베스 1세는 집권 초기 12년 동안 영국 경제가 기반을 마련할 때까지 국내 분열을 막고 해외 열강, 특히 스페인과 우호적 관계를 맺어왔다. 그러나 국내외 가톨릭 반대파들은 좀처럼 누그러들지 않았다. 더욱이나 이들의 조직적인 반란으로 엘리자베스 여왕의 신변도 위태로워졌다. 로마 교황청은 노골적으로 국가 전복을 배후에서 조종하고 있었다. 신교도의 저항도 만만치 않았다. 신교도들은 헨리 8세 시대에 권력을 만끽했다. 토머스 크롬웰은 가톨릭 성당을 몰수했다. 윌리엄 틴들의 영역성서도 다시 사용되었다. 크롬웰 처형 후 기세가 꺾였던 신교도들은 에드워드 6세 시대에 다시 위세를 떨쳤다. 메리 여왕의 가톨릭 시대가 시작되자 신교도 개혁파는 대륙으로 갔다가 1558년 돌아와서 더욱더 격렬해졌다. 개혁파들을 청교도라고 불렀다.

개혁파의 공통점은 형식적인 의식(儀式)을 싫어하고, 성직자의 제의 (祭衣)를 기피하며, 단순 소박한 예배를 원한다는 것이었다. 그들은 인간의 타락을 경계하고 자비심을 권장하는 칼뱅주의자들이었다. 이들은 야릇하게도 가톨릭 반대파의 행동원칙과 비슷한 길을 가면서 엘리자베스 여왕의 궁정을 괴롭히는 세력으로 비대해졌다. 그들은 종교의 이름으로 폭정을 규탄하기도 했다. 대표적인 종교개혁 주창자는 존 포넷(John Ponet)이었다. 그는 『정치 권력 소론』(1556)을 간행했는데, 이 가운데서 군주는 의회와 목회와 국민이 정한 법에 순응해야 된다고 역설했다.

엘리자베스 여왕은 그런 주장을 용납하지 않았다. 왕이나 여왕은 신이 임명한 지상의 절대 권력이어서 이에 불복종하는 것은 신의 명령을 불신하는 일이라고 말했다. 이런 내용을 담은 설교집이 영국국교회에 비치되었고 예배시간에 낭독되었다. 윌리엄 틴들의 『기독교인의 복종』(1528년 집필, 1547년 간행), 토머스 크랜머의 『반역에 대한 설교 노트』 (1549), 휴 라티머(Hugh Latimer)의 『주기도문에 관한 설교』(1552) 등은 그 대표적인 설교집이다. 셰익스피어는 이 설교집을 읽었거나 들었을 것이다. 설교집 내용을 그의 작품에 등장하는 인물들이 인용하고 있기 때문이다.

엘리자베스 여왕을 승계한 스코틀랜드 스튜어트 가문의 제임스 1세는 엘리자베스 여왕처럼 절대왕권의 신봉자였다. 1604년 햄프턴 코트 회의에서 제임스 1세와 청교도가 격렬하게 충돌했다. 그 결과 궁정과

셰익스피어와 성서 : 〈리어 왕〉 격론

의회의 마찰도 극심해졌다. 제임스 1세의 6남인 찰스 1세는 형제들이 모두 사망한 연고로 1626년 제임스를 승계해서 왕위에 올랐다. 왕비는 프랑스의 공주 앙리에타 마리였다. 찰스 1세도 부왕과 마찬가지로 왕권 신수설을 주장하며 전제정치를 시행했는데 프랑스와 스페인과의 전쟁으로 재정이 파탄 났다.

1628년 의회를 해산하고 11년간 의회 없이 통치했다. 그 여파로 왕당파와 의회파의 무력충돌이 발생했다. 1641년 일어난 청교도혁명으로 찰스 1세는 올리버 크롬웰에게 패배하고 재판에 회부되어 1649년 처형되었다.

영국은 이후 공화제가 되었다. 크롬웰은 종신통수권자가 되어 독재정치를 강행하며 아일랜드와 스코틀랜드를 침공했다. 1658년 크롬웰이 말라리아로 병사하자 공화정 정부는 무너지기 시작했다. 이후, 11년간 프랑스에서 망명 생활을 하던 찰스 2세는 1660년 5월 29일 런던에 입성해서 왕정에 복귀했다. 당시 서른 살이었던 그는 찰스 1세와 앙리에타 마리 왕비의 차남이다.

3. 셰익스피어와 종교
— 〈리어 왕〉, 〈오셀로〉, 〈맥베스〉

　셰익스피어와 종교 문제를 다루는 두 가지 관점이 있다. 하나는 전기적 관점이다. 셰익스피어는 신교, 구교, 청교도주의 중 어느 종파에 기울고 있었느냐는 것이다. 다른 하나는 그의 작품에 반영된 종교적 신념과 가치의 문제이다.

　전기적 사실을 검토해보자. 셰익스피어의 부친 존 셰익스피어는 가톨릭 신자였다. 셰익스피어의 딸 수잔나는 1607년 '국교기피자(recusant)'로 기록되어 있다. 1571년에서 1575년 사이 셰익스피어가 다녔던 그래머스쿨의 교사 사이먼 헌트(Simon Hunt)는 가톨릭의 예수회(Jesuit) 수사였다. 셰익스피어의 친척과 친구들은 신교와 구교로 나누어졌다. 셰익스피어의 사위 존 홀은 열렬한 신교도 신자였다. 셰익스피어의 조부 로버트 아든은 가톨릭 신자였다. 셰익스피어의 후원자인 사우샘프턴 백작은 영국의 유수한 가톨릭 가문의 자손이다.

　작품에 반영된 종교를 거론하는 경우 참고해야 할 일은 엘리자베스 시대에 종교적 내용이 검열의 대상이 되었다는 사실이다. 그러나 셰익스피어는 기지를 발휘해서 작품 〈존 왕〉에서 반가톨릭 내용을 완화시키고, 〈로미오와 줄리엣〉의 로렌스 신부의 성격 묘사와 〈자에는 자로〉에서는 종교적인 편견을 제거했고, 〈맥베스〉에서는 가톨릭의 교리를 비난했다. 〈리어 왕〉 소재로 새뮤얼 하스넷(Samuel Harsnett)의 반가톨릭 문서「터무니없는 교황의 협잡(A Declaration of Egregious Popish Impostures)」을 이용한 것은 무슨 이유였는지 궁금하다. 1611년, 역사학자 존 스피드(John Speed)는 셰익스피어를 가톨릭 신자라고 언급했다. 미국 미시간대학교 셰익스피어 학자인 해리슨(G.B. Harrison) 교수는 셰익스피어가 초년에는 가톨릭 신자였는데 비극 시대와 문제극 시대에 회의론으로 기울어졌다가 다시 가톨릭으로 돌아왔다고 했다. 그러나 대다수 학자들은 셰익스피어가 영국국교회로 돌아왔다고 인지하고 있다.

20세기에 들어와서 셰익스피어 학자들과 평론가들은 작품 속에서 종교적 내용을 찾는 일에 관심을 보이기 시작했다. 그 시발점은 브래들리(A.C. Bradley)의 『셰익스피어 비극론』(1904)이다. 그는 셰익스피어가 신앙인이었다는 사실은 부인하지 않았지만 그의 작품에서 종교적인 흔적은 찾을 수 없다고 단정했다. 브래들리는 셰익스피어 작품에서 죽음의 문제를 중시했기 때문에 기독교의 영생 문제를 기피할 수 없다는 점을 단서에 달았다. 이 견해에 반기를 든 학자가 바로 윌슨 나이트(G. Wilson Knight)이다. 그리고 시겔(Paul N. Siegel)도 그의 저서 『셰익스피어 비극과 엘리자베스조 시대의 타협』(1957)에서 기독교적인 인도주의와 중세의 전통을 거론하면서 나이트 이론에 가세했다.

역사적으로 고찰할 때, 엘리자베스 시대는 에드워드 6세나 메리 여왕 시대, 그리고 청교도 시대보다 종교의 자유가 평화롭게 보장된 시대였다. 엘리자베스 여왕은 정치적이며 종교적인 안정을 위해 종교분쟁을 진정시키는 일에 힘썼다. 여왕이 만든 기도서는 가톨릭 신도나 신교도들이 함께 사용할 수 있는 것이었다. 오히려 이 일을 방해한 것은 교황청의 영국 내정 간섭이었다. 교황은 영국 왕을 파문하고 정권을 탈취하기 위해 선교사들을 첩자로 파견했다. 이로 인해 수많은 음모와 모략이 감행되어 영국 사회는 불안해지고 위기감이 조성되었다. 그 여파로 인해 1570~1603년 사이 180명의 가톨릭 신자들이 체포되어 처형되었다.

〈리어 왕〉에서 찾아볼 수 있는 성서의 영향

〈리어 왕〉은 기독교적인 '알레고리(비유)' 작품이다. 코델리아의 대사는 이를 입증하고 있다. 나시브 샤힌(Naseeb Shaheen)은 그의 방대한 자료집『셰익스피어 작품에 인용된 성서』(1991, 2011)에서 구체적인 예를 제시하고 있다. 그중의 일부를 소개하면서 〈리어 왕〉에 나타난 성서의 문제를 거론하고자 한다.

코델리아　　오 가엾은 아버님,
　　　　　　이 전쟁은 아버님을 위한 일입니다.(4.4.23-24)

시종　　　　당신은 딸 한 분이 계시지요,
　　　　　　두 딸 때문에 막내는 사람들의 마음을 샀지만,

그 따님은 증오의 파국에서 명예를 찾으셨어요.(4.6. 193-
195)

위 인용문은 「누가복음」 2장 49절과 연관된다. 코델리아는 구세주 예
수의 이미지가 되고, 그리스도의 죽음이 아담과 이브의 죄를 속죄하기
위한 것이라는 사례를 강조하고 있다. 예수가 12세 때 신전에서 부모
님 일행에서 벗어나서 예루살렘에 혼자 남아 학자들 말을 듣고 질문하
고 있는 모습을 어머니가 발견하고 예수에게 "너를 찾느라고 광분하고
있었는데 너는 왜 이러고 있느냐?"고 놀라서 말하자 예수는 "왜 저를 찾
아요? 저는 아버지 하나님 일을 하고 있어요"라고 말했다. 코델리아의
"이 전쟁은 아버님을 위한 일입니다"라는 말은 〈리어 왕〉의 중심 사상
이 구제의 문제임을 알리고 있다. 코델리아는 부왕을 구제하려 군사를
이끌고 프랑스에서 영국으로 원정을 왔다. 이 구절은 〈리어 왕〉을 성서
적 입장에서 해석하는 일을 돕고 있다.

엘튼(W.R. Elton)은 그의 저서 『리어 왕과 제신들(King Lear and the Gods)』
에서 〈리어 왕〉에 출연하는 인물을 세 유형으로 분류했다. 첫째 유형은
신의 은총과 섭리를 보여주는 코델리아와 에드거이고, 이들과 맞서는
두 번째 유형은 리건, 고네릴, 에드먼드 집단이며, 세 번째 유형은 글로
스터이다. 코델리아는 리어를 구제하는 데 헌신하고 있다.

코델리아 불행히도 저는 진심을 입 밖에 낼 줄 모릅니다.
        자식의 도리로서 효성을 다할 뿐입니다.
        그 이상도 그 이하도 아닙니다.(1.1.90-92)

이 구절은 구약 외경 「집회서」 21장 26절 "어리석은 자의 마음은 입에 있다. 그러나 현명한 자의 입은 마음속에 있다"와 비교할 수 있다. 코델리아는 입만 놀리는 어리석은 자가 아니다. 가슴속에 효성을 묻고 있는 현명한 인간이다. 셰익스피어는 그 의미를 성경에서 읽었다.

> 코델리아   아버님, 아버님은 저를 낳으시고 기르시고 사랑했습니다.
> 마땅히 답례하는 것이 저의 의무입니다. 아버님께 복종하
> 고, 사랑하며, 존경합니다.(1.1.96-98)

결혼식 예배 때 언급하는 "그대는 그에게 복종하는가, 그리고 봉사하는가, 사랑하는가, 존경하는가, 그를 보살피는가?"와 비교할 수 있다. 교리문답서의 "그를 사랑하고, 존경하며, 부모님을 도와주는가"와 비교될 수 있다. 「출애굽기」 20장 12절 "너희 부모를 공경하여라. 그래야 너희는 주 너희 하나님이 너희에게 준 땅에서 오래도록 살 것이다"와도 비교될 수 있다.

> 코델리아   저의 배우자인 주인께서 저의 애정과 관심과
> 의무의 반은 빼앗아 갈 것이 틀림없습니다.(1.1.100-101)

이 구절도 결혼 예배에서 인용한 것이다. 신랑은 말한다. "나는 그대에게 나의 진실을 맹세합니다." 신부는 다음의 말로 서약한다. "저도 당신에게 저의 진정을 드립니다."

프랑스 왕 아름다운 코델리아, 그대는 가난하기에 더욱더 부자입니다.(1.1.250)

「고린도후서」 8장 9절 "그리스도께서는 부요하나, 여러분을 위해서 가난하게 되셨습니다. 그것은 그의 가난으로 여러분을 부요하게 하시려는 것입니다"라는 구절과, 「고린도후서」 6장 10절 "아무것도 가지지 않은 사람 같으나 모든 것을 가진 사람입니다"를 참조할 수 있다.

코델리아 때가 되면 술책을 부린 위선도 폭로될 것입니다.
악을 숨기고 있는 자도 언젠가는 창피를 당하게 될 거구요!
안녕히 계십시오.(1.1.282-284)

「잠언」 28장 13절 "자기의 죄를 숨기는 사람은 잘 되지 못하지만, 죄를 자백하고 그것을 끊어버리는 사람은 불쌍히 여김을 받는다"를 참조할 수 있다.

글로스터 사랑은 식고 우정은 쇠퇴하며, 형제들은 흩어지고 문 안에서는 반란이 일어나며, 시골에서는 반목하고 궁중 속에서는 모반이 발생하며, 부자 간의 유대도 끊어진다. 의리 없는 내 아들놈에게도 이 예언은 적중하고 있지 않느냐. 아들은 어버이를 배신하고…… 어버이는 아들과 반목하네.(1.2.106-112)

에드먼드 자식과 부모 간의 불화, 변사, 기근, 해묵은 우정의 절교, 나라 안의 분열, 국왕과 귀족에 대한 위협, 모략, 중상, 근

거 없는 의심, 친구의 추방, 군대 내의 반란, 부부의 이혼…….(1.2. 144-146)

「마태복음」 10장 21절 "형제가 형제를 죽음에 넘겨주고, 아버지가 자식을 또한 그렇게 하고, 자식이 부모를 거슬러 일어나서 부모를 죽일 것이다." 「마태복음」 24장 12절 "불법이 성하여, 많은 사람의 사랑이 식을 것이다." 「마가복음」 13장 8절 "민족과 민족이 맞서 일어나고, 나라와 나라가 맞서 일어날 것이며, 지진이 곳곳에서 일어나고, 기근이 들 것이다. 이런 일들은 진통의 시작이다." 「누가복음」 12장 52절 "이제부터 한 집안에서 다섯 식구가 서로 갈라져서, 셋이 둘에게 맞서고, 둘이 셋에게 맞설 것이다." 21장 16절 "너희의 부모와 형제와 친척과 친구들까지도 너희를 넘겨줄 것이요, 너희 가운데서 더러는 죽일 것이다"를 참조할 수 있다.

켄트　　　전 이 모양 이 꼴입니다만, 저를 믿어주시는 분에게는 성의껏 봉사합니다. 정직한 분을 섬기고, 현명하고 말수가 적은 인사와 교제하며, 하늘의 심판을 두려워하고, 부득이 한 경우에만 사나이답게 싸웁니다.(1.4.12-15)

「잠언」 17장 27-28절 "아는 것이 많은 사람은 말을 삼가고, 슬기로운 사람은 정신이 냉철하다. 어리석은 사람도 조용하면 지혜로워 보이고, 입술을 다물고 있으면 슬기로워 보인다."

리어 왕　　어리석은 늙은 눈이여,

이런 일로 다시 눈물을 흘리면

눈을 도려내어 버리겠다.(1.4.301-3)

「마태복음」 5장 29절 "네 오른 눈이 너로 하여금 죄를 짓게 하거든, 빼서 내버려라."

시종   땅덩어리가 바다 밑으로 꺼지라고 바람에게 호령하고 있
          습니다. 파도가 밀려와서 천지를 거꾸로 뒤엎으라고 고함
          치고 있습니다.(3.1.5-6)

「시편」 46장 1-2절 "하나님은 우리의 피난처이시며, 우리의 힘이시며, 어려운 고비마다 우리 곁에 계시는 구원자이시니, 땅이 흔들리고 산이 무너져 바다 속으로 빠져 들어도, 우리는 두려워하지 않는다."

에드거   악마를 조심하세요. 양친에게 복종하세요. 약속을 지키세
          요. 맹세를 하지 마세요. 유부녀와 간통을 하지 마세요. 애
          인이 치장에 정신 팔리지 않도록 하세요. 톰은 추워요.(3.4.
          80-83)

십계명과 산상수훈을 참조할 수 있다. 「출애굽기」 20장 12절 "너희 부모를 공경하여라. 그래야 너희는 주 너희 하나님이 너희에게 준 땅에서 오래도록 살 것이다." 「마태복음」 5장 34절 "아예 맹세하지 말아라. 하늘을 두고도 맹세하지 말아라."

리어 왕   인간이란 이것밖에 안 되는가? 저 사람을 잘 보아라.
           (3.4.102-103)

「시편」 8장 4절 "사람이 무엇이기에 주님께서 이렇게까지 생각하여 주시며, 사람의 아들이 무엇이기에 주님께서 이렇게까지 돌보아주십니까?"「히브리서」 2장 6절 "사람이 무엇이기에 주님께서 그를 기억하여 주시며, 인자가 무엇이기에 주님께서 그를 돌보아주십니까?"

에드거   어둠의 왕자.(3.4.143)

「에베소서」 6장 12절 "우리의 싸움은 인간을 적대자로 상대하는 것이 아니라, 통치자들과 권세자들과 이 어두운 세계의 지배자들과 하늘에 있는 악한 영들을 상대로 하는 것입니다."

글로스터   인간과 벌레가 다를 것이 없다는 생각이 들었지.(4.1.33)

「욥기」 25장 6절 "구더기 같은 사람, 벌레 같은 인간".
셰익스피어 학자 얀 코트(Jan Kott)는 〈리어 왕〉을 "새로운 욥기"라고 말했다. 언어, 주제의 유사성, 플롯의 유사성 같은 유사관계를 고려할 때, 셰익스피어의 상상력이 성서에서 영감을 얻었다는 생각을 지울 수 없다.

올바니   자신을 키운 줄기에서 가지를 도려내는 여자는
          그 나무가 마르고 시들면 불쏘시개 되어

죽은 나무가 되겠지.(4.2.34-36)

「요한복음」 15장 6절 "사람이 내 안에 머물러 있지 아니하면, 그는 쓸모 없는 가지처럼 버림을 받아서 말라버린다. 사람들이 그것을 모아다가, 불에 던져서 태워버린다."

고네릴   당신은 겁쟁이. 당신의 뺨은 맷집이죠.(4.2.51)

「마태복음」 5장 39절 "누가 네 오른쪽 뺨을 치거든, 왼쪽 뺨마저 돌려대어라." 「누가복음」 6장 29절 "너의 이 뺨을 치는 자에게 저 뺨도 돌려대며 네 겉옷을 빼앗는 자에게 속옷도 거절하지 말라."

올바니   하느님께서 이 세상 죄인들을 굽어보시고 이토록 빨리 벌을 내리셨으니, 정의의 심판자 하느님이 계시다는 증거다.(4.2. 78-80)

「누가복음」 18장 7-8절 "하나님께서 자기에게 밤낮으로 부르짖는, 택하신 백성의 권리를 찾아주시지 않으시고, 모른 체하고 오래 그들을 내버려두시겠느냐? 내가 너희에게 말한다. 하나님께서는 얼른 그들의 권리를 찾아주실 것이다."

에드거   그래서 당신은 운이 좋으신 겁니다. 공평하신 하느님은 인간이 할 수 없는 일을 하시어 존경을 받으시죠. 이번에도 하느님께서 당신을 구제했어요.(4.6.72-74)

「마태복음」 19장 26절 "사람은 이 일을 할 수 없으나, 하나님은 무슨 일이나 다 하실 수 있다." 「누가복음」 18장 27절 "사람은 할 수 없는 일이라도, 하나님은 하실 수 있다."

> 에드거　　아, 가슴 찢어지는 광경이다!(4.6.85)

미친 리어 왕을 묘사하는 에드거의 표현은 「요한복음」에 나오는 예수의 십자가 수난을 언급하고 있다. 「요한복음」 19장 34절 " 병사들 가운데 하나가 창으로 그 옆구리를 찌르니." 『제네바 성경』에는 "예수님의 옆구리가 찔렸다"라고 기술되어 있다. 그렇다면 이 구절은 리어 왕의 고난을 예수의 수난과 비교하도록 해준다.

> 리어 왕　　내가 하는 말엔 무턱대고 "네" "아니오"라고 맞장구쳤
> 　　　　　지. "네" "아니오" 하는 것도 신의(神意)에 미흡한 것이
> 　　　　　다.(4.6.98-100)

「고린도후서」 1장 18-19절 "우리가 여러분에게 하는 말은, '예' 하면서 동시에 '아니오' 하는 것은 아닙니다. 예수 그리스도께서는, '예'도 되셨다가 동시에 '아니오'도 되신 분이 아니었습니다. 그리스도 안에는 '예'만 있을 뿐입니다." 「마태복음」 5장 37절 "너희는 '예' 할 때에는 '예'라는 말만 하고, '아니오' 할 때에는 '아니오'라는 말만 하여라. 이보다 지나치는 것은 악에서 나오는 것이다."

리어 왕   나는 저자의 목숨은 살려주겠다. 네 죄목은 무엇이냐?
　　　　　　간통죄냐? 죽이지 않겠다. 간통죄 사형은 없다.
　　　　　　굴뚝새도 그렇고, 작은 금파리도 내 면전에 뻔뻔스럽게 음
　　　　　　란한 짓을 하거든. 실컷 교미를 하라. 글로스터의 사생아는
　　　　　　정당한 부부 사이서 태어난 내 딸보다 아버지에 대한 효성
　　　　　　이 더 지극했어. (4.6.109-13)

「레위기」 20장 10절 "남자가 다른 남자의 아내 곧 자기의 이웃집 아내
와 간통하면, 간음한 두 남녀는 함께 반드시 사형에 처해야 한다."

리어 왕   우리가 태어날 때, 우리는 이 세상 바보들의 무대에 온 것
　　　　　　을 알고 울고불고 아우성입니다. (4.6. 170)

구약 외경 「지혜서」 7장 3절 "내가 태어날 때, 나는 다른 사람들이 하
듯이 울고불고 아우성 질렀다."

리어 왕   내 딸 코델리아, 너같이 희생된 제물에 대해서 신들은 내가
　　　　　　너를 안아주고 있지 않느냐? 우리를 떼어놓으려는 자는 하
　　　　　　늘에서 횃불을 가져와야 할 게다. 횃불로서 여우를 굴에서
　　　　　　몰아내듯이 우리를 쫓아낼 수밖에 없을 거야. 눈물을 닦아
　　　　　　라. (5.3.22-25)

「사사기」 15장 4-5절 "(삼손은) 나가서 여우 삼백 마리를 잡아, 꼬리에
꼬리를 서로 비끄러매고는, 그 두 꼬리 사이에 가지고 간 홰를 하나씩

매달았다. 그는 그 화에 불을 붙여 블레셋 사람의 곡식 밭으로 여우를 내몰아서, 이미 베어 쌓아놓은 곡식가리에 불을 놓았다."

리어 왕   그들이 우리를 울리기 전에 그들은 먼저 병에 걸려 썩어 문드러질 거다. 그들이 먼저 굶어 죽을 것이다.(5.3.24-25)

리어 왕은 파라오의 꿈을 말하고 있다. 번영과 환락의 7년과 기근과 몰락의 7년을 상기시킨다. 리어 왕은 적수들이 지금은 이기고 있어도 (『창세기』 41 : 35), 언니들은 승리의 기쁨을 누리지 못하고, 기근 속에서 패망하게 될 것이라고(『창세기』 41 : 7, 24) 코델리아를 설득하고 있다.

켄트   이것이 예언된 세상의 종말인가?
에드거   아니면 무서운 종말의 그림자인가?(5.3.264-265)

이 대사는 종말론의 예언이다. 「마태복음」 24장 3절, 6절을 보면 예수께서 올리브산에 앉아 계실 때에 제자들이 따로 그에게 다가와서 말했다. "이런 일들이 언제 일어나겠습니까? 선생님께서 다시 오시는 때와 세상 끝날 때에는 어떤 징조가 있겠습니까?" (…) "전쟁이 일어난 소식과 전쟁이 일어나리라는 소문을 들을 것이다. (…) 그러나 아직 끝은 아니다."

〈오셀로〉에서 찾아볼 수 있는 성서의 영향

〈오셀로〉에서는 오셀로보다 이아고의 대사에 성서 인용이 집중되고 있는데 5막에서는 상황이 바뀐다. 오셀로의 대사 14개에서 성서가 인용되는 대신 이아고는 한마디도 없다. 전체적으로 오셀로와 이아고의 경우 45개 대사에 성서가 인용되고 있다. 데스데모나는 8개 대사에 성서가 언급되고 있다. 그 가운데 일부를 살펴보자.

제1막에 이아고가 로더리고와 함께 등장한다. 로더리고는 이아고의 잔꾀에 휘둘리는 인물이다. 로더리고는 데스데모나를 짝사랑하고 있다. 이아고는 그에게 데스데모나를 소개해준다고 속여서 금품을 사취하려고 한다. 그때 이아고가 로더리고한테 말한다.

> 이아고 자랑삼아 마음속 흑심을 털어놓았다가는, 소매 위에 심장 내놓고 비둘기더러 쪼아 먹으라는 꼴이 되겠다. 나는 겉보기와는 달라.(1.1.43~44)

「신명기」 15장 10절은 말하고 있다. "당신들은 반드시 그에게 꾸어주고, 줄 때에는 아깝다는 생각을 하지 마십시오." 이아고는 자신의 본심을 감추고 위선을 범하고 있다. 이아고는 결국 신의 심판을 받는다.

> 이아고 나는 지옥의 귀신처럼 그놈을 증오한다.(1.1.154)

이아고가 로더리고에게 오셀로에 대해 한 말이다. 「시편」 18장 5절을 보자. "스올의 줄이 나를 동여 묶고, 죽음의 덫이 나를 덮쳤다." 「시편」을 통해 셰익스피어는 이아고의 증오심이 극치에 달하고 있음을 알리고 있다. 셰익스피어는 이 한마디로 이아고의 정체를 정의했다.

"번쩍이는 칼을 집어넣어라. 이슬에 녹슬겠다."(1, 2, 9-10)는 "네 칼을 칼집에 도로 꽂아라. 칼을 쓰는 사람은 모두 칼로 망한다"라는 「마태복음」 26장 52절과 연관되어 있다.

제2막 이후는 오셀로 장군이 부임한 키프로스섬이다. 이아고는 데스데모나, 에밀리아, 로더리고와 함께 섬에 도착했다. 이아고는 부관 캐시오가 데스데모나를 짝사랑한다고 의심한다.

> 캐시오　　하느님이 보고 계시지. 그러니 구제받을 사람도 있고, 버림 받을 사람도 있는 거다.(1.3.81)

「로마서」에 언급된 자비심에 관한 언급을 셰익스피어는 참고하고 있다. "하나님께서는 긍휼히 여기시고자 하는 사람을 긍휼히 여기시고."(「로마서」 9 : 18)

오셀로는 캐시오에게 밤 경비를 일임하고 신혼 잠자리에 들어섰다. 거리는 승리 축하 파티로 떠들썩하다. 이아고가 계획적으로 캐시오에게 술을 먹여 취하게 해서 캐시오는 몬타노와 싸움판을 벌였다. 몬타노는 칼에 찔렸다. 경비종이 울리고 오셀로가 나타난다. 캐시오는 취해서 정신이 없다. 오셀로는 분에 차서 캐시오를 부관에서 면직시켰다. 이아고의 흉계에 캐시오는 희생되었다(2.3.111-12). 이 대목에서 셰익스피어는 「누가복음」의 기도문 "우리의 죄를 용서하여 주십시오. (…) 우리를 시험에 들지 않게 하여 주십시오"(「누가복음」 11 : 4)를 상기시켜준다.

이아고는 데스데모나를 이용해서 오셀로의 질투심을 자극하는 계략을 꾸미고 있다. "데스데모나의 정절을 악덕으로 변절시키는" 잔인무도

한 일을 하고 있다(2.3.351-53). 셰익스피어는 「고린도후서」를 인용하고 있다. "놀랄 것은 없습니다. 사탄도 빛의 천사로 가장합니다."(「고린도후서」 11 : 14) 이 대사로 2막은 끝난다.

3막에 들어서자 이아고의 계획이 효과를 내고 있다. 캐시오는 데스데모나를 만나 장군에게 자신의 입장을 호소해달라고 부탁한다. 데스데모나는 그의 청을 받아들인다. 캐시오 퇴장 후, 이아고가 등장한다. 이아고의 음모는 더욱더 심해진다. 이아고는 오셀로에게 데스데모나와 캐시오의 관계를 부정하는 듯 말하면서 실은 긍정하는 듯 교묘한 대사를 퍼뜨린다. 오셀로의 의심은 이 때문에 더욱더 불타오른다. 데스데모나는 시종 에밀리아에게 오셀로에 관해서 실토한다. "남자들은 약간이라도 쑤시면 다른 성한 부분까지 아프게 느낀단 말이다. 남자가 뭐 하느님처럼 완전하겠어?"(3.4.146-48) 이 대사는 "한 지체가 고통을 당하면, 모든 지체가 함께 고통을 당합니다"라는 「고린도전서」 12장 26절을 연상시킨다.

4막이다. 이아고는 오셀로의 귀에 계속해서 독즙을 뿌려놓는다.

이아고   그렇게 생각하십니까?
오셀로   그렇게 생각하느냐고, 이아고?
이아고   남몰래 숨어서 입을 맞췄다 하면 말입니다.
오셀로   용서할 수 없는 키스로다.
이아고   알몸으로 남자와 한 시간 이상 침대에 있었다면, 추잡스런 일은 없다 쳐도 말씀이죠.
오셀로   벌거벗고 누워서 아무 일도 없을 수 있어, 이아고? 그런 위선은 악마를 모독하는 짓이야. 깨끗한 마음이라 해도 그런 짓을 하는 놈은 악마한테 유혹을 받게 되지. 천벌을 받게 된다구.(4.1.8).

「마태복음」은 말했다. "너의 신인 주님을 시험하지 말라." 「누가복음」은 말했다. "예수는 너의 신인 주님을 시험하지 말라 하셨다."

데스데모나는 오셀로를 만나서 "왜 눈물을 흘리시는 겁니까?"라고 물었다. 오셀로는 이에 답했다.

오셀로　　설사 하느님께서 숱한 고난을 내게 안겨 시험하시더라도, 고통과 굴욕을 머리 위에 쏟는다 하시리자로도, 나를 가난 속에 빠뜨리신다 하시더라도, 내 몸도 최후의 소망도 노예의 쇠사슬에 묶여 꼼짝달싹 못한다 할지라도, 내 마음 한구석에는 한 방울의 참을성은 남아 있으련만, 아아, 슬프다. 언제까지나 세상 사람들의 조롱 섞인 손가락질을 받으며 살아야 한다니!" (2.47-53)

오셀로는 이아고의 함정에 빠져 완전히 데스데모나를 믿지 못하게 되었다. 「욥기」는 악마가 저지른 이 혹독한 상황을 기록하고 있다. "사탄은 주님 앞에서 물러나 곧 욥을 쳐서, 발바닥에서부터 정수리에까지 악성 종기가 나서 고생하게 하였다. 그래서 욥은 잿더미에 앉아서, 옹기 조각을 가지고 자기 몸을 긁고 있었다."(「욥기」 2 : 7-8)

오셀로는 이성을 잃고 데스데모나를 저주하고 폭력을 휘두른다. 데스데모나는 필사적으로 변명하지만 아무 소용이 없다. 오셀로는 듣지 않고, 데스데모나의 절망은 깊어간다.

5막으로 접어든다. 극심한 질투심으로 판단력을 잃은 오셀로는 데스데모나 침실로 들어선다. 그의 얼굴은 살기로 넘쳐 있다. 오셀로는 데스데모나를 살해한다. 그 방으로 뛰어든 에밀리아를 통해 이 모든 것이 이아고의 음모임이 탄로났다. 오셀로는 후회하며 통곡한다. 그는 자결한다. 이아고는 체포되어 재판을 받고 비극은 끝났다.

오셀로   당신은 태어나지 말았어야 했어!"(4.2.69)

「마태복음」을 보자. "인자를 넘겨주는 그 사람은 화가 있다. 그 사람은 차라리 태어나지 않았더라면, 자기에게 좋았을 것이다."("마태복음」 26 : 24) "인자를 넘겨주는 그 사람에게는 화가 있다. 그 사람은 차라리 태어나지 않았더라면 자기에게 좋았을 것이다"(「마가복음」 14 : 21).

오셀로   너는 창녀냐?
데스데모나 아니요, 저는 기독교인입니다. 남편을 위해 이 몸을 깨끗하게 지키면서 더럽고 불미스런 손이 닿지 않도록 애써왔습니다. 저는 창녀가 아닙니다.(4.2.62-85)

「데살로니가전서」는 깨끗한 부부생활을 강조하고 있다. "하나님의 뜻은 여러분이 성결하게 되는 것입니다. 여러분은 음행을 멀리하여야 합니다. 각 사람은 자기 아내를 거룩함과 존중함으로 대할 줄 알아야 합니다."("데살로니가전서」 4 : 3-4)

데스데모나는 이아고에게 어떻게 하면 오셀로의 마음을 돌려놓을 수 있을까 상의한다. 그 말 끝에 데스데모나는 섭섭한 마음을 털어놓는다.

데스데모나 어떻게 창녀라는 말을 입에 담으실 수 있을까? 혀끝에 올리기만 해도 소름이 끼치는데, 이 세상 온갖 보물을 다 준다 해도 나는 그런 말을 할 수 없어.

「전도서」는 데스데모나의 허무함을 전하고 나타내고 있다. "연기다, 한낱 연기다! 모든 것이 연기일 뿐이다." "나는 내가 이룬 모든 일, 모든 땀방울과 노고를 찬찬히 들여다보았다. 그러나 연기밖에 보이지 않았다. 연기요, 허공에 침 뱉기였다. 그 모든 일에는 아무 의미도 없었다. 아무 의미도." "내 운명이 미련한 자의 운명과 같다는 사실을 깨달았을 때, 나는 이렇게 물을 수밖에 없었다. '그럼 뭐 하러 애써 지혜로워지려는 거지? 모두 연기에 불과하다. 똑똑한 자와 어리석은 자가 모두 시야에서 사라진다. 하루이틀 지나면 둘 다 잊히고 만다. 그렇다. 똑똑한 자든 어리석은 자든 모두 죽는다. 그것이 세상의 이치다. 나는 사는 것이 싫다. 내가 볼 때, 세상에서 하는 일은 하나같이 밑지는 장사다. 모두 연기요, 허공에 침 뱉기다."

오셀로는 데스데모나에게 마지막으로 입을 맞추고 자결하기 직전 유언처럼 말한다.

오셀로 　당신을 죽이기 전에 나는 당신에게 입을 맞추었소. 지금 내게 남은 길은 내 스스로 목숨을 끊고 당신에게 입을 맞추며 죽는 길밖에 없소. (5.2.358-359)

이 대사는 가롯 유다가 예수에게 입을 맞추고 자결하는 것과 대조된다. "예수를 넘겨줄 자가 그들에게 암호를 정하여주기를 "내가 입을 맞추는 사람이 바로 그 사람이니, 그를 잡으시오" 하고 말해놓았다. 유다가 곧바로 예수께 다가가서 '안녕하십니까? 선생님!' 하고 말하고, 그에게 입을 맞추었다."(「마태복음」 26 : 48-49)

〈맥베스〉에서 찾아볼 수 있는 성서의 영향

〈맥베스〉는 셰익스피어가 제임스 1세에게 바친 작품이다. 셰익스피어는 이 작품을 쓰기 위해 제임스 1세의 『악마론』을 미리 탐독했을 것이다. 그의 성서 인용은 제임스 1세의 저작물에 언급된 것을 되풀이했다. 셰익스피어의 주 참고자료는 라파엘 홀린셰드(Raphael Holinshed)의 『잉글랜드, 스코틀랜드, 아일랜드 연대기(*The Chronicles of England, Scotland, and Ireland*)』이다. 다음 대사를 보자.

> 맥베스 부인 오라, 캄캄한 밤이여, 지옥의 검은 연기로 몸을 감싸라. 내 날카로운 칼이 내가 만든 상처를 보지 못하게끔 하라. 하늘이 검은 장막을 헤치고 고개를 내밀며 '멈춰라! 기다려라!' 외치지 않게끔 하라.(1.5.52-56)

「욥기」 24장 16-17절 "어두워지면 벽을 뚫고 들어간다. 이런 자들은 하나같이 밝은 한낮에는 익숙하지 못하다. 그들은 한낮을 무서워하고,

오히려 어둠 속에서 평안을 누린다."

맥베스   나는 야망의 옆구리를 걷어찰 박차가 없다. 있는 것은 끓어
오르는 야심뿐이다. 그것만으로는 말 저편에 고꾸라질 뿐
이다.(1.7.25-28)

「잠언」 16장 18절 "교만에는 멸망이 따르고, 거만에는 파멸이 따른다."

밴쿠오   공포와 의심으로 온몸이 와들와들 떨리지만, 하느님의 거
룩한 손길을 나는 믿소. 이 대역행위 뒤에 숨은 음모에 나
는 과감히 도전하렵니다.(2.3.125-128)

「마태복음」 5장 6절 "의에 주리고 목마른 사람은 복이 있다. 그들이
배부를 것이다."

맥더프   주님은 신전에 기름을 부으셨다.(2.3.68)

고대 이스라엘에서는 왕은 "주님의 기름을 받은" 자로 불렸다. 대관
식은 머리에 기름을 붓는 의식이었다. 「사무엘상」 10장 1절 "사무엘이
기름병을 가져다가 사울의 머리에 붓고".

맬컴   하늘에 계신 하느님이 경과 나의 마음을 통하게 해주셨어!
(4.3.120-21)

「사무엘상」 24장 15절 "그러므로 주님께서 재판관이 되셔서, 나와 임금님 사이를 판결하여 주시기를 빌겠습니다."

「창세기」 31장 49-50절 "주님께서 자네와 나를 감시하시기 바라네. (…) 하나님이 자네와 나 사이에 증인으로 계시다는 것을 명심하게."

대사와 성서가 관련되는 또 다른 부분을 살펴보자. 〈맥베스〉 1막, 스코틀랜드 황야에서 세 명의 마녀가 나타나서 "맥베스는 미래의 국왕"이라고 예언을 한다. 지나가던 맥베스는 이 말을 듣고 불현듯 야심이 생긴다. 1막 5장의 배경은 맥베스의 성이다. 맥베스 부인이 등장해서 맥베스가 보낸 편지를 읽는다. 편지에는 마녀의 예언이 적혀 있다. 이윽고, 맥베스 성에 덩컨 국왕의 내림(來臨)이 알려진다. 맥베스 부부는 국왕 암살을 음모한다. 맥베스는 처음에 주저했다. 맥베스 부인은 남편을 충동질한다. 맥베스는 암살을 결심했다.

2막에 국왕이 성에 도착했다. 맥베스 눈에 단검의 환영(幻影)이 비친다. 단검은 암살을 촉구한다. 맥베스가 나타나서 암살이 실행된 것을 알린다. 두 왕자는 옆방에서 자고 있었는데, 이들은 죽음을 면했다. 맥베스 부인이 피에 묻은 단검을 호위병 옆에 두고 왔다. 이들을 국왕 살해범으로 위장하기 위해서다. 국왕의 가신들이 참사를 확인한다. 맥베스는 호위병을 살해한다. 두 왕자 중 맬컴은 영국으로, 도널베인은 아일랜드로 도망쳤다. 이들에게 혐의를 씌우고 맥베스는 왕위에 오른다. 4막에 마녀들이 나타나서 "여자의 몸에서 태어난 사람이 맥베스를 파멸시킬 수 없다" "버남 숲이 던시네인의 높은 언덕까지 오지 않는 한, 맥베스는 결코 멸망하지 않으리라"는 의문스런 말을 한다. 5막은 던시네인의 맥베스 성이다. 버남 숲이 근처에 있다. 맥베스 부인은 몽유병에 걸렸다. 부인은 자신의 손에 묻은 피가 지워지지 않고 남아 있는 환상을 본다. 이윽고 맥베스 부인의 죽음이 맥베스에게 전해진다. 맥베스도 미쳐가고 있다. 맬컴의 병사들은 전원 나뭇가지를 머리에 붙이고 앞으로 전진하고 있다. 그 결과 버남 숲이 움직인 것을 맥베스는 보았다. 맥베스를 죽이고 맬컴이 승리하고 왕권을 쟁탈한다.

덩컨이 묻는 것에 대해서 장교는 대답했다. "또 하나의 골고다 언덕을 만드실 참이었는지 알 수 없습니다."(1.2.40)

「마태복음」 27장 33절 "골고다 곧 '해골 곳'이라는 곳에 이르러서", 「마가복음」 15장 22절, "그들은 예수를 골고다라는 곳으로 데리고 갔다." 「요한복음」 19장 17절 "예수께서 십자가를 지시고 '해골'이라 하는 데로 가셨다. 그곳은 히브리 말로 골고다라고 하였다."

밴쿠오　　마귀들이 한 말이 사실이란 말인가?(1.3.107)

「요한복음」 8장 44절 "너희는 너희 아비인 악마에게서 났으며, 또 그 아비의 욕망대로 하려고 한다."

덩컨　　"장군의 나무를 단단히 심어두고, 그 나무가 자라서 번성하도록 힘쓰겠습니다."(1.4.28-29).

「예레미야서」 12장 2절 "주님께서 그들을, 나무를 심듯이 심으셨으므로, 뿌리를 내리고 자라며, 열매도 맺었습니다." 「시편」 92장 10절 "주님은 나를 들소처럼 강하게 만드시고 신선한 기름을 부어 새롭게 하셨습니다."

맥더프가 처참한 살인 현장을 발견하고 아우성치고 있다.

> **맥더프**   일어나라, 일어나라! 살인이다! 반란이다! 뱅쿠오, 도널베인, 죽음의 잠에서 깨어나세요!(2.3.77-79)

이는 최후의 심판을 상기시키고 있다. 「마태복음」 12장 24-27절, 「마가복음」 3장 22절, 「누가복음」 11장 10-15절, 「마태복음」 10장 25절 등에 "바알세불"이 언급된다. 바알세불은 사탄의 이름이다.

맥베스 부인이 그 소리를 듣고 등장해서 천연덕스럽게 말한다.

> **맥베스 부인**   무슨 일이기에 소름 끼치는 경종을 울리며 성안 사람들을 깨워 모이게 하는 거냐?(2.3. 82-83)

「고린도전서」 15장 52절 "마지막 나팔이 울릴 때에, 눈 깜박할 사이에, 홀연히 그렇게 될 것입니다. 나팔소리가 나면, 죽은 사람은 썩어 없어지지 않을 몸으로 살아나고, 우리는 변화할 것입니다."

> **맥베스**   피를 보고야 말 것 같다. 피는 피를 부른다.(3.4.121)

「창세기」 9장 5절 "사람이 같은 사람의 피를 흘리게 하면, 그에게도 보복하겠다."

마녀   여자로부터 태어난 자가 그대를 멸망시키지 못할 것이
다.(5.3.6)

마녀의 이 예언은 맥베스 이야기의 기본이 된다. 이 이야기는 셰익스
피어 이전 2세기 전에 유포되고 있었다. 마녀의 이런 전제가 없으면 맥
베스 이야기는 성립되지 않는다. 「욥기」 14장 1절 "여인에게서 태어난
사람은 그 사는 날이 짧은 데다가, 그 생애마저 괴로움으로만 가득 차
있습니다."

맥베스   티끌로 돌아가는 죽음.(5.5.23)

「창세기」 3장 19절 "너는 흙에서 나왔으니, 흙으로 돌아갈 것이다. 그
때까지, 너는 얼굴에 땀을 흘려야 낟알을 먹을 수 있을 것이다. 너는 흙
이니, 흙으로 돌아갈 것이다."

맥베스   꺼져라, 꺼져라, 잠시 동안의 촛불이여!(5.5.23)

「욥기」 18장 6절 "그의 집 안을 밝히던 빛은 점점 희미해지고, 환하게
비추어 주던 등불도 꺼질 것이다." 「욥기」 21장 17절 "악한 자들의 등불
이 꺼진 일이 있느냐? 과연 그들에게 재앙이 닥친 일이 있느냐? 하나님
이 진노하시어, 그들을 고통에 빠지게 하신 적이 있느냐?"

맥베스   인생은 사라지는 그림자에 지나지 않는다.(5.5.24)

「시편」 39장 6절 "그 한평생이 실로 한오라기 그림자일 뿐." 「시편」 144장 4절 "사람은 한낱 숨결과 같고, 그의 일생은 사라지는 그림자와 같습니다." 「욥기」 8장 9절 "땅 위에 사는 우리의 나날도 그림자에 지나지 않는다." 라고 되어 있다.

4. 제임스 1세와 흠정성서 제정

　시녀 스크로프는 엘리자베스 여왕의 손가락에서 사파이어 반지를 빼내어 창문 바깥으로 떨어뜨렸다. 로버트 캐리는 창문 아래서 그 반지를 받아서 스코틀랜드 제임스 6세에게 전달했다. 그 반지를 받는 순간 영국에서 제임스 1세(1603~1625)의 스튜어트 왕조가 시작되었다.

　제임스 1세의 증조부와 조부는 영국과의 전쟁에서 전사했고, 모친 메리 스튜어트는 영국에서 대역죄로 처형되었다. 한 맺힌 그 나라의 왕이 되어 제임스 1세는 몹시 기뻐했다. 그러나 기쁨도 한순간이었다. 런던에 전염병이 돌면서 3만 명의 사망자가 발생했다. 대관식을 마친 제임스 1세는 우드스톡으로 피신했다. 그는 재정난과 의회와의 충돌이라는 난제를 안고 있었다. 신교와 구교의 대립은 날로 거세지면서 정치 상황은 극도로 불안했다. 연극도 관객 취향이 바뀌면서 낭만적인 희극은 자취를 감추고, 어둡고 불안한 〈자에는 자로〉 같은 문제극이 무대에 올랐다.

1603년 3월 19일, 전염병으로 인해 극장이 1년간 폐쇄되었다. 1604년 4월 9일, 극장이 다시 개관되고, 제임스 1세는 스페인과 평화조약을 체결했다. 셰익스피어는 〈오셀로〉를 그해 11월 1일, 〈윈저의 즐거운 아낙네들〉를 11월 4일, 〈자에는 자로〉를 12월 26일 연달아 왕궁에서 공연했다. 이듬해 1월 7일 〈헨리 5세〉, 2월 10일 〈베니스의 상인〉도 공연되었다. 그해 5월과 6월 셰익스피어는 〈리어 왕〉 집필에 전념했다. 셰익스피어는 그 당시 정치의 비극과 인간의 타락을 주제로 삼는 작품에 집중하고 있었다. 1607년, 더욱더 깊이 정치권력의 잔혹성을 폭로하는 〈코리올레이너스〉, 〈아테네의 타이몬〉, 〈맥베스〉 등의 명작을 집필했다. 〈햄릿〉을 덴마크 왕 크리스티안 4세의 영국 방문을 기념해서 드래곤호 선상에서 1607년 8월 7일에 공연한 것도 이례적인 일이 되었다.

다급한 국내 정정(政情)의 문제를 해결하기 위해 제임스 1세는 왕권의 위상을 다지는 일에 온갖 힘을 다했다. 그는 "위대한 대영제국"의 번영을 내세우면서 왕권신수설을 주장했다. 또한 그는 마녀를 배척하는 내용의 저서 『악마론』을 펴내면서 주교제 국교회를 선도했다. 이 때문에 불안에 떨던 가톨릭교도와 청교도들은 몹시 위협을 느끼며 동요했다. 1605년, 화약 음모 사건이 발생했다. 이 사건은 사회 전반에 큰 파문을 일으키면서 제임스 1세의 국정을 위협했다.

제임스 1세는 영국 왕인 동시에 스코틀랜드의 왕이었다. 그는 1567년 모친 메리 스튜어트가 왕위에서 퇴출당하며 스코틀랜드 왕위에 올랐고, 1598년 덴마크의 앤(Anne) 공주와 결혼했다. 제임스 1세가 연극에 관심을 갖게 된 것은 왕비의 권유와 영향 때문이었다. 제임스 1세는 셰익스피어 극단의 후원자였다. 1603년 셰익스피어가 활약하던 궁내대신

극단(1594~1603)이 국왕극단(1603~1642)으로 바뀌었다. 당시 대부분 극작가들이 가난한 생활로 고생하던 시절에 셰익스피어는 잘나가는 극단과 유능한 배우들, 그리고 왕실의 후원과 보호를 받으면서 자유롭고 안정된 창작 생활을 할 수 있었다. 1603년부터 1613년, 셰익스피어는 〈오셀로〉, 〈자에는 자로〉, 〈끝이 좋으면 다 좋다〉, 〈아테네의 타이몬〉, 〈리어 왕〉, 〈맥베스〉, 〈안토니와 클레오파트라〉, 〈페리클레스〉, 〈코리올레이너스〉, 〈심벨린〉, 〈겨울 이야기〉, 〈폭풍〉, 〈헨리 8세〉, 〈두 사람의 귀공자〉 등의 작품을 발표했다. 이 당시 셰익스피어는 극작술의 전환기를 맞으면서 예술적으로 절정기에 도달하고 있었다. 시대적 상황, 인간관계, 관객 취향과 예술사조, 그리고 종교적 신념의 변화 등에서 그는 생의 끝머리를 화려하게 장식하고 있었다.

1611년, 제임스 1세가 완성한 『흠정역성서(The Authorized Version, The King James Bible)』는 국민의 정신적 유대감을 견고하게 만든 원동력이 되었고, 청사에 빛나는 업적이 되었다. 영국에서 발간된 첫 영어 성서는 『위클리프 성서(The Wycliffe Bible)』였다. 이 성서는 라틴어 성서에서 번역된 것인데, 1408년 금서(禁書)가 되었다. 이후 루터교도였던 윌리엄 틴들(William Tyndale)이 1535년 신약성서를 번역 출판해서 세상을 놀라게 했다. 반가톨릭 운동가였던 그는 1535년 스페인 왕 카를로스 5세의 관리들에게 체포되어 종교재판에 회부되었다. 그는 이단자로 선고받고, 1536년 10월에 화형으로 처단되었다. 틴들이 진행하다가 중단된 성서 번역 작업을 신교도 동지였던 커버데일(Miles Coverdale)이 완성한 것이 『커버데일 성서(The Coverdale's Bible)』(1553)이다. 그 이전에도 『태버너 성서(The Taverner Bible)』(1539), 『매튜 성서(The Matthew Bible)』(1537)가 간행되었고, 그 이후에는 『그

셰익스피어와 성서 : 〈리어 왕〉 격론

레이트 바이블(*The Great Bible*)』(1539), 『주교 성서(*The Bishops Bible*)』(1568), 『제네바 성서(*The Geneva Bible*)』(1560) 등이 간행되었다.

제임스 1세는 국교 확립과 정치적 안정, 그리고 국민 통합을 위해 다종(多種)의 성서 판본을 하나의 성서로 통합한다는 발상을 하게 되었다. 이 일을 추진하게 된 계기는 1604년 개최된 햄프턴 코트 회의였다. 회의 도중 옥스퍼드대학교 존 레이놀즈(John Reynolds) 학장이 새로운 성서 번역의 필요성을 제안했다. 이 제안에 극력 찬동한 제임스 1세는 옥스퍼드대학과 케임브리지대학, 그리고 웨스트민스터사원에서 54명의 석학들과 번역자들을 소집해서 성서번역위원회를 구성하고, 언어 전문가와 종교계의 자문을 받으면서 번역 작업을 진행했다. 1611년 이후 7년이 지나 번역이 종결되고, 인쇄되어 새로운 영역성서가 제임스 1세에게 헌정되었다. 『흠정역성서』는 영국과 미국, 그리고 스코틀랜드 교회에서 공통적으로 사용된 공인 성서가 되었다.

제3장

〈리어 왕〉은 어떤 작품인가?

1. 텍스트, 창작연도, 출처와 소재

〈리어 왕〉 작품 등록일은 1607년 11월 26일이다. 첫 4절판(Q1) 텍스트는 1608년에 간행되었다. 그 텍스트는 셰익스피어 친필 원고가 아니라 필사본이다. 두 번째 4절판(Q2)은 1619년에 간행되었다. 1628년에 발간된 2절판(Folio) 전집에 있는 내용이 4절판에는 없는 대사가 100행이다. 반대로 4절판에 있으나 2절판에 없는 것이 300행이다. 창작 연월일은 분명치 않으나 1605년 후반이 아니면 1606년 초로 추정된다. 셰익스피어가 이 작품을 1605년 〈맥베스〉 이전에 썼다고 브래들리, 체임버스, 그레그 등 학자는 주장했다. 글로스터가 "최근에 일어난 일식과 월식"(I.ii.112)은 1605년 9월 아니면 10월에 발생했다.

1606년 12월 26일, 〈리어 왕〉은 궁정 무대에서 초연되었다. 리어 왕 이야기의 원전은 옛날 켈트족 시대부터 전승되는 세 딸과 노왕(老王)의 전승 민담이었다. 이 소재를 셰익스피어는 홀린셰드의『잉글랜드, 스코틀랜드, 아일랜드 연대기』를 중심으로 새로운 작품으로 재탄생시켰다. 그가 참고한 또 다른 중요 소재는 존 플로리오(John Florio)가 번역한 몽테뉴(Montaigne) 『수상록(Essays)』과 새뮤얼 하스넷의 「터무니없는 교황의 협잡」이다. 몽테뉴의 글 「레이몽 세봉드를 위한 변명(Apology for Raymond Sebond)」은 〈리어 왕〉의 주제에 반영되고 있다.

출처와 〈리어 왕〉의 어휘 빈도수를 조사하면 셰익스피어의 독창성을 알 수 있다. 예컨대, '신(Gods)'에 관한 언급 빈도수를 비교하면 켈트 민담인 〈레어 왕(King Leir)〉에서 8회, 〈리어 왕〉에서 28회, 홀린셰드의 『연대기』에서 0회였다. '죽음(Death)'은 〈레어 왕〉에서 4회, 〈리어 왕〉 20회, 홀린셰드 『연대기』에서 1회 언급된다. 왕국과 전쟁에 관해서는 〈레어 왕〉 5회, 〈리어 왕〉 34회, 홀린셰드 『연대기』에서 12회 등으로 나타나 있다.

2. 플롯 시놉시스

켄트   제 생각에는 왕께서 콘월 공작보다 알바니 공작을 총애하
        시는 것 같습니다.

글로스터   모두들 그렇게 생각했지만 막상 영토 분배를 보니 어느 공
        작을 더 아끼시는지 분간할 수 없게 되었습니다. 두 공작의
        비중은 똑같으니까요. 저울에 단 듯이 같기 때문에 누가 더
        유리한지 말할 수 없습니다.(I.i.1-7)

막이 열리자 두 사람이 주고받는 첫 대사부터 극의 불안감이 조성되
고 있다. 켄트는 항상 솔직하게 자신의 의견을 말하는 충신이다. 신념
이 굳고, 한결같으며, 용감하다. 그는 이런 성격 때문에 핍박을 받고 상
처를 입는다. 이윽고 리어 왕이 등장하면서 '사랑의 경매'를 시작한다.
이 행동은 이후 벌어지는 모든 갈등과 쟁투의 요인이었다. 이 장면은
〈리어 왕〉에서 사건을 촉발하는 도입부에 속한다. 리어 왕의 코델리아

부정, 그의 판단 착오와 편파적인 영토 분배, 그리고 켄트 백작의 추방은 리어 왕 성격의 '비극적 결함(tragic flaw)'으로 지적되고 있다. 말하자면, 강점과 약점이 리어 왕에게 동시에 존재한다. 강인한 성격과 심리적 허약성, 정신적인 힘과 육체적 탈진, 지혜와 어리석음, 광증과 정상, 사랑과 미움, 권위와 굴종, 고립과 의존 등의 양극상이 리어 왕의 실체가 된다. 극의 진행을 막(幕)별로 살펴보자.

1막

브리튼(Britain) 왕국을 50년 통치한 리어 왕은 은퇴를 위해 어전 회의를 열고, 세 딸 고네릴, 리건, 코델리아를 불러 부왕을 얼마나 사랑하느냐고 묻는다. 두 딸은 위선적인 언사(言辭)로 효심을 자랑하지만, 코델리아는 과장 없이 평소대로 부왕에 대한 사랑을 솔직 담백하게 전했다. 부왕은 미진한 그녀의 언사에 불만이다. 리어 왕은 자신에 대한 사랑의 분량만큼 왕국의 영토를 분배한다고 말하면서 두 딸에게 영토의 3분지 1씩을 주고, 노여움을 산 코델리아는 아무런 영토도 받지 못하고 쫓겨난다. 코델리아의 진심을 리어 왕에게 호소한 켄트 백작은 오히려 추방을 당했다. 코델리아의 결혼 후보자였던 버건디 공작은 영토를 받지 못하고 쫓겨나는 코델리아를 보고 청혼을 취소했다. 프랑스 왕은 지참금 없는 코델리아를 흔쾌히 아내로 받아들이고 함께 프랑스로 떠나기로 작심했다. 코델리아는 떠나면서 고네릴과 리건에게 부왕을 잘 보살펴달라고 부탁했다. 그러나 두 자매는 그럴 마음이 아니었다.

셰익스피어와 성서 : 〈리어 왕〉 격론

〈리어 왕 1막 1장〉, 에드윈 오스틴 애비(Edwin Austin Abbey), 1898

마빈 로젠버그(Marvin Rosenberg)는 그의 저서 『리어 왕의 가면』(1972) 에서 리어 왕의 성격을 여러 각도에서 분석해서 분류하고 있다.

리어는 야만적이다. 억제하지 못하는 원시적인 충동에 사로잡혀 있다.

리어는 노쇠했다. 육체적으로나 정신적으로 허약해졌다.

그는 처음서부터 미쳐 있었다.

그는 미친 것이 아니라 변덕스럽게 성깔을 부리고, 성급하고, 복수심에 불타고, 옹고집이며, 폭정(暴政)을 하고 있다.

그는 격정의 노예이다. 그러나 그의 격정은 숭고한 정신의 반영이다.

그는 현명하고, 도량이 넓고, 관대하다. 사랑스런 아버지인데 믿었던 딸들의 배은망덕에 정신을 잃었다.

그는 자신의 지배력에 익숙하다. 그래서 남의 지배력을 참지 못한다. 특히 과거 자신의 부하였던 자들의 지배를 참지 못한다.

그는 운명적으로 군주의 전형적(archetypal)인 성격이다.

그는 이기적이며, '자기중심'이며, 맹렬하게 사랑을 갈구하는데, 자신은 사랑을 베풀지 못하고 있다.

그는 자해적인 성격이요, 죽음을 소망한다.

그는 코델리아와 고네릴에게 억제된 성적 욕망을 지니고 있다.

그의 행동 동기는 불가사의요 불분명하다.

리어 왕은 네 가지 성격의 인물로 표출될 수 있다고 로젠버그는 지적하고 있다. 첫째 패턴은 군주 특유의 전형적인 왕의 모습이다. 이런 모습으로 등장한 배우가 토마소 살비니(Tomaso Salvini, 1829~1915), 에드윈 포레스트(Edwin Forrest, 1806~1872), 베르너 크라우스(Werner Krauss, 1884~1959), 볼레슬라브 라드노스브스키(Boleslaw Ladnoswski, 1841~1911), 존 길거드(John Gielgud, 1904~2000)였다. 길거드는 1940년대 할리 그랜빌 바커가 연출한 무대에 출연했다.

두 번째 성격적 패턴은 완고하며, 오만한 영도력을 과시하면서도 때로는 온화하고 여유 있는 태도를 보여주는 리어 왕의 모습이다. 이런 성격을 가장 잘 표출한 배우가 폴 스코필드(Paul Scofield)이다. 그는 아무런 의식절차 없이 등장하고, 뚜벅뚜벅 딱딱한 나무로 된 옥좌에 가서 앉는다. 그리고 엄격한 자세로 사방에 둘러서 있는 신하들을 일일이 살피고 그들의 언행을 주시한다. 깊은 생각에 잠기면서 그는 천천히 입을 연다. 연출가 피터 브룩(Peter Brook)이 이 배우를 주인공으로 삼고 연출한

〈리어 왕〉은 얀 코트의 부조리 연극이론에 근거를 두었다. 그러나, 스코필드 연기에는 얀 코트가 주장한 어릿광대의 그로테스크 이미지가 보이지 않았다. 스코필드의 리어 왕은 현실 속의 사실적 인간이다. 가족 간의 갈등을 느끼고, 고통을 참고 견디며 슬픔에 잠긴 리어 왕의 모습이다. 스코필드는 강렬하게 응축된 감정을 쏟아내는 리어 왕을 엘리자베스 시대의 영웅으로 설정해서 연기했다. 그러면서도 스코필드는 어릿광대, 글로스터, 코델리아를 대하는 태도에서 깊은 연민을 느끼는 또 다른 면을 보여주었다. 러시아의 코진스테브(Kozinstev)의 〈리어 왕〉도 이 계열에 속하는 작품이다. 그의 리어 왕은 기발했다. 리어 왕은 주변에서 시중드는 신하들을 무시하고 어릿광대와 테이블에 마주 앉아 체스 게임을 하고 있었다. 그러다가 불현듯 생각이 난 것처럼 천천히 옥좌에 올라가서 자신의 퇴위를 아무렇지도 않게 일상적 언행으로 담담히 말했다.

아주 극단적인 세 번째 패턴은 극 초장부터 미치기 시작하는 리어 왕이다. 그는 거침없이 착오를 범하고 실수를 연발한다. 근엄하고 위력적인 리어 왕의 모습은 사라지고 없다. 몸과 정신은 쇠약해졌다. 그는 50년 통치에 지칠 대로 지쳐 있다. 그는 죽음의 길로 들어섰다. 그는 기쁨도 슬픔도 없는 허깨비 같은 존재로 왕국을 간신히 지탱하다가 서서히 무너지고 있다. 이런 리어 상(像)은 19세기 평론가들이 주장해왔다. 그 극단적인 예가 로시(Ernesto Rossi, 1829~1896)이다. 그의 세밀한 광증 표현은 프랑스나 독일 관객들을 현혹했지만 영국 관객들은 기피했다. 로시는 리어 왕이 정말로 미쳤다고 생각했다. 왕권의 포기, 두 딸의 감언이설에 속아서 코델리아를 배척하는 일련의 행동은 리어 왕이 노망했다는 증거였다. 그래서 리어 왕 손은 끊임없이 떨리고 있다. 머리는 불안으로 흔들리고 있다. 로시는 춤추듯이 신하들 사이를 누비다가 털썩 옥좌에 주저않는다. 독일의 바서만(Albert Bassermann, 1967~1952), 스웨덴의 연출가이며 배우인 린드버그(August Lindberg, 1846~1916) 등은 이 유파에 속한다. 미국 배우 부스(Edwin Booth, 1833~1893)의 광증 연기는 위엄이 있는 고상한 것이어서 관객의 호감을 샀다. 미친 리어는 19세기 관객들이 즐기는 대목이었다.

네 번째 패턴은 위풍당당한 군주의 성격과 배신감으로 미쳐버린 인자한 아버지의 모습을 혼합한 경우가 된다. 이 경우는 비탄에 빠진 아버지를 부각시키는 일에 중점을 둔다. 자상하고, 자비롭고, 선량한 아버지가 불효 때문에 절망하고 죽는 경우다. 3막 2장 20행과 3막 4장 20행은 "불쌍하고 천대받은 늙은이" 성격에 "모든 것을 나눠준 착한 아버지"를 강조하고 있다. 데이비드 게릭(David Garrick, 1717~1779)은 이런 연기를 했다. 매크리디(William Charles Macready, 1792~1875)는 나이 든 슬픈 아버지 모습을 전통적으로 계승했다. 그의 등장은 24명의 호위병이 둘러싸고, 20명의 고관대작들이 뒤따르는 장엄한 의식의 행렬이었다. 그 중 한 기사는 리어 왕의 장검(長劍)을 들고 있고, 또 다른 기사는 대형 지도를 들고 있다. 그 행렬 뒤에 세 딸, 콘월, 알바니가 뒤따르고 있다. 이들이 지나간 다음 리어 왕(매크리디)은 두 가신들과 네 명의 시종을 거느리고 등장한다. '선량한 아버지'로서의 리어 왕 이미지는 19세기 〈리어 왕〉 공연에서 환영을 받았다. 특별히, 찰스 킨(Charles Kean, 1811~1868)은 온건하고 착한 리어 왕을 연기했는데, 무대에서는 그의 옥좌 옆에 두 딸이 무릎을 꿇고 앉아 있었고, 코델리아는 리어 왕 발끝에 웅크리고 있었다.

〈리어 왕〉에서 전개되는 글로스터와 두 아들 이야기는 이 작품의 이중플롯(double-plot)이다. 에드먼드는 글로스터 백작의 사생아이다. 에드거는 적자(嫡子)이다. 평소 에드거를 질투하고 불만이 많았던 에드먼드는 글로스터에게 자신이 작성한 에드거의 가짜 편지를 보여주면서 에드거가 부친 살해 음모를 꾸미고 있다고 글로스터에게 귀띔한다. 에드먼드의 계략에 글로스터는 쉽게 넘어가면서 에드먼드 때문에 가족 간의 반목과 갈등이 심화된다. 알바니 공작과 결혼한 고네릴은 하인 오즈월드에게 리어 왕을 홀대하라고 지시한다. 오즈월드의 경거망동에 분노한 리어 왕은 그를 구타한다. 변장한 몸으로 리어 왕 시중을 드는 켄트 백작은 딴죽을 걸어 오즈월드를 넘어뜨린다. 이에 화가 난 고네릴은 리어 왕에게 수행원을 100명에서 50명으로 줄이라고 강요한다. 리어 왕은 배신감에 격노하며 고네릴 집을 떠나서 리건 집으로 갔다. 고네릴은 부왕을 축출하라는 자신들의 약속을 확인하기 위해 집사 오즈월드를 즉시 리건 집으로 보냈다.

브래들리는 악의 집단으로 고네릴, 리건, 에드먼드, 콘월, 오즈월드 등 다섯 명을 거명했다. 이들은 셰익스피어의 다른 작품에서 볼 수 있는 악역과는 다르다. 악이 거대한 집단의 힘으로 조직되어 선한 사람들을 해치고 있다. 이들의 죄질은 나쁘고 잔혹 행위는 공포감을 자아낸다. 그러나 종국(終局)에는 이들 악의 힘은 다섯 명 모두 참살당하는 자멸의 길을 간다.

1막 2장에서 천문학의 운세를 믿고 있는 글로스터는 시대를 비관적으로 분석하고 있다.

> 글로스터 사랑은 식고, 우정은 쇠퇴하며, 형제들은 흩어지고, 문 안
> 에서는 반란이 일어나며, 시골에서는 반목하고, 궁중에서
> 는 모반이 발생하며, 부자 간의 유대도 끊어진다. 의리 없
> 는 내 아들놈에게도 이 예언은 적중하고 있다. 이들은 어버
> 이에게 등을 돌리고, 왕은 자연의 정도를 벗어나며, 어버이
> 는 아들과 반목하고…… 이 세상은 말세가 된다. 음모, 반
> 역, 파멸의 근원인 온갖 소동들이 우리를 끈질기게 뒤쫓으
> 며, 우리를 무덤까지 몰아붙인다. 에드먼드, 악당들을 찾
> 아내라.(1.2.101-108)

글로스터의 발언은 리어 왕에게나 자신에게도 해당되는 내용을 담고
있기 때문에 중요하다. 리어 왕이 고네릴과 리건을 잘못 판단하고 코델
리아를 멀리했듯이 글로스터도 에드거를 잘못 판단하고 에드먼드를 믿
는 오판을 했다. 에드먼드는 에드거를 배척하는 흉계를 꾸미면서 글로
스터를 속이고 그의 천문학 미신을 비웃는다.

> 에드먼드 이 얼마나 어리석은 일이냐. 불행이 닥쳐올 때 자업자득인
> 경우가 많은데, 자신의 재난을 해나 달이나 별의 탓으로만
> 돌리다니.(1.2.112-113)

에드먼드가 글로스터를 비웃고 잔인하게 공격하며, 에드거와 글로스
터를 이간질하는 것을 보고 관객은 그가 흉측한 악인임을 인정하게 된

셰익스피어와 성서 : 〈리어 왕〉 격론

다. 에드먼드는 이아고 못지않게 지능이 발달하고, 권모술수에 능하며 능숙한 말솜씨를 지니고 있다. 그는 손에 닿는 모든 것을 악용한다. 악의 화신(化身)인 에드먼드는 무서운 존재로 등장한다. 에드먼드는 누구인가? 켄트가 의문을 제기하자 글로스터가 답변을 한다.

켄트	이분이 아드님이신가요?
글로스터	내가 기르고 있어도 아들이라고 말하기엔 낯이 뜨겁습니다.
켄트	무슨 말씀인지 알 수 없군요.
글로스터	글쎄, 이 애 어미가 내 씨를 받은 겁니다. 그래서 애 어민 배가 둥글게 부풀고, 잠자리 나눌 남편을 맞기도 전에 아들 하나를 요람에 뚝 떨어뜨렸습니다.

2막

글로스터성이다. 에드먼드는 에드거에 대한 음해를 계속한다. 글로스터는 에드거를 추적하고, 에드거는 '거지 톰'으로 변장해서 초야에 숨어 산다. 켄트 백작은 리어 왕의 편지를 글로스터에게 전달하려고 가는 길에 고네릴의 하인 오즈월드를 만났다. 오즈월드가 놀라서 고함을 지르자 글로스터, 리건, 그리고 그녀의 남편 콘월 백작이 현장에 뛰어들었다. 오즈월드의 보고를 듣고 콘월은 켄트를 형틀에 가두었다. 리어 왕이 도착해서 켄트가 묶여 있는 것을 보고 격노한다. 리어 왕은 고네릴의 오만불손한 행동을 비난하며 리건에게 불만스런 심정을 토로했다. 그 자리에 어느새 고네릴이 도착해서 리건과 함께 수행원을 25명으로 감축하라고 리어 왕에게 다그쳤다. 분을 참지 못한 리어 왕은 효심을 잃은 두 딸에게 혹독한 보복을 다짐하며 폭풍이 몰아치는 황야로 뛰쳐나간다. 고네릴과 리건의 갈등은 1막 3장, 1막 4장에서 이미 암시되고 있다.

리어 왕 주변에는 어릿광대(Fool)가 서성대고 있다. 어릿광대 역할은 국왕의 말동무가 되어 국왕을 즐겁게 해주는 일이지만, 그의 거침없는 언행은 국왕의 잠재의식을 자극한다. 그의 희언(戲言)에는 유익한 진담이 섞여 있다. 어릿광대는 비극 속의 희극적 요소이다. 어릿광대는 셰익스피어의 상상력이 안출(案出)한 독창적인 인물이다.

2막 1장에서 고네릴과 리건의 암투가 시작된다. 에드거는 에드먼드의 계략에 넘어가서 위기에 직면한다. 에드먼드는 에드거가 멀리 달아나는 것을 기다리고 있다. 콘월과 리건의 등장으로 긴장감이 고조된다. 글로스터는 에드거의 배신을 이들에게 알리고, 에드먼드의 효심을 칭찬한다. 콘월과 리건은 그의 말에 동조하면서 에드먼드와 악의 집단의 결탁이 이루어진다. 에드거가 거지로 변장해서 미친 척하는 행동은 햄릿의 광증과도 비슷하다. 리어의 광증도 그렇지만 이들의 광증은 이성을 잃지 않고 있는 점이 특이하다. 다만 한 가지, 햄릿은 궁극적인 복수를 계속 지연하고 있지만, 에드거는 적극적이요, 민첩하고 결단력이 있어 행동을 지체하는 법이 없다.

2막 4장은 리어 수난의 장이다. 켄트가 핍박받는 장면을 보고 리어는 분노하며 고통을 느낀다. 그는 숨도 쉴 수 없는 상황이다. 몸도 마음도 아프다. 격한 심정으로 정신이 몽롱해지고 있다. 리어는 사랑에 대한 희망을 잃었다. 자만심도 사라졌다. 그는 복수심에 불타고 있다.

리어   아니, 이 짐승 같은 년들아, 너희들에게 무서운 복수를 하
겠다…….너희들이 이 세상에서 위험한 존재인 것을 만천
하에 알리겠다. 너희들은 내가 눈물을 흘릴 거라고 생각하
지만 나는 울지 않을 것이다.(2.4.282-286)

3막

폭풍 장면이다. 리어 왕은 어릿광대를 데리고 들판을 헤매고 있다.
켄트 백작은 신원을 감추고 리어 왕을 돌보고 있다. 이들은 켄트의 안
내로 오두막에 들어가서 폭풍우를 잠시 피했다. 오두막에서 이들은 미
친 사람으로 가장한 에드거를 만났다. 프랑스 군대가 도버 해협을 건너
영국 땅에 상륙했다는 소식이 전해진다. 코델리아가 그 진영(陣營)에 있
을 듯해서 켄트 백작은 정체불명의 신사를 만나 리어 왕의 상황을 코델
리아에게 전해달라고 부탁하면서 리어 왕의 구출을 요청했다. 글로스
터 백작도 리어 왕을 찾아 이 오두막에 도착했다. 글로스터는 아들 에
드거를 알아차리지 못한다. 고전극이나 셰익스피어극에서는 변장한 인
물을 상대방이 알지 못하는 약속 사항을 지킨다. 이들은 모여서 모의재
판을 열고 고네릴과 리건을 법정에 세웠다.
　에드먼드는 글로스터 백작의 파멸을 촉진하는 밀서를 콘월에게 전달
했다. 그 밀서에는 글로스터가 리어 왕을 돕고 있다는 정보가 들어 있
다. 콘월은 글로스터를 체포하고, 잔혹한 고문을 통해 글로스터의 두
눈을 긁어낸다. 콘월은 글로스터에게 "당신의 아들 에드먼드"가 배신

〈리어 왕〉, 조지 프레드릭 벤셀(George Frederick Bensell)

셰익스피어와 성서 : 〈리어 왕〉 격론

자라고 알려준다. 이 참상을 보다 못한 콘월의 하인이 그에게 대들면서 격투하다가 리건에게 자살(刺殺)당한다. 콘월도 이때 하인으로부터 치명적인 부상을 입었다. 글로스터는 자신이 에드먼드에 속아서 에드거를 홀대했다는 사실을 뉘우치고 깊은 슬픔에 잠긴다. 리어 왕의 참상을 글로스터가 더욱더 부각시키고 있다. 이중 플롯의 효과이며 강점이다.

폭풍 장면의 무대 형상화 문제는 오랫동안 거론되었다. 사실적이며 반사실적 양쪽 디자인이 선보였는데, 그중에서도 특이한 것은 1971년 노르웨이에서 공연된 〈리어 왕〉에서 사용된 음악이었다. 천둥 번개와 빗소리 효과를 오케스트라 음악과 합창으로 재현했는데 시각적 장치도 수반되는 것이었다. 리어와 그 일행의 행색은 온몸이 비에 젖어서 옴짝할 수 없는 비참한 모습이었다. 폭풍 장면에서 중요한 것은 이렇듯 인간이 동물처럼 벌거벗은 상태에서 떨고 움츠리는 무력한 상태의 노출이었다. 폭풍 속에서 인간은 갈기갈기 찢어지고 분산되었다. 그런 상황이 켄트의 모색과 도주에서 대표적으로 표현되고 있다. 켄트는 코델리아에게 전해야 하는 중요한 정보를 지니고 있으면서 계속 방황하고 있다. 마침내 시종을 만나서 그 정보를 전달하지만 자신의 정체는 밝히지 않는다. 폭풍 속에서 리어는 홀로 우주와의 전쟁을 계속하고 있는 듯하다. 외부 세계의 폭풍은 실상 리어 마음속에서 요동치는 광풍을 상징하고 있는 듯하다. 그 광풍은 그의 적이다. 그는 광풍에 맞서 이기려고 싸우고 있다. 그는 광풍에서 벗어나기 위해 늑대처럼 포효하고 있다.

4막

에드먼드는 고네릴과 리건 모두에게 추파를 던진다. 자매는 이를 눈치채고 서로 격한 질투심에 빠져 격돌한다. 고네릴의 부군인 알바니 공작은 양식을 갖춘 온건한 인물이다. 이들 부부는 사이가 나쁘다. 고네릴은 에드먼드에게 애정을 품고 있다. 콘월은 글로스터 고문 현장에서 하인으로부터 입은 부상으로 사망했다. 고네릴은 미망인이 된 리건이 에드먼드와 가까워지는 일이 걱정스럽고, 불편하다.

한편, 켄트 백작이 연락을 부탁한 그 신사가 돌아왔다. 켄트는 코델리아의 현황을 그로부터 전해 들었다. 신사는 켄트 백작에게 코델리아가 리어 왕을 찾는 수색대와 의사들을 급파했다고 전했다. 프랑스군과 영국군이 전쟁 중이라는 말도 전했다. 고네릴의 집사인 오즈월드는 고네릴이 에드먼드에게 보내는 편지를 지니고 있었는데 이를 눈치를 챈 리건은 그에게 "내 편에 드는 것이 유리하다"고 그를 유인했다. 리건의 꼬임에 넘어간 그는 리건 편이 되었다. 이 때문에 두 자매와 에드먼드와의 삼각관계는 더욱더 가열되었다.

도버 해협에 도착한 글로스터는 벼랑에서 몸을 던져 자결할 생각으로 에드거에게 안내를 요청했는데, 에드거는 자신의 정체를 밝히지 않고 글로스터를 벼랑 끝으로 위장된 장소로 안내했다. 에드거는 글로스터에게 '미친 톰'으로 알려져 있다. 글로스터는 작심하고 몸을 던졌지만 평지에 떨어졌다. 글로스터는 벼랑에서 뛰어내렸다고 생각했지만 실제로는 제자리에 멈춰 있다. 눈먼 글로스터는 이런 가상의 현실을 알지 못한다. 이런 기법은 셰익스피어극의 약속 사항이다. 이곳에서 글로스터와 에드거는 들꽃으로 괴상하게 몸치장을 한 리어를 만났다. 리어는 미쳐 있다. 리어는 이윽고 글로스터를 알아보며 서로의 불행을 위로하는 말을 나눈다. 에드거는 글로스터에게 다가가서 신의 은총으로 살아났으니 희망을 갖고 살아야 한다고 말했다. 켄트 백작과 신사가 리어를 찾아다니던 중 어느새 그 자리에 리어가 나타났다.

악한 오즈월드는 리건의 앞잡이가 되어 글로스터 백작을 죽이려고 했지만 에드거의 칼에 오즈월드는 살해되었다. 리어는 코델리아 진영 속에서 보호를 받으며 의사들의 치료를 받고 광증에서 회복되었다. 영국군의 공세가 치열해지면서 프랑스군은 열세에 몰렸다. 콘월의 영주가 된 에드먼드는 두 자매를 양팔에 끼고 영국군을 지휘하고 있다.

알바니는 글로스터가 당한 잔혹한 고문에 대해서 격노하며 에드먼드 군진(軍陣)에서 이탈했다. 리건과 오즈월드의 대화에서 이 사실이 밝혀진다. 4막 4장에서 코델리아가 등장한다. 도버 근처의 프랑스군 진영이다. 코델리아는 영국군과의 전쟁이 "아버지 리어 왕을 위해 치러지는 것"이라고 말한다.

제7장, 프랑스군 진영에서 코델리아와 리어, 켄트가 재회한다. 리어는 코델리아를 처음에는 알아보지 못했지만 정신을 회복하면서 코델리아를 알아보고 "참고 견디어라. 과거를 잊고 나를 용서해라. 난 어리석은 늙은이야"이라고 말한다. 참회와 화해를 통해 리어는 광증에서 벗어나고 맑은 정신으로 새롭게 태어나는 듯했다. 격한 분노의 밤은 사라지고 용서와 사랑의 날이 밝았다.

리어를 연기하는 배우 존 길거드는 사랑으로 떨리는 목소리로 말을 건네며 코델리아에게 손을 내밀었다. 리어 앞에서 무릎을 꿇고 있는 코

〈리어 왕과 코델리아〉, 벤자민 웨스트(Benjamin West), 1793

셰익스피어와 성서 : 〈리어 왕〉 격론

델리아는 리어의 손을 잡고 그를 물끄러미 쳐다보고 있다. 로버트 만텔 (Robert B. Mantell)은 코델리아의 머리칼을 쓰다듬었다. 살비니는 코델리아를 얼싸안았다. 킨은 비틀거리며 기쁨의 눈물을 흘리면서 코델리아의 가슴에 안겼다. 헨리 어빙(Henry Irving)은 어린아이처럼 코델리아 가슴에 얼굴을 파묻었다. 게릭은 코델리아의 뺨을 어루만진다. 코델리아는 깊은 감회에 젖어 입을 다물고 있다. 결전의 시간이 다가왔다. 에드먼드는 콘월의 군사를 이끌고 프랑스 진영을 향해 공격을 시작했다.

5막

에드먼드는 영국군을 통솔했다. 전투는 영국군의 승리로 끝났다. 리어와 코델리아는 체포되었다. 리어는 자신이 코델리아와 함께 새장의 새가 된 환상 속에서 '신의 밀사'가 된 듯 행동한다. 리어는 눈물을 흘리는 코델리아에게 "너의 희생에 대해서 신들은 향수를 뿌린다"고 위로했다. 에드먼드는 부하에게 리어와 코델리아의 처형을 하달했다. 에드먼드를 차지하려고 혈투를 벌이고 있는 고네릴과 리건은 알바니 공작 면전에서 흉측하게 격돌하고 있다. 리건은 에드먼드를 남편으로 삼겠다고 말했다. 고네릴은 남편이 있는 몸이지만 자신도 에드먼드의 반려가 되겠다고 말했다. 에드먼드는 리건의 사랑을 받아들인다. 이들의 정사는 불안하게 계속되었다. 리건은 반나체로 등장해서 자신의 사랑을 과시했다. 프랑스군과의 전쟁에서 알바니는 소극적이요 미온적인 태도를 보였다. 알바니, 고네릴, 리건, 그리고 호위병이 등장하는 것을 보고 에드먼드는 순간 자신이 왕관을 차지한다고 생각했다. 에드먼드는 자신이 지뢰밭에 있는 것을 모르고 있다. 알바니는 에드먼드가 자신의 신하라고 공언한다. 나팔 세 번 울리고 나니 에드거가 나타나서 에드먼드와의 결투를 선언한다. 격투 끝에 에드먼드는 살해된다.

악인에 대한 신의 징벌이라 할 수 있다. 에드먼드는 죽기 직전 그가 내린 리어와 코델리아의 사형 집행을 취소했다. 그러나, 때는 늦었다. 리어는 코델리아 시체를 안고 등장했다. 리어는 코델리아를 살리려고 정성을 다했지만 불가능한 일이었다. 리어도 마침내 그 자리서 숨을 거뒀다. 고네릴은 리건을 독살하고, 자결했다. 살아남은 알바니, 에드거, 그리고 켄트는 혼란에 빠진 나라를 함께 다스리는 권력을 잡게 되었다.

5막 3장에서 리어가 코델리아 시체를 안고 등장하면서 "울어라, 울어라, 울어라, 울어라!" 네 번 울부짖는다. 그는 코델리아 시체 옆에 무릎을 꿇고 앉아서 코델리아를 응시하며 생사 여부를 확인했지만 허사인 것을 알고 일어나서 알바니한테 갔다가 다시 병정들 쪽으로 갔다. 네 번의 '울어라'는 처음부터 한꺼번에 외친 것이 아니고, 사람들 틈새를 지나가면서 연속해서 한 단계씩 더 높이고 외치는 소리다. 리어는 마지막으로 관객들 앞으로 나가서 팔을 머리 위로 올리고 휘저으면서 주먹을 불끈 쥐고 '울어라' 소리를 있는 힘을 다해 마지막으로 외친다. 리어 연기는 이렇게 되는 것이 옳다고 생각한다.

리어   아, 불쌍한 내 딸을 목 졸라 죽이다니! 이제는 생명이 없구나, 없어, 없어! 개나, 말이나, 쥐 같은 것도 생명이 있는데, 너는 어째서 입김조차 없느냐? 너는 다시 이 세상에 돌아오지 않는다. 결코 돌아오지 않는다. 결코, 결코! 부탁이다. 이 단추를 끌러다오. 고맙다. 이게 보이느냐? 코델리아를 보라, 내 딸의 입술을, 저걸 봐, 저걸 봐! (죽는다) (5.3,313-319)

리어는 대우주를 향해 질문했다. 왜 코델리아는 죽어야 하는가? 그는 망연자실했다. 다시는 만날 수 없다는 것을 알고 그는 이루 말할 수 없는 고통으로 신음했다. 그의 목소리는 신음소리였다. "단추를 풀어다오"라고 말할 때, 그는 코델리아의 단추를 말하는 것 같지만 실은 터질 것 같은 리어의 심장을 전하고 있다. "입술을 보라"고 말하는 리어는 코델리아의 살아 있는 환상을 보고 있다. 두려움과 환희가 뒤섞인 리어의 마지막 대사를 어떻게 연기해야 하는가? 이 문제는 역대 명배우들의 중요 과제였다. 길거드는 코델리아의 영생(永生)을 기원하며 홀가분한 마음으로 죽어가는 연기를 했다. 포레스트는 코델리아의 부활을 상상하며 하늘을 쳐다보고 난 후 코델리아를 껴안고 죽었다. 카노프스키(Carnovsky)는 코델리아의 죽음에 충격을 받고 공포에 질린 연기를 했다. 로렌스 올리비에(Lawrence Olivier)는 코델리아의 심장을 누르며 호흡을 일으키려고 힘쓰다가 코델리아를 껴안고 쓰러졌다. 만텔은 코델리아의 목을 감고 천천히 그의 머리를 일으킨 다음 그녀 가슴에 머리를 파묻었다. 미코엘스(Mikhoels)는 충동적으로 짐승처럼 울부짖으며, 코델리아의 몸을 흔들고 나서 코델리아 옆에 누워서 입술에 입을 맞추려고 하다가 그 동작을 멈추고 코델리아의 입에 손을 놓고 고개를 끄덕이며 죽어갔다.

5막의 종결 장면에 대해서 두 가지 해석이 가능했다. 코델리아가 살아 있다는 리어의 환상은 비극적 충격을 완화시키는 효과가 있다는 주장과 코델리아는 속세를 초월하는 존재이기에 지상의 법칙으로는 코델리아의 죽음을 해명할 수 없다는 주장이다. 이 두 가지 이론은 후기 브래들리 학파에 의해 더욱더 강조되고 심화되었다. 그 가운데서 이른바 "장엄한 도덕성"(O.J. Campbell)을 중시하는 기독교적인 입장이 새롭게 인식되었다.

리어는 환희를 느끼며 죽음에 직면했을 뿐만 아니라 신의 섭리를 깨닫게 되었다는 것이다. 리어의 죽음은 코델리아의 죽음이 안겨준 축복이었다는 것이다. 기독교적인 해석에 따르면 코델리아는 신성한 존재가 된다. 코델리아는 예수 그리스도처럼 인간을 구제하기 위해 희생된 천사 같은 존재라는 것이다. 리어는 환희와 절망, 진실과 환상의 극한 상황에서 죽어갔다고 주장한 스탬퍼(J. Stamfer)의 비관론도 주목할 만한 내용을 갖고 있다. 프로이트 학파에 속하는 시어스 제인(Sears Jayne)은 "리어는 광증과 신념 사이서 죽어갔으며, 그에게는 공허하고 피 흘리는 세상밖에 남은 것이 없었다"라고 언급했는데, 이 같은 비관적인 입장을 밝힌 평론가 얀 코트나 사바스(Minas Savas)의 〈리어 왕〉론도 중요하다. 이와는 상반되는 견해를 피력한 블로크(Alexander Blok)는 "고통은 인간을 숭고하게 만든다. 고통은 인간을 각성시켜 새로운 인생을 포용한다"고 주장했다. "신의 권위는 리어의 모든 번민과 고통을 책임지며 최종적인 보상(redemption)을 그에게 안겨주었다"고 강조한 학자는 로버트 헤일만(Robert Heilman)이었다. 이들 두 입장은 〈리어 왕〉을 성서와 관련지어 해석하고 있다.

3. 코델리아

로젠버그는 코델리아의 성격을 자상하게 해설하고 있다. 극 초반부터 리어는 코델리아를 주시하고 있었다는 것이다. 코델리아는 어릿광대와 함께 있을 때를 제외하고는 항상 리어 왕 곁에서 멀리 떨어져 있었다. 코진스테브(Kozintsev) 무대에서는 코델리아가 혼자서 조용히 기타를 연주하고 있었다. 코델리아는 순결성과 자비심을 상징하는 흰 의상을 걸치고 있었다. 리어는 항상 따뜻한 마음으로 코델리아에게 접근했다. 코델리아는 종막에 이르러 그리스도의 이미지로 부상했다.

코델리아는 리어 왕이 지도를 들고 나올 때 부왕을 흠모하고 경배했다. 그러나 그 심정을 말로 표현하지 못했다. 리어 왕이 그녀의 효심을 계속 물었을 때도 내심을 나타내지 않았다. 대신 코델리아는 부왕이 자신의 어리석음을 스스로 깨닫도록 충격을 주었다. 그런 언동은 브래들리에 의하면 냉혈(冷血)적인 성격으로 보일 수도 있다. 코델리아는 '아니요'를 연발했다. 그녀의 엄중한 발언에 왕궁 전체가 긴장해서 공포감으로 얼어붙었다. 그러나 코델리아는 끝까지 양보하지 않았다. 노르웨이 연극 무대에서 리어 왕은 불끈 주먹을 휘두르며 코데리아를 박살내려고 했다. 강직했던 코델리아는 4막 7장에 이르러 비로소 그동안 꽁꽁 숨겨놨던 깊은 사랑을 부왕 면전에서 아낌없이 전했다. 리어 왕 연기를 한 헨리 어빙에 매달리는 여배우 엘런 테리(Ellen Terry)의 '극도로 사랑스런' 코델리아 연기는 이 순간 감동적인 빛을 발산했다. 리어 왕이 코델리아를 거부하는 순간 부녀간 충돌은 불가피해졌다. 코델리아는 추방되고, 문제는 더 확산되었다. 리어 왕은 주변의 모든 인물과도 충돌하며 그의 분노는 끝없이 계속되었다. 이 때문에 리어 왕은 스스로 몰락의 길로 들어섰다. 스코필드의 리어 왕 연기는 이 부분을 잘 연기해내서 높은 평가를 받았다.

새뮤얼 존슨(Samuel Johnson)은 "코델리아의 죽음에 너무 큰 충격을 받아 극의 종장(終章)을 더 읽을 수 없다"고 말했다. 찰스 램(Chrles Lamb)은 "코델리아의 정사(情事) 장면이 있어야 하며, 이 작품은 해피엔딩으로 끝나야 한다"고 역설했다. 루이스 시어벌드(Lewis Theobald)는 "코델리아와 리어는 살아남아야 한다"고 주장했다. 윌리엄 리처드슨(William Richardson)은 "코델리아는 리어가 사랑하는 딸인데 리어는 충동적인 분노로 코델리아를 모독하고 버렸다"고 지적했다. 슐레겔(August Wilhelm Schlegel)은 "코델리아의 고상한 아름다움은 안티고네와 같은 맥락에서 다루어야 한다고 말했다. 코델리아의 죽음은 너무 잔혹한 일이어서 영국에서는 승리한 코델리아가 행복하게 지내는 장면으로 고쳐서 무대에 올렸다. 리어가 코델리아의 죽음에 충격을 받아 죽는 것 이상으로 더 큰 비극이 어디 있는가"라고 말했다. 1819년『블랙우드 매거진(*Blackwood's Mag-*

azine)』에 주목할 만한 평론이 실렸다.

리어가 코델리아를 목졸라 숨죽이게 한 병졸을 죽이고, 코델리아 시신을 안고 등장하면서 통곡하는 장면은 둘이 사랑으로 화합하는 결정적인 순간이었다. 우리 눈앞에 죽어 있는 코델리아를 보고 눈물을 쏟아내는데 코델리아는 아무 말이 없다. 코델리아는 초장과 종장에 출연했을 뿐 그 이후에는 기억될 만한 장면에 나타나지 않고 있다……그런데 코델리아는 우리 기억 속에 중요한 인물로 각인되어 있다. 우리가 이 작품을 읽으면 코델리아는 언제나 우리들 상상력 속에 살아 있다. 고네릴과 리건의 배은망덕에 상심(傷心)한 리어에게 코델리아의 효심은 더 간절하게 전달되고 있다. 우리는 리어 가슴속에 간직된 코델리아 사랑을 본다. 어둠 속에서, 혼란 속에서, 그리고 비참한 상황에서 코델리아는 폭풍 속의 광채처럼 천사의 모습으로 나타나고 있다.

애너 제임슨(Mrs. Anna Brownwell Jameson)의 다음 코델리아 평도 큰 관심을 불러 모았다.

아름다운 코델리아 성격이 베푸는 거룩한 효과는 말로 다할 수 없고, 눈물보다 더 깊다. 코델리아 가슴 속에는 순결한 애정의 샘이 끝없이 솟아나고 있다. 그 눈물은 침묵과 무관심 속에 잠들고 있지만, 그 깊이는 헤아릴 수 없고, 넘쳐흐르는 충만함은 가늠할 수 없을 정도이다, ……이 작품의 초반은 코델리아가 어떻게 사랑을 받고 있느냐는 것이었고, 후반은 코델리아가 어떻게 사랑을 베풀고 있는가에 관한 것이었다.

게르비누스(G.G. Gervinus)는 코델리아의 성격 창조를 극찬했다.

코델리아는 셰익스피어 인물 가운데서 가장 상냥하고 부드러운 존
재이다. 이해하기 힘들지만, 코델리아를 느낄 수 있는 사람들에게 그
녀는 단순하고 명확한 인물이다. 리어는 죽으면서 코델리아의 여성
적인 아름다운 모습을 몇 마디 말로 완벽하게 표현했다. "그녀의 목
소리는 부드럽고, 상냥하고, 나직했다. 여자로서 최고의 목소리였
다!"(5.3.273-74) 코델리아는 리어를 구제해야 된다는 생각뿐이었다.
이것이 코델리아를 효도의 순교자로 만들었다. 코델리아의 죽음 앞에
어떤 정의가 있는가? 리어는 코델리아를 자신을 희생한 구세주로 보
았다. 이것이 셰익스피어가 코델리아의 죽음에서 발견한 의미였다.
코델리아는 (오셀로의) 데스데모나처럼 자신의 성격과 시대와 주변의
과오 때문에 죽어야 하는 희생물이었다…… 셰익스피어의 작품에 나
타난 천사의 모습은 아무런 죄도 없이 모두가 운명의 희생물이 되었
다. 그러나 그 죽음은 그들이 집으로 돌아가는 입구였다.

석학(碩學) 체임버스(E.K. Chambers)는 "코델리아의 죽음은 리어 왕 이
야기에 꼭 필요한 연민을 자아내는 힘을 주고 있다. 그것은 마치 오필
리어가 〈햄릿〉에서 한 역할과 같다"라고 언급했다. 그의 평은 짧지만
정확하게 코델리아의 의미를 지적하고 있다. 리브너(Irving Ribner)는 "코
델리아는 신의 영상을 반영한 인간의 사랑과 자기희생의 상징적 존재
이다"라고 판단했다.

제4장

〈리어 왕〉의 분석과 해석

1. 〈리어 왕〉 평론의 역사

〈리어 왕〉의 핵심적인 문제는 코델리아와 리어의 죽음이라고 나는 생각한다. 이에 관해 두 가지 상반되는 견해가 있다. 비관주의와 낙관주의 입장이다. 비관주의 견해는 광증과 죽음만이 고통 받는 인간의 영혼을 비극으로부터 해방시킬 수 있다는 입장이다. 낙관주의 견해는 리어가 점차 인식하게 되는 신의 섭리에 대한 희망에 근거하고 있다. 신의 섭리는 리어를 구제하려는 코델리아의 행동에서 찾을 수 있다. 에드먼드 등 악의 집단의 멸망에서도 확인될 수 있다.

〈리어 왕〉에 대한 초기의 평문은 테이트(Nahum Tate)의 1681년 각색본 서문에서 읽을 수 있다. 테이트는 〈리어 왕〉 5막 최종 장면을 완전히 새롭게 개작했다. 주요 인물들의 죽음을 삭제하고, 코델리아가 승리하면서 리어 왕이 왕정에 복구하는 것으로 작품을 끝냈다. 에드거와 코델리아는 서로 사랑하며 결혼을 했다. 어릿광대 장면은 생략하고, 글로스터가 눈 뽑히는 장면도 삭제했다. 테이트의 〈리어 왕〉 각색 작품은 이후

150년 동안 박수갈채를 받으며 무대를 독점했다.

18세기 셰익스피어 평론에서 거론된 중요 문제는 리어의 광증이다. 워턴(Joseph Warton), 머피(Arthur Murphy), 존슨(Samuel Johnson), 피츠패트릭(Thomas Fitzpatrick), 리처드슨(William Richardson) 등이 이 문제에 파고들었다. 19세기는 셰익스피어 평론의 큰 전환점이 된다. 초기 20년은 슐레겔(August Wilhelm Schlegel), 램(Charles Lamb), 콜리지(Samuel Taylor Coleridge), 헤즐릿(William Hazlitt) 등의 논객들이 낭만주의 비평을 주도했다. 선두 주자였던 슐레겔은 셰익스피어 원작에서 다른 재난의 파국 장면은 적절했으며 효과적이었다고 긍정적으로 평가했다. 찰스 램도 그의 주장에 동의하면서 〈리어 왕〉은 무대 상연이 어렵지만 극작품으로는 명작에 속한다고 말했다. 램은 테이트의 〈리어 왕〉 개작을 혹독하게 비판했다.

이후 이어지는 〈리어 왕〉 평론에는 제임슨(Anna Brownwell Jameson)의 코델리아 성격론이 특출하다. 울리치(Hermann Ulrici)와 게르비누스는 낭만주의 비평의 전통을 계승해서 리어와 글로스터의 성격과 이들이 전체 연극의 흐름과 어떻게 연관되고 있는지 드라마의 전개 과정을 집중적으로 논의했다. 이들은 코델리아를 "순교자이며 동시에 구제자"라고 호칭하면서 코델리아의 죽음이 리어 구제에 어떤 도움이 되었는지 분석하고 해명했다. 특히, 게르비누스가 추구한 종교적 관점에 의한 작품 해석은 20세기 셰익스피어 논단에서 체임버스(R.W. Chambers), 비커스테스(Geoffrey L. Bickersteth), 나이츠(L.C. Knights) 등의 활기찬 논문 발표와 저서 활동을 가능케 했다.

19세기 후반에 프랑스의 소설가 위고(Victor Marie Hugo)는 셰익스피어의 이중 플롯은 모든 사상이 이중적 상징으로 반영되는 시대사조의 영향 때문이라고 주장해서 파문을 일으켰다.

다우든(Edward Dowden), 스나이더(Denton J. Snider), 브란데스(George Brandes) 등도 이 시기에 탁월한 셰익스피어 논문을 발표했다. 다우든은 "인간의 미덕, 신뢰감, 그리고 자기희생의 사랑"을 표현한 도덕적인 작품이 〈리어 왕〉이라고 격찬했다. 다우든의 셰익스피어 비평은 비관론과 낙관론의 중간입장을 지킨 중화(中和)론이었다. 이런 입장은 20세기에도 계승되어 슈얼(Arthur Sewell), 맥(Maynard Mack), 래킨(Phyllis Rackin), 매클로이(Bernard McElroy) 등의 학자들이 그 학맥을 계승했다. 다우든은 작중인물의 성격과 도덕성을 강조하는 논문을 발표하고, 스나이더는 사회적이며 상징적 측면에서 〈리어 왕〉을 분석했다.

20세기 들어와서 초반에 가장 영향력 있는 〈리어 왕〉론을 발표한 학자는 브래들리(A.C. Bradley)이다. 그는 「셰익스피어 비극론」에서 무대 측면에서 본다면 딸들의 "효심 검증", "글로스터의 눈알 뽑기", "도버 벼랑에서의 글로스터의 투신 사건", "리어와 코델리아의 죽음" 등은 실패작이지만, 이 작품을 시적 상상력 측면에서 고찰하면 실패라고 생각했던 장면들이 성공적인 장면인 것을 알 수 있다고 서술했다. 브래들리는 이 비극 작품에서 "리어 왕의 구제"라는 새로운 개념을 도출했다. 리어는 코델리아가 살아났다고 믿으며 기뻐하는 순간 구제되었다는 것이다. 육신은 사멸해도 정신은 파멸당하지 않는다는 '비전'을 코델리아 스스로가 이 작품에서 보여주었다는 것이 브래들리의 확고한 지론이었다. 브래들리의 해석은 몇 가지 이유로 중요하다. 첫째, 리어는 코델리아가 살았다는 사실을 인지하고 죽었다. 둘째, 고뇌(suffering)는 이 작품의 주제이다. 셋째, 이 작품에는 종교적 의미가 내포되어 있다.

이 밖에도 20세기에 발표된 중요 논문과 저서의 필자는 톨스토이 (L.N.Tolstoy), 프로이트(Sigmund Freud), 브룩(Stopford A. Brooke), 슈킹(Levin L. Schuking), 그랜빌바커(Harley Granvile-Barker) 등이다. 1930년대는 〈리어 왕〉 연구와 평론 분야에서 획기적인 성과를 올린 시대가 된다. 윌슨 나이트(G. Wilson Knight)는 〈리어 왕〉에 대해서 비관론적인 논문을 발표했다. 1960년대, 얀 코트도 그에 동조하면서 〈리어 왕〉을 "그로데스크의 비극"이라고 규정하고 사뮈엘 베케트(Samuel Beckett)의 부조리 연극과 비교했다.

1930년에서 1940년 사이에 놀라운 연구 업적이 나왔다. 스퍼전(Caroline F.E. Spurgeon), 머리(John Middleton Murry), 체임버스(R.W. Chambers), 스펜서(Thodore Spencer), 뮤어(Edwin Muir), 캠벨(Oscar James Campbell) 등의 저서와 논문은 〈리어 왕〉 연구를 진일보 발전시킨 업적이었다.

이들의 글에서도 비관론과 낙관론은 계속되었다. 1950년대와 60년대에 활동한 리브너, 나이츠는 리어의 고뇌는 구제의 과정이며, 이는 결국 코델리아의 사랑을 받아들이는 계기가 되었다고 주장했다. 20세기 후반 15년 동안에도 다양한 의견이 속출했다. 매클로이, 포틴(Rene E. Fortin)은 코델리아와 리어의 파멸 원인을 집중적으로 파고 들었다.

브룩(Stopford A. Brooke)은 1913년에 발표한 비평문에서 〈리어 왕〉 세계는 하느님도, 정의도 인간의 권위도 찾아볼 수 없는 암흑세상이라고 말했다. 윌슨 나이트(1930), 얀 코트(1964), 레녹스(Charlotte Lennox, 1754), 브리검(A. Brgigham. 1844), 버크닐(John Charles Bucknill. 1856), 허드슨(H.N. Hudson. 1872) 등은 그의 비관주의와 함께하고 있다.

윌슨 나이트는 『불의 수레바퀴(The Wheel of Fire)』(1930), 『제국의 테마(The Imperial Theme)』(1931), 『셰익스피어 폭풍(The Shakespearean Tempest)』(1932)의 명저를 발표한 20세기 셰익스피어 학자요 평론가이다. 그는 작품의 출처, 성격 분석, 심리 분석, 도덕성 등의 문제를 논의하는 방법론을 멀리하고 셰익스피어의 '통합성'에 대한 시적(詩的) 연구에 집중했다. 윌슨 나이트가 정의하는 '통합성'은 셰익스피어의 시적 이미지와 상징 어법의 '관련성'을 구명(究明)하는 개념이다. 윌슨 나이트는 『불의 수레바퀴』서문에서 흥미로운 지적을 했다. "내가 말하는 시적 해석과 아인슈타인의 상대성원리 간에 유사성이 있다는 것을 느꼈다." 윌슨은 셰익스피어의 상징은 시간과 공간의 관계를 해명하는 특별한 방법이라고 생각했다.

캠벨은 『살아 있는 셰익스피어(The Living Shakespeare)』의 편집자이고, 『셰익스피어 독자 백과(The Reader's Encyclopedia of Shakespeare)』의 편자(編者)이다. 1948년 4월 30일 '튜더와 스튜어드 클럽 연차대회'의 강연에서 〈리어 왕〉은 중세 도덕극과 스토아 철학을 토대로 해서 구성한 것이라고 해명했다. 이 두 가지 종교적 전통은 한쪽이 기독교 사상이고, 다른 한쪽은 이교도의 교리가 된다. 따라서 캠벨의 논문은 체임버스의 기독교적인 해석과 제임스(D.G. James)와 홀로웨이(John Holloway) 스토아학파의 도덕주의를 뒤섞은 것이라 할 수 있다. 캠벨은 말했다.

리어의 진정한 구제는 그가 광적인 상태의 환상에서 깨어나서 코델리아의 헌신적인 사랑을 인지(認知)했을 때가 된다. 코델리아는 세상을 구제한 예수처럼 수난을 겪고 목숨을 잃었다. 이런 사실을 알게 된 부왕은 환희에 넘쳐 가슴이 터지는 듯했다. 리어는 코델리아의 하느님 같은 사랑을 감지하고 희열(喜悅)을 느끼며 죽음을 받아들였다,

데이비드 베빙턴(David Bevington)이 편찬한 『셰익스피어 전집』(제4판, 1997)의 〈리어 왕〉 해설에서 베빙턴은 〈리어 왕〉의 주제는 인간 존재의 무의미성과 잔혹성이라고 말했다. 〈햄릿〉과 〈맥베스〉도 이 계열에 속한다고 지적했다. "인간은 이것밖에 되지 않는가?"(3.4.95)라고 울부짖는 리어 왕 대사에 모든 것이 압축되고 있다는 것이다. 리어 왕에게 인생은 끝없는 고통이요, 세상은 "바보들의 큼직한 무대"에 불과하기에, 세상에 태어날 때 인간은 "울면서 탄생한다"고 말했다는 것이다. 아무런 죄도 없는 순진 결백한 코델리아가 왜 참살당해야 하는가라는 피맺힌 항의를 리어 왕은 하고 있다. 민화로 전승되는 옛 〈리어 왕〉 이야기는 모두 행복한 결말로 끝나는데, 왜 셰익스피어는 이 작품을 재난으로 끝나는 비극으로 마무리 지었는가라고 베빙턴은 문제를 제기했다.

2. 헤르만 울리치의 〈리어 왕〉 비평

— 기독교 미학론

독일의 철학자이며 그리스 문학과 셰익스피어 학자인 헤르만 울리치(Hermann Ulrici)는 19세기 독일 문단에서 발달한 철학적 비평의 전통을 이어가고 있다. 그가 직접적인 영향을 받은 것은 슐레겔의 문학이론과 헤겔의 철학사상이다. 헤겔은 연극을 역사의 힘과 사상이 빚는 갈등의 표현이라고 보았다. 울리치는 기독교 미학 입장에서 셰익스피어 작품을 판독했으며, 리어와 코델리아의 죽음을 비극 구성의 요인으로 파악했다. 리어, 글로스터, 코델리아가 체험한 생의 고뇌는 그들이 저지른 행동의 결과였다. 리어와 글로스터는 가족의 자연스런 유대를 지키지 못했기 때문이며, 코델리아는 부왕의 심기를 거슬렀기 때문이라는 것이다. 이들의 죽음과 켄트, 알바니, 에드거, 그리고 어릿광대 등이 세상의 도덕적 타락을 극복하지 못한 결과, 선한 집단이건 악의 집단이건 공멸(共滅)하게 되었다고 지적했다.

중요한 것은 이런 재난을 구출할 수 있는 것은 오로지 신의 섭리뿐이라는 것이다. 울리치는 〈리어 왕〉의 명제(命題)를 사랑이라고 강조했다. 사랑은 인간의 행동을 주도하는 원리라는 것이다. 사랑만이 사회적인 조직을 자연스럽게, 밀접하게 유지할 수 있으며, 지적이며 도덕적인 사회를 발전시킬 수 있는 조건이라고 말했다. 이런 주장을 뒷받침하는 글이 에드워드 다우든, 도버 윌슨, 오스카 제임스 캠벨, 아서 슈얼, 어빙 리브너, L.C. 나이츠 등에 의해서 계속 발표되었다.

전기적 연구에 집중한 다우든은 아일랜드 평론가로서 그의 저서 『셰익스피어 : 그의 사상과 예술에 대한 비평적 연구』(1881)는 전기비평서의 대표적인 저서로 꼽히고 있다. 전기 비평가는 문학작품에서 작가의 인간적인 발전 과정을 찾아내려고 힘쓴다. 다우든은 〈리어 왕〉에서 셰익스피어의 생가, 정념, 상상력의 실체를 알아내려고 했다. 다우든은 인간의 미덕, 진실성, 자기희생적인 사랑이 살아 있을 때 인간 생존의 의미가 있다는 것을 〈리어 왕〉을 통해 분명히 했다. 덴마크의 비평가 브란데스는 저서 『윌리엄 셰익스피어 1895~96』에서 〈리어 왕〉의 전기적 해석을 시도했다. 브란데스는 셰익스피어는 이 세상 악덕과 고난에 대해서 상심하면서 울적한 심정으로 심뇌(心惱)를 겪으며 집필에 몰두했다고 서술했다. 존 미들턴 머리도 인간의 자기 파괴적인 본능이 리어 왕에서 표출되었다고 주장하면서 브란데스의 견해에 동조했다. 울리치는 〈리어 왕〉에서 실험한 비극과 희극의 결합은 매우 성공적이었다고 지적하면서 어릿광대 기능은 극의 구성과 사상에 중요한 요소가 되었다고 평가했다. 이 문제는 다시 해즐릿과 윌슨 나이트, 얀 코트 등이 계속 논의하는 주제가 된다.

3. 브래들리의 〈리어 왕〉 비극론

브래들리(A.C. Bradley)는 20세기 셰익스피어 연구의 대표적인 존재로 인정받고 있다. 그의 연구 방법론은 낭만주의 시대의 성격분석 방법론을 답습하고 있다. 그의 대표적인 저서는 『셰익스피어 비극론』(1904)이다. 〈햄릿〉, 〈오셀로〉, 〈리어 왕〉, 〈맥베스〉에 등장하는 인물에 대한 치밀하고 심층적인 성격 분석을 내용으로 하고 있다. 그는 〈리어 왕〉론에서 리어는 코델리아가 살았다는 환각 때문에 절망에서 벗어나 환희를 느끼며 죽었다는 사실을 논리정연하게 밝혀냈다. 브래들리는 〈리어 왕〉에서 '고뇌'의 문제가 핵심이라고 강조했다. 고뇌는 인간의 격을 높이고 구제의 가능성을 열어주는 중요한 기능을 하고 있다는 것이다. 이 견해는 도버 윌슨(1932), 제임스 캠벨(1948), 제임스(D.G. James, 1951), 리브너(1958), L.C. 나이츠(1959), 웨스트(Robert H. West) 등에 의해서 심화되고 발전되었다.

〈리어 왕〉은 근본적으로 비관주의적인 작품이라고 브래들리는 판단했다. 셰익스피어가 이 작품을 쓸 당시 "깊은 절망에 빠져 인간은 증오할 만한 공포의 대상"이라고 보았다는 것이다. 브래들리는 "셰익스피어가 이 시기에 아마도 행복감을 느끼지 못한 듯하다. 그는 심각한 우울증, 비애, 경멸, 분노와 혐오감 때문에 절망감을 느낀 듯하다. 그의 비극 시대 일련의 작품은 이를 입증하고 있다. 배은망덕을 다룬 〈리어 왕〉이나 〈아테네의 타이몬〉을 보아도 알 수 있다"라고 말했다. 브래들리는 계속해서 다음과 같이 이 작품을 논평했다.

> 이 세상을 자세히 들여다보면, 의문이 생긴다. 세상을 움직이는 궁극적인 힘은 어디서 오는 것일까? 엄청난 전쟁과 낭비를 일으키는 힘은 무엇인가? 이런 질문을 〈리어 왕〉의 등장인물들은 하고 있다. 셰익스피어의 다른 어떤 비극 작품보다도 이 작품에서는 종교적이거나 비종교적인 신념과 감정이 넘쳐흐르고 있다. 켄트는 "우리를 지배하는 것은 하늘에 있는 별이다"라고 말했다. 에드먼드는 "자연의 여신이 나의 행동을 다스리고 있다"고 말했다. 글로스터는 "소년들에게 농락당하는 파리들처럼, 우리는 신의 노리개처럼 죽음을 당한다"라고 말했다. 에드거는 "신이 인간을 다스린다"고 말했다. 알바니는 콘월이 죽었다는 소식을 접하고 "정의의 심판은 살아 있다."라고 고함을 질렀다. 리어 왕은 말했다. "폭풍은 악을 심판하는 하늘의 밀사"다.

브래들리는 리어의 마지막 대사에 주목하고 있다.

> 이것이 보이는가? 저 애를 봐라, 저 애의 입술을 봐라,
> 봐라 저것을, 저것을 봐라!

리어는 코델리아가 살아 있다고 확신한다.

> 살아 있어! 그렇다면,
> 내가 그동안 느꼈던
> 모든 슬픔을 보상하는 기회가 되었다

언어와 행동, 그리고 표정이 환희에 넘친 리어가 이제 기쁜 마음으로 죽을 수 있었다고 브래들리는 결론지었다. 리어와 코델리아의 관계는 이토록 밀접하다. 코델리아는 이 작품의 26장면 중에서 4장면에만 나타난다. 통틀어서 100어 미만의 짧은 대사를 하고 있다. 그러나 독자와 관객들에게 코델리아는 지울 수 없는 기억을 심어주고 있다. 셰익스피어 작품에서 달리 그 유례를 찾기 힘들다고 브래들리는 말하고 있다. 그 이유로 브래들리는 몇 가지 지적하고 있다. 첫째, 코델리아는 셰익스피어 작품의 다른 어떤 여주인공보다도 격이 높은 인물로 설정되어 있다. 데스데모나의 부드러움, 허미오네(Hermione), 헬레나(Helena), 이자벨라(Isabella)의 결의와 힘, 그리고 위엄을 코델리아는 지니고 있다고 브래들리는 말했다. 이토록 선하고, 정의롭고, 겸손한 코델리아가 무참히 짓밟히고, 참살당하는 희생자가 되었기 때문에 우리는 분노한다. 왜 코델리아는 죽어야 하는가? 코델리아는 프랑스 군대를 이끌고 영국을 침범한 반역죄로 체포된 것이 아니라 반역 집단의 무자비한 복수심에 의해 참살당했다고 브래들리는 주장하고 있다. 〈리어 왕〉 논평 결론 부분에서 브래들리는 다음과 같은 의미심장한 말을 남겼다.

역경도 정신적으로 축복을 받으면 축복이다. 뭉개진 꽃에서 향기가 솟는다. 그것은 영화(榮華)가 얼게 만든 노년의 마음을 녹여 연민의 정을 일으키는 것과 같다. 그것은 멀어진 마음의 눈을 뜨게 만든다. 우리가 탐내는 재화는 우리를 타락시키고, 우리 몸을 망가뜨리는 재난은 우리의 정신을 자유롭게 만든다. 따뜻한 성(城)안은 지옥이요, 폭풍이 몰아치는 광야는 성역(聖域)이다. 세상을 버리자. 미워하자. 잃어도 좋다. 단 한 가지 진실한 것은 정신이다. 용기와 인내와 헌신의 정신이다. 외부의 어떤 힘도 그것을 건드릴 수 없다. 이것이 〈리어 왕〉에서 파악되는 셰익스피어의 '비관주의'가 된다. 천상의 선(善)은 악(惡)과 더불어 성장하고, 극단적인 악은 오래 가지 못하며, 폭풍을 이기고 살아남는 모든 것은 선이라고 말하는 것은 비극의 전부가 아니다. 이 세상은 별 볼 일 없는 악의 소굴로 보이는 그런 긴장은 비극 속에 여전히 남아 있다. 위대한 대우주인 이 세상도 순간이다. 소우주인 인간이 사라지듯 대우주도 "소멸되다가 사라진다."(IV.vi.137.) 인류는 자멸할 것이다. 그런 생각이 〈리어 왕〉 속에 있다. 리어가 코델리아 시체를 들고 들어 올 때, 켄트는 말했다. "이것이 약속의 땅인가?" '약속의 땅'은 세상의 종말이었다.

셰익스피어와 성서 : 〈리어 왕〉 격론

4. 리처드 슈얼의 기독교 비극론

슈얼(Richard B. Sewall)은 〈리어 왕〉을 성서의 욥과 그리스 비극 〈오이디푸스왕〉과 비교하며 '기독교 비극론'을 개진했다. 그러나, 체임버스, 비커스티스, 캠벨, 리스너, L.C. 나이츠와는 취지는 같으나 방법을 달리하고 있다. 슈얼의 경우는 르네상스 기독교 정신을 내포하고 있다. 그것은 '발견'과 '약진'의 시대적 정신이 도덕과 문학을 지배하고 있는 분위기를 말한다. 희곡작품은 "고뇌하는 인간의 내면적 작용"과 정신적 번민을 통한 생의 인식을 다루어야 한다고 역설했던 그는 이를 통해 우주적 의미를 확대 해석하는 '지나친 기독교적' 해석을 경계할 수 있다고 말했다. 슈얼은 리어의 참담한 종말은 선이나 악의 집단의 승리가 아니라, 이 두 대립하는 집단의 균형을 유지하려는 대우주의 무관심한 움직임에 지나지 않으며, 그것은 엘리자베스 시대의 우주적 질서를 확인하는 일이었다고 주장했다.

슈얼의 견해를 더 풀어서 설명하면 이렇다. 〈리어 왕〉을 위시해서 기독교 시대에 창작된 모든 작품은 기독교적인 생활방식, 패턴, 그리고 언어 등을 어쩔 수 없이 포함시키려 한다. 그러다 보니 지나치게 '기독교적인 색채'가 가미된다. 켄트의 충성심, 코델리아의 예수를 방불케 하는 사랑, 리어의 겸양, 부녀의 상면 등에서 그것을 느낄 수 있다. 그러나 '기독교적인 비극'은 말 그대로 여전히 비극일 뿐이다. 〈리어 왕〉 등 이들 작품은 기독교의 지옥과 연옥의 개념을 심리적 현실로 비유해서 표현하고 있다. 그래서 주인공들은 죄를 범하고, 후회의 고통을 느끼며, '회한'의 의미가 무엇인지 알게 된다. 주인공이 얻는 구제는 신의 은총 때문이 아니라 그리스 비극의 주인공들처럼 아무런 도움도 받지 않고 자신의 노력으로 확보한 것이다. 그의 암담한 여로에는 아무런 위로도 없었다. 그가 지향하는 하늘에는 천당도 없었다. 기독교적 비극에서의 기독교는 종말론적인 것이 아니라 심리적이며 윤리적인 것이다. 리어가 코델리아 시체를 들고 들어올 때 기독교의 희망은 박살이 났다. 모든 것을 잃게 되었다. 더 회복할 수도 없는 막다른 길이었다. 이교도의 비극처럼 종말이었다. 모든 것은 끝났다.

　〈오이디푸스왕〉처럼 비탄에 빠진 인간의 행로는 절망으로 끝났다. 그러나 이 국면에서 '반액션'(counter-action)이 전개된다. 비극에 직면한 인간이 느끼는 내면적이며 심리적인 구제의 은총이 제시된다. 선과 악이 뒤섞인 죽음의 상황에서 르네상스-기독교의 생명의 길이 열리고 있었다. 리어는 자신이 자초한 시련을 뛰어넘으면서 동시에 희생물이 되었다. 슈얼의 저서 『비극의 비전』(1959)에서 〈리어 왕〉에 관해서 언급한 내용을 요약해보았다. 존 홀로웨이의 저서 『밤의 이야기 : 셰익스피어 중요 비극작품 연구』(1961)에서 거론된 〈리어 왕〉도 슈얼의 주장과 같은 입장이었다.

〈리어 왕〉은 엘리자베스 시대의 종말론을 극화한 것이라고 홀로웨이는 말했다. 그는 〈리어 왕〉과 성서의 욥 이야기를 비교하면서 성서의 욥처럼 리어는 자아 인식의 과정에서 암담한 고통을 겪었다고 말했다. 리어는 고립되고, 추적당하고, 파멸당하는 희생양이었다고 주장했다. 노스럽 프라이도 1967년 이와 비슷한 내용의 평문을 발표했다. 홀로웨이는 리어의 종말이 이 세상 끝나는 순간 같았다고 언급했다. 글로스터가 4막 6장에서 리어를 만나서 한 대사는 셰익스피어가 이 작품에서 하고 싶은 말이 무엇인지 확실히 알리고 있었다고 지적했다.

> 글로스터   아, 망가진 인간이여! 이 세상도 멸망해서 흔적도 없이 사
>   라질 걸세.

이 대사는 엘리자베스 시대 사람들의 비관주의를 반영하고 있다. 종말론은 일상적인 공포였다. 수많은 사람들의 목숨을 앗아가는 전염병, 기근, 반란, 전쟁, 종교적 갈등은 국민들을 불안하게 만들고 위축시켰다. 「마가복음」 13장 8-12절의 다음 구절은 바로 〈리어 왕〉의 세계였다.

> 민족이 민족을, 나라가 나라를 대적하여 일어나겠고, 처처에 지진
> 이 있으며 기근이 있으리니, 이는 재난의 시작이니라. 형제가 형제를,
> 아비가 자식을 죽이며, 자식들이 부모를 대적하여 죽게 하리라.

5. 얀 코트의 〈리어 왕〉 비평
— 그로테스크 비극론

얀 코트는 폴란드 평론가요 비교문학자이다. 그의 명저『셰익스피어는 우리들의 동시대인』(1964)은 부조리 연극이론을 토대로 〈리어 왕〉을 비관주의적이며 허무주의 입장에서 해석했다. 역사의 '거대한 메커니즘'의 악순환을 비극적 비전으로 모색한 그의 셰익스피어 연극론은 20세기 논단과 무대에 혁신적인 충격을 안겨주었다. 얀 코트는 셰익스피어 비극은 전통적인 의미에서의 비극작품이 아니라 '절대적 비극(tragedy of the absolute)', '그로테스크의 비극(tragedy of the grotesque)'라고 정의했다. 전자는 카타르시스의 절대성을 인정한 것이고, 후자는 구제의 희망이 없는 절대적 패배의 암흑을 말하고 있다. 이 점에서 얀 코트는 부조리 작가 사뮈엘 베케트와 비교된다. 얀 코트는 〈리어 왕〉을 성서의「욥기」와 비교한다. 얀 코트의 그로테스크 이론은 윌슨 나이트(G. Wilson Knight)의 1930년 비관주의 비평문과도 유사하다. 얀 코트는 그의 저서에서 논술했다.

'그로테스크'는 괴기주의 용어로서 희극과 비극이 기이하고 잔혹하게 엉켜 있는 상태인데 비극보다 더 잔혹하다. '그로테스크'한 작품은 인간의 운명, 존재의 의미, 절대적이고 허약한 인간의 질서와 자유, 불가피성 등의 개념을 극적으로 다루고 있다. '그로테스크'는 비극을 다른 의미로 재정의한 언어다. 모리스 르노(Maurice Regnault)의 말을 기억하자. "비극 세계에 비극이 없으면 희극이 탄생한다." 역설적인 표현이다. 그로테스크한 세계에서는 인간의 비극적 상황은 강제로 벗어날 길이 없다.

비극의 세계와 그로테스크한 세계는 비슷한 구조를 갖고 있다. 그로테스크는 비극의 주제를 접수하고 똑같은 질문을 제기한다. 그에 대한 답변이 다르다. 인간 운명에 관한 비극과 그로테스크의 해석상의 다툼은 두 가지 철학과 두 가지 사고방식의 끝없는 갈등을 반영하고 있다. 이 두 가지 상반되는 입장은 폴란드 철학자 레제크 콜라코브스키(Leszek Kolakowski)가 말한 사제(司祭)와 바보 사이의 화해할 수 없는 적대관계로 예시된다. 비극과 그로테스크 사이에는 종말론, 절대에 대한 신념, 도덕적 질서와 일상생활 사이의 갈등 해결의 희망에 대한 찬반의 갈등이 존재한다. 비극은 사제(司祭)의 연극이다. 그로테스크는 어릿광대의 연극이다.

〈리어 왕〉 무대는 텅 비어 있다. 눈앞에 있는 것은 잔혹한 지상(地上)이다. 인간은 그곳에서 태어나서 무덤으로 간다. 〈리어 왕〉의 주제는 이 여로(旅路)의 의미이며, 천당과 지옥이 동시에 존재하는 세상이다. 2막에서 4막 끝까지 셰익스피어는 성서의 주제를 다루고 있다. 셰익스피어가 집필한 새로운 '욥 기(記)'요, 새로운 '단테 신곡'이다. 셰익스피어의 작품에는 기독교의 천당도 인도주의자들이 예언했던 유토피아도 없다. 〈리어 왕〉은 지상의 낙원, 사후에 약속한 천당, 기독교와 세속적 호신론(theodicy : 악의 존재를 신의 섭리라고 주장하는 신학론), 우주개벽설(cosmogony), '신의 영상'으로 창조된 인간 등 이 모든 것을 비웃고 있다. 〈리어 왕〉에서는 중세와 르네상스를 통해 르네상스 시대에 확립된 질서의 가치가 무너지고 있다. 거대한 팬터마임이 끝날 때 남은 것은 피를 흘리고 있는 텅 빈 지구이다. 폭풍이 몰아쳐서 돌 더미로 남은 지상에는 왕과 어릿광대, 맹인과 광인이 혼란스런 대화를 나누고 있다.

〈리어 왕〉의 주제는 이 세상의 부패와 몰락이다. 이 연극은 영토의 분배와 양위(讓位) 역사로 시작된다. 연극의 종막도 새로운 왕의 등극(登極)으로 끝난다. 시작과 끝 사이는 내전이다. 그러나 역사극이나 비극의 경우와는 달리 〈리어 왕〉의 세계는 치유되지 않고 끝난다. 〈리어 왕〉에는 젊고 결단력 있는 포틴브라스의 덴마크 왕국 승계도, 냉엄한 옥타비어스의 시이저도, 고상한 멜컴도 없다. 〈리어 왕〉에는 대관식도 없다. 사람들은 죽거나 살해당했다. 살아남은 에드거, 알바니, 그리고 켄트는 자연의 폐허가 되었다.

열두 명 등장인물 가운데서 반은 선한 집단이요, 나머지 반은 악의 집단이다. 도덕극처럼 일관성 있게 추상적으로 분할되었다. 그러나, 도덕극처럼 모두 사멸한다. 악한 자들은 고상한 자들과, 가해자들은 피해자들과, 고문하는 사람은 고문받는 사람과 함께 사멸한다. 주요 장면은 '욥'의 무대가 된다. 그 무대에서 광대놀이 도덕극이 공연된다. 그러나 등장하기 전에 이들은 사회적 직위에서 벗어나든가 박탈당하고 있다. 끝내 이들도 파멸한다. 몰락의 주제는 네 번이나 끈질기게 일관성 있게 반복된다. 이런 몰락은 육체적이며, 정신적이고, 구체적이며 사회적이다. 성서의 '욥(Job)'은 인간의 파멸이다. 그러나, 이 파멸에는 하느님과의 끊임없는 대화가 있다. 그는 저주하고, 빌고, 악담을 늘어놓지만, 결국은 하느님이 옳았다고 자인했다. 그는 자신의 고통을 정당화하고 격상시켰다. 그는 자신의 고뇌를 추상적인 적대적 질서로 받아들였다.

로젠버그는 묻고 있다. 〈리어 왕〉은 관객에게 어떤 즐거움을 안겨주고 있는가?

그는 역설적으로 "비극의 즐거움"을 안겨준다고 말하고 있다. 인간 고통의 한계를 대리 체험하는 안전성을 충족시켜준다는 것이다. 작중 인물이 겪는 고통은 누구에게나 일어날 수 있는 일이고, 그것은 인간관계의 근원적인 '미적 체험'이 될 수 있기에 더욱더 절실하다. 우리는 〈리어 왕〉을 접하면서 셰익스피어가 말하는 미움보다는 사랑, 거짓보다는 정직, 배신보다는 충절, 혼란보다는 질서라는 신조(信條)에 동의하고 있다. 질서는 평화로 이어지고, 사랑은 모든 것을 제압하며, 고통은 보상받고, 죽음을 이기는 신의 구제이다. 우리가 셰익스피어의 '비극적 비전'에 감동하며 〈리어 왕〉에 빠져드는 이유가 된다.

6. 매클로이의 중화론

매클로이(Bernard McElroy)는 낙관론이나 비관론으로는 〈리어 왕〉을 설명할 수 없고 양쪽 이론을 중화시켜 종합적으로 분석해야 작품의 의미를 해독할 수 있다고 그의 논문 「〈리어 왕〉 : 마음에 일고 있는 폭풍」(1973)에서 주장했다. 논문의 내용을 보면 리어의 세계는 여러 다른 세계와 문명권에서 얻은 자료로 합성한 것임을 알 수 있다. 두 시대는 중세와 셰익스피어의 르네상스이다. 사라져가는 중세시대 계급제도가 닥쳐오는 르네상스의 실용적 물질주의를 만나서 형성된 한 가지 '패러다임'의 극화라고 매클로이는 〈리어 왕〉을 보았다. 매클로이의 논문을 요약해본다.

리어 왕국은 중세시대 봉건사회를 배경으로 하고 있다. 리어가 중시하는 가정, 정치, 사회질서 개념은 중세 토양에서 코델리아, 글로스터, 에드거, 켄트, 그리고 알바니의 꽃을 피웠다. 궁정 바깥세상에는 중간층 국민의 도시문화가 형성되지 않고 있다. 수도(首都), 대학, 극단, 상업 집단 등 르네상스 문화의 징표는 하나도 없다. 도버가 작품에서 언급되지만 그 도시를 볼 수 없다. 보이는 것은 거친 들판이요, 히스(heath) 벌판이요, 오두막이요, 군인들의 막사들이다. 셰익스피어는 〈리어 왕〉의 배경을 중세시대에 설정하고 있지만 봉건주의에 대한 상세한 표현은 없고, 그리스나 로마 시대 신화에서 언급되는 이교도(異敎徒)의 신들이 있다. 반면, 르네상스의 정치철학을 대변하는 에드먼드, 고네릴, 리건, 콘월, 오즈월드 등의 인물들이 출현하고 있다. 선한 집단과 악의 집단 간의 충돌은 중세시대와 르네상스 간의 사건이 된다.

〈리어 왕〉은 가족과 국가, 노년과 젊음, 개인과 공동체, 질서와 무질서, 초자연주의와 경험주의, 부(富)와 빈곤, 정의와 인간의 정체, 사회의 본질, 악의 근원, 존재의 가치 등 두 가지 상반되는 이념과 가치의 충돌에서 시작해서 종말론적인 종결 부분에 도달했다. 〈리어 왕〉에서는 행동 하나하나가 한가롭고 여유 있게 진행되고 있지 않다. 모두 폭발적인 에너지로 질주하고 있다. 세상 종말 같은 폭풍 장면이 그렇고, 글로스터의 두 눈을 적출(摘出)하는 악랄한 집단이 그렇고, 리건을 독살하는 고네릴이나, 가족을 해치는 에드먼드, 도버해협까지 걸어가서 벼랑 끝에서 맹목적으로 뛰어내리는 글로스터의 광적인 행동도 그렇다.

〈리어 왕〉에서 언급되는 신들은 구약성경에 주로 등장한다. 기독교의 교리인 자비, 용서, 동정 등 순교자의 미덕이 고스란히 코델리아의 성격에 나타나 있다. 리어의 철통 같은 의지와 고집, 광기, 코델리아를 교살(絞殺)한 군인을 죽이고 딸의 시체를 안고 들어오는 리어는 욥을 연상시킨다. 리어, 코델리아, 글로스터, 켄트, 에드거 등 모두가 상처를 입고, 멸시당하고, 유랑하는 불행을 겪는다. 그들은 '아무것도 아닌' 존재가 되었다. 〈리어 왕〉에는 이름도 없고 존재감도 없는—신사, 병졸, 어릿광대, 하인, 노인, 의사, 전령, 거지 등으로 불리는 인물들이 시도 때도 없이 등장한다.

7. 르네상스 시대의 오컬트 철학

— 프랜시스 예이츠의 '카발라'와 〈리어 왕〉

얀 코트는 그의 글『셰익스피어 — 잔혹과 진실』에서 다음과 같이 말했다.

〈타이터스 앤드로니커스〉의 막이 열리기도 전에 22명의 작중인물이 이미 죽고 없었다. 5막이 끝날 때는 군인들, 하인들, 단역들을 제외하고도 35명이 죽었다. 적어도 열 건의 중요한 살인이 관객들 앞에서 끔찍하게 벌어졌다. 살인 이외에도 강간, 식인, 그리고 고문이 자행되었다. 〈타이터스 앤드로니커스〉는 결코 셰익스피어 작품 중 가장 잔인무도한 작품은 아니었다. 더 많은 사람이 〈리처드 3세〉에서 죽고, 〈리어 왕〉은 더 잔혹했다. 셰익스피어 전 작품에서 코델리아의 죽음만큼 우리를 반발시키는 작품은 없다.

셰익스피어는 도덕적 지옥을 보았지만, 신의 낙원도 봤다. 셰익스피어 사후 2백 년 동안 〈타이터스 앤드로니커스〉는 거칠고 난폭하고 불완전한 작품으로 평가되어 관객들이 멀리한 작품이다. 그러나, 엘리자베스 시대 관객들은 이 작품을 좋아해서 빈번하게 무대에 올랐다. 현대에 와서 연출가 피터 브룩이 〈타이터스 앤드로니커스〉를 발견한 것이 아니라 〈타이터스 앤드로니커스〉 속에서 셰익스피어가 발견되었다.

만약에 우리가 이 시대에 누가 진정한 셰익스피어를 설득력 있게 보여주고 있는가 묻는다면 답변은 하나다. 로렌스 올리비에 경이다. 현대에 와서 살아 있는 셰익스피어를 가장 잘 보여준 것은 영화를 통해서였다. 영화가 르네상스의 셰익스피어를 발견했다. 브룩은 영화 기법을 연극에 도입했다. 그의 셰익스피어는 르네상스이면서 동시에 현대이다.

셰익스피어는 〈리어 왕〉을 통해 르네상스 시대의 암흑과 신비를 표현했다고 생각된다. 중세 천년의 암흑시대를 지나 르네상스 도약의 시대에 도덕적 혼란의 위기를 느끼며 암담한 심정으로 비극 작품에 몰두하게 된 이유는 궁금하지 않을 수 없다.

셰익스피어는 홀린셰드의 『연대기』에 실린 〈리어 왕〉의 원본 「리어 왕과 세 딸의 진정한 역사(The True Chronicle History of King Leir and his three daughters, Gonerill, Ragan and Cordella)」에서 기독교적인 효도의 윤리와 함께 이교적(paganish)이라고 알려진 오컬트(occult, 마술) 철학에 깊은 영향을 받았다고 추정된다. 이런 주장을 제기한 엘튼(W.R. Elton)은 그의 저서 『리어 왕과 신들(King Lear and the Gods)』(1966)에서 〈리어 왕〉 속에 아이러니(irony)와 회의주의가 교차한다고 말했다.

〈리어 왕〉 속에 어떤 기독교적인 의미가 있든 간에, 나는 이 극의 전제는 근본적으로 이교적인 것이라고 말하고 싶다…… 코델리아의 죽음에 대한 리어의 태도와 죽음이 세상 것의 종말이라는 의식은 기독교의 영원한 생명 개념과 대립되는 것으로서, 그것은 본질적으로 르네상스 시대 인간이 이해했던 이교적인 사상이다.

엘튼이 말하는 아이러니는 기독교와 마술적 르네상스가 병존(竝存)하는 부조리를 뜻하고 있다. 1492년, 스페인에서 유대인들이 추방되었다. 이 당시 이들에게 전승된 성서해독의 비법인 카발라(cabala)가 유럽 전역에 전파되어 르네상스 사상의 한 가지 조류가 되었다. 카발라는 무엇인가? 어원은 '전승'을 의미한다. 신이 모세에게 수훈을 할 때, 또 다른 숨겨진 의미의 계시가 있었다고 믿게 되어, 그 비교(祕敎)가 구전으로 전승되어 성서의 본문 속에 숨겨져 뿌리를 내리면서 신지학(神智學) 비법이 발달했다. 카발라는 이른바 종교적 마술이 되고 종교적 명상의 방법이 되었다.

1492년, 유대인들은 이탈리아, 프랑스, 독일, 터키로 흩어졌다. 일부 유대인들은 헨리 7세 치하의 영국에 이주했다. 카발라는 이들 망명지에서 강렬한 힘으로 소생했다. 카발라는 기독교의 진리를 확증하면서 헤르메스주의 마술을 그 체계에 도입했다. 모세에서 유래하는 헤브라이형 영험(靈驗)과 이집트의 창시자 헤르메스 트리스메기스투스의 헤르메스주의 영지(靈知) 간에는 유사점이 있었다. 기독교 카발라는 영국에서 신플라톤주의 운동과 결부되었다. 르네상스 시대 신플라톤주의, 헤르메스주의와 함께한 카발라의 마술적 측면은 르네상스의 인간관에 영향을 미치고, 카발라는 천사숭배를 통해 종교의 영역에 도달했다. 카발라로 성서를 깊게 읽고, 새로운 영적(靈的) 영역으로 진입하면서 종교개혁의 추진력이 되었다.

프랜시스 예이츠(Frances A. Yates)는 르네상스 연구로 알려진 영국의 여류 역사학자이다. 1899년 포츠머스에서 탄생한 예이츠는 1924년 런던 대학을 졸업하고, 1944년 나치스 독일을 떠나 런던에 자리를 잡은 워부르크 연구소(Warburg Institute)의 연구원으로 유럽 정신사 연구 분야에서 기념비적인 업적을 남겼다. 예이츠의 주저(主著)는 『기억술』(1966), 『조르다노 브루너와 헤르메스주의적 전통』(1964), 『세계극장』(1969), 『북유럽 르네상스의 사상과 이상』(1984), 『셰익스피어 후기의 연극』(1975) 등이다. 예이츠의 업적은 르네상스 철학에서 무시당했던 이단적 철학자 조르다노 브루노(Giordano Bruno, 1548~1600)의 재평가요, 르네상스 시대의 마술-헤르메스주의를 파헤친 공로였다. 브루노는 이탈리아 르네상스 시대의 철학자였다. 그는 도미니코회 수도사였는데, 이단시되어 유럽 여러 나라를 방랑하다가 1584년 영국을 방문해서 필립 시드니와 월터 로리와 교우관계를 맺었다. 후에 그는 이탈리아에서 화형에 처해졌다. 그는 코페르니쿠스의 우주론을 초월해서, 우주의 무한성을 주장했다. 우주는 범신론적인 원리로 움직이며 생명이 내재하는 모나도 단자(單子)로 구성되어 있다고 생각했다. 그의 우주론은 헤르메스 사상과 깊은 연관성을 지니고 있었다.

예이츠는 브루노와 관련지어 고대로부터 계승되는 기억술의 전통을 탐색하면서 『세계극장』을 완성했다. 과학과 종교, 마술과 예술이 서로 밀접하게 호응했던 르네상스의 정신 공간이 예이츠의 연구로 새롭게 해명되었다. 예이츠는 저서 『셰익스피어 최후의 꿈』에서 "브루노는 가톨릭과 신교의 갈등과 차이를 사랑과 마술의 차원에서 해소시킬 수 있는 마술적 철학을 널리 전파하는 역할을 했다"고 서술했다. 예이츠는 저서 『조르다노 브루노와 헤르메스주의적 전통』에서 브루너를 르네상스 시대의 '마술사(Magus)'라고 호칭했다. 고대 페르시아의 승려를 'Magus'라고 한다. 그는 우주와 세상 만상(萬象)에 포함된 본질과 기원, 그리고 생명에 관해서 최고의 지식을 갖고 있었으며, 그 지혜를 통해 세계와 자연의 존재 방식을 변화시키는 마술을 터득했다고 예이츠는 설명했다. 예이츠는 헤르메스에 관해서 다음과 같이 서술했다.

> 헤르메스주의는 고대 이집트의 학문의 신(神) 토토를 의미하며, 헤르메스 트리스메기스투스(Hermes Trismegistus)는 토토와 동일인으로 숭상되었다. 헤르메스는 『헤르메티카』와 『아스클레피우스』의 저자라고 알려졌는데, 이 서적들은 고대 이집트의 소산이 아니라 서기 100년에서 3백 년 동안 플라톤주의의 영향을 받고 무명의 저자가 집필한 것으로 새롭게 판명이 나서 헤르메스는 실재 인물이 아니라는 의견이 한동안 제기되었다. 그러나, 르네상스 시대에 이르러 헤르메스는 실재 인물이라고 판명 났다. 우주를 하나의 통일적 존재로 파악할 수 있는 진리가 비교적(秘敎的)으로 기술된 헤르메스의 저작물은 우주의 궁극적인 본질과 물질의 재생과 변화에 관한 연금술 사상과 결합되었다.

예이츠는 헤르메스주의 연구를 통해 셰익스피어의 중요한 측면을 재조명했다. 셰익스피어의 글로브극장을 그리스와 로마시대 원형극장의 개작이라고 규명했다. 글로브극장을 대우주–지구–소우주–인간(배우)

의 '세계(우주)극장'으로 규정했다. 〈리어 왕〉 3막 2장 폭풍 속에서 리어가 울부짖는 대사 속에 '둥근 세계(rotundity o'th' world)'라는 말이 나오는데, 우주와 지구의 둥근 형태를 상기시켰다. 그것은 또한 인간을 잉태하는 조화의 여신(자연)의 둥그스름한 복부(腹部)의 이미지와 중첩된다고 했다. 제4막 제4장에서 글로스터가 광기의 리어를 보고 "아아, 자연의 걸작이 무너지고 있구나. 대우주도 이처럼 붕괴되어 무(無)로 돌아갈 것이다"라고 말하는데, 셰익스피어는 소우주인 인간과 대우주인 자연을 결합시키고 있다고 예이츠는 말했다. 예이츠는 그의 저서『엘리자베스 시대의 오컬트 철학』(1979) 제14장에서 〈리어 왕〉의 이교(異敎) 문제를 거론했다.[1]

셰익스피어는 16세기 후반과 17세기 초반에 작품을 쓰고 있었는데, 이 당시 유럽에서는 오컬트주의가 반동세력으로부터 맹공격을 받고 있는 시기였다. 1600년, 헤르메스주의 철학자 조르다노 브루노가 1600년 화형을 당한 것이 그 시기를 반영하고 있다. 궁지에 처한 리어의 친구로 악마에 넋을 잃은 듯 가장한 인물을 셰익스피어가 왜 리어 옆에 배치했는지에 대한 의문은 풀리지 않고 있었다. 학자들은 정치적이며 종교적인 이유일 것이라고만 추측했다. 셰익스피어는 스펜서의 「요정 여왕」과 존 디(John Dee)의 카발라주의에 영향을 받으며 창작 활동을 했다. 셰익스피어는 절망의 시기에 엘리자베스 시대 왕권의 문제를 주제로

---

1 이교도는 Gentile이며 heathen의 의미로서 그리스도교, 이슬람교, 유대교 어디에도 소속되지 않고 있는 신도를 지칭한다.

비극을 썼을 것이다.

　예이츠는 셰익스피어가 카발라주의에 영향을 받고 "왕권 문제"를 작품에서 다루었다는 대단히 획기적인 주장을 했다. 엘리자베스 시대 국민은 정치가와 신학자만은 아니었다. 마술사도 있었다. 스펜서의 서사시 「요정 여왕」의 중요 인물은 마녀이다. 셰익스피어 극에는 마녀, 유령, 요정이 등장해서 오컬트적인 분위기를 조성한다. 예이츠는 엘리자베스조 시대의 지배적인 철학은 오컬트 철학이라고 말하면서 존 디가 그 주창자라고 말했다. 존 디는 스페인의 가톨릭 세력에 대항해서 영국의 신교도 세력이 엘리자베스 여왕을 중심으로 정치적으로나 종교적으로 연합해서 유럽 평화를 유지해야 한다고 역설했다. 이런 주장은 두 종교 간의 싸움을 방지하고 엘리자베스 여왕을 신격화하려는 의도에서 제안되었다. 존 디는 엘리자베스 여왕의 극진한 대접을 받았다. 그는 튜더 왕조가 고대 브리튼 왕국의 혈맥을 계승한다고 주장했다. 영국에서 기독교 카발라는 복음주의 형태로 청교도에 전승되었다. 존 디의 오컬트 철학은 아쉽게도 유럽 평화를 성취하지 못했다. 그러나 그의 꿈은 셰익스피어 후기 작품에 반영되었다. 이런 사실을 예이츠는 그의 저서 『셰익스피어 최후의 꿈』에서 논술했다.

　존 디(1527~1608)는 헨리 8세 궁정인의 아들이었다. 로마와 단절되기 직전의 튜더 왕조 시기였다. 로버트 더들리는 어린 시절 디의 생도였다. 더들리는 평생 디의 후원자로 남아 있었다. 존 디의 신플라톤주의는 르네상스의 카발라와 연결되었다. 디는 연금술을 믿었다. 1583년 존 디는 6년간의 해외 생활을 시작하고 1589년 귀국했다. 그는 처음 폴란드로 갔다가 오컬트주의 황제 루돌프 2세의 프라하 궁전에서 전도 활동을 했다. 귀국 후, 옛 지위는 사라졌다. 고립된 그는 '요술사'라는 지탄을 받고 마녀사냥 공포에 시달리면서 처절한 세월을 견뎠다. 1603년 존 디는 새로운 군주 제임스 1세에게 자신의 입장을 호소했지만 모든 것은 무위로 끝났다. 1608년, 그의 사망으로 인해 헤르메스주의 카발라 종교개혁운동은 실패로 끝났다. 그 운동을 지원했던 르네상스 신플라톤주의 제창자들도 억압을 당하며 기피인물이 되었다. 「요정 여왕」을 발표한 시인 에드먼드 스펜서는 신플라톤주의 중심에 있었다. 그의 청교도주의는 오컬트 철학의 도움이 컸다.

셰익스피어가 무대에 두각을 나타내는 과정에서 그가 영향을 받았던 극작가는 크리스토퍼 말로였다. 그의 작품 〈포스터스 박사〉는 1593년경에 집필되었다. 그 작품은 1594년부터 1597년 사이에 20회 이상 공연되었다고 헨슬로 일지에 적혀 있다. 이 작품은 관객들로부터 대환영을 받았다. 초판본은 1604년이었다. 공연 무대에서 보인 악마의 장치가 관객의 흥분과 공포를 자아냈다고 한다. 이 작품은 천사와 악마와의 전쟁에서 악마의 유혹에 빠진 포스터스 박사 이야기를 담고 있다. 주제는 마술과 종교의 문제이다. 말로는 포스터스의 오컬트주의를 청교도와 결부시켰다.

〈리어 왕〉 작품의 근본에 이교도적 의미가 있다고 논술한 엘튼의 주장은 예이츠의 주장과 일맥상통한다. 예이츠는 엘리자베스조 철학이 무엇인지, 그 철학이 르네상스 마술의 영향을 받고 있는지에 관해서 자신의 저서 『엘리자베스 시대의 오컬트 철학』에서 확실한 답변을 하고 있다. 예이츠는 이 책 말미에서 말했다.

엘리자베스 시대의 철학은 르네상스 오컬트 철학이다. 이에 대한 반동이 일어났지만, 셰익스피어는 햄릿, 프로스페로, 리어를 통해 그 반동에 대항해서 필사적으로 싸웠다.

피터 밀워드는 그의 저서 『셰익스피어와 성서』(1977)에서 엘튼과는 다른 의견을 제시하고 있다.

〈리어 왕〉을 여러 각도에서 검토해 보면, 이 작품을 구성하는 것은 성서의 가르침과 성서의 이미지에 토대를 둔 전통적인 기독교 신학사상인 것을 알 수 있다. 작품의 배경은 표면적으로 이교적(異敎的)이지만 〈리어 왕〉의 언어는 이교적인 것과는 거리가 멀다. 〈리어 왕〉에서 사용되고 있는 언어는 정도의 차이는 있지만, 성서와 기독교의 설교를 반영하고 있다. 그 언어가 극의 사상과 이미지와 연결되어 극의 주제를 암시하는 기조를 형성하고 있다. 그런데, 엘튼은 르네상스적인 것에 너무 집착해서 이런 언어의 존재를 무시하고 있다.

코델리아는 이 작품의 표면구조에서 보면 분명 이성과 양심이라는 자연의 빛에 충실한 이교도이다. 그러나, 이 작품의 언어적 관점에서 보면, 코델리아는 성서와 기독교에 대응하는 수많은 언어를 사용하고 있다. 코델리아와 예수의 유사성은 프랑스왕의 언어에 명백하게 반영되고 있다. 그 언어는 사도 바울이 "고린도인에게 보낸 후서" 8장 9절과 6장 10절을 반영하고 있다. 또한 코델리아의 대사 "제가 이런 일을 하는 것은 아버님 생각 때문입니다"는 누가복음 2장 49절을 반영하고 있다. 신사가 켄트에게 전한 코델리아의 모습(4막 3장), 그리고 코델리아의 "눈물과 미소"(1막 6장)도 성서의 "잠언" 14장 13절 "웃고 있어도 상심할 수 있으며/기쁨이 슬픔으로 끝날 수도 있다"는 예언을 상기시킨다. 4막 7장 코델리아의 "부랑자와 함께 비바람을 피할 수밖에 없었나요" 대사는 방랑자로 헤매던 탕아가 집으로 돌아와서 신의 은총으로 새로운 옷을 갈아입는 일을 암시하는 「누가복음」 15장 16절을 반영하고 있다. 이 대사에서 언급한 두 딸은 고네릴과 리건이다.

에드거의 언어는 스토아주의이며 기독교적이다. 에드거는 코델리아처럼 기독교도의 이미지를 지니고 있다. 부친에게 쫓겨나서 변장을 하고 방랑 생활을 하는 에드거는 엘리자베스 시대의 가톨릭 사제가 직면했던 상황에 놓여 있다. 당시의 사제들은 윌리엄 세실 경이 말했던 것처럼 "지위도, 이름도 복장도 바꾸어 변장을 하고 무기를 지니지 않고 유랑하는 간첩"이라고 했다. 에드거는 거지로 변장을 하고 성서 구절을 입에 담고 있는데, 그것은 셰익스피어가 이교주의 배경의 규제를 따르지 않는다는 느낌을 전하고 있다. 에드거는 악마를 저주하고 있다.(3막 4장)

에드거의 극중 역할이 최고로 발휘되는 장면은 부친을 자살로부터 구제하고 "걱정 마세요. 인내심을 가지세요"(4막 6장)라고 위로하는 대목이다. 이 장면은 성서적 표현으로서 「시편」 27장 14절 "주님을 기다리며 용기를 갖고 있으면, 주님은 그대의 마음을 든든히 해주신다"와 비교된다. 신은 부친을 구제하셨다고 말하는 에드거는 누가복음 1장 37절 "하느님은 모든 것이 가능하다"와 「마태복음」 19장 26절 "인간에게는 이 일이 불가능하지만 하느님은 모든 것이 가능하다"라는 구절과 유사하다. 부친에 대한 에드거의 충고"(5막 2장)는 「욥기」 1장 21절 "나는 어머니 모태에서 벌거숭이로 태어났다"와 「전도서」 5장 15절 "벌거벗은 몸으로 어머니 태내에서 나왔으니, 다시 벌거벗은 몸으로 돌아간다"를 반영하고 있다.

셰익스피어와 성서 : 〈리어 왕〉 격론

피터 밀워드는 리어의 문제는 구약성서와 신약성서의 관점에서 검토되어야 한다고 주장했다. 그는 〈리어 왕〉을 통해 셰익스피어가 직면한 문제는 스토아 철학도 아니요, 르네상스 시대의 철학도 아니었다고 단언했다. 「욥기」, 「예레미아서」, 「시편」에 근거하고 있다는 점을 명백히 했다. "나는 죄를 범하는 것이 아니라 당하고 있다"(3막 2장)고 절규하는 리어는 「욥기」를 상기시킨다는 것이다. 욥도 리어처럼 처음에는 참지 않고 "하느님은 나를 머리카락 한 가닥 죄로 나에게 상처를 주고, 이유도 없이 상처를 더 많이 나에게 입혔다"(욥기 9 : 17)고 분노한다. "불행을 겪지 않고 기적을 볼 수 없다"고 켄트는 말한다(2막 2장). 이 말은 「욥기」 36장 15절 "하느님은 고민하는 고독한 인간을 구제하고, 그들이 받고 있는 수난을 통해 그들에게 말한다"에 반영되어 있다. 리어가 코델리아 시체를 들고 와서 "너는 이제 돌아오지 않는다"(5막 3장)라는 비통한 대사는 「욥기」 7장 9-10절 "묘지에 파묻힌 자는 다시 돌아오지 않는다"라는 구절을 연상시킨다.

셰익스피어가 〈리어 왕〉에서 왜 이교적인 배경을 설정했는가? 피터 밀워드는 첫째, 기독교 이전 고대 브리튼 왕국에 작품의 배경이 설정되었기 때문이라고 했다. 두 번째 이유는 〈리어 왕〉은 기독교적인 관점에서보다는 보편적인 인간의 관점에서 작품을 다루었기 때문이라고 했다. 셋째 이유는 이교적인 배경을 설정해서 관객의 신선한 놀라움을 환기시키려고 했다는 것이다. 이교적인 내용을 통해 기독교의 가르침이 대조적으로 부각될 수 있었기 때문이다. 엘리자베스 시대 연극에는 중세시대 도덕극 전통이 원용되고 있었다. 특히 셰익스피어 작품에는 중세 연극의 개념과 기법이 뚜렷하게 나타나 있고, 〈리어 왕〉은 그중 한 가지 예에 지나지 않았다. 예이츠는 셰익스피어가 오컬트 철학의 신봉자라서 그 영향을 크게 받고 있었다고 주장했다. 셰익스피어는 이단자로 몰려 체포되어 재판을 받은 조르다노 브루노의 화형에 큰 충격을 받았다는 것이다. 비극을 쓰게 된 한 가지 동기가 되었을 것이라고 예이츠는 판단하고 있다.

셰익스피어와 카발라의 관계에 관해서 더 논의하기 위해서는 〈베니스의 상인〉을 인용해야 한다. 유대교도 샤일록과 기독교도 안토니오가 이 작품의 주요 인물이다. 이 작품의 클라이맥스는 유대교도이며 샤일록의 딸 제시카가 개종해서 기독교도 로렌조와 결혼하여 벨몬트의 별이 빛나는 밤하늘 아래서 사랑을 구가하는 5막 1장의 장면이다. 법정 장면도 중요하다. 재판관으로 변장한 포셔는 "이 세상 권력은 자비심이 정의를 완화시킬 때 신의 힘을 닮아간다"고 역설했다. 예이츠는 이 장면을 "구약성서 유대교의 법이 신약성서의 사랑의 법으로 바뀌는" 우의적 표현이라고 해석했다. 샤일록과 포셔가 법정에서 대립하다가 포셔의 자비심이 정의와 화합하고, 제시카와 로렌조가 구약과 신약의 세상에서 사랑으로 결합하며 음악처럼 조화를 이루는 것은 셰익스피어 카발라주의의 상징적 표현이라고 예이츠는 판단했다. 예이츠는 결론적으로 말했다. "셰익스피어는 스펜서와 마찬가지로 기독교 카발라주의 철학이 자신의 마음에 적합하다고 느꼈을 것이다."

제5장

셰익스피어 새로 읽기
〈리어 왕〉과 「욥기」

셰익스피어 새로 읽기

—〈리어 왕〉과「욥기」

중세 인간은 두 가지 시간에 살고 있었다, 영원의 시간과 세속의 시간. 신은 영원의 시간 속에 있다. 그 시간은 시작도 끝도 없는 시간이요, 인간을 초월하는 시간이다. 죽음을 앞둔 인간은 신을 숭상하며 인생은 영원의 삶을 위한 준비 과정이라고 믿었다. 인간은 죽으면 영원히 구제되거나 저주받아 지옥에 떨어진다고 믿었다. 이 때문에 지상의 생활은 천당과 지옥으로 구분되어 인간은 이 중 한 가지를 선택해야 했다.

중세 사람들은 지상의 시간은 무의미하고 하찮은 것으로 생각했다. 중세 종교극은 역사 감각이 없다. 구약시대 인물들이 기독교 성인으로 등장했다. 그 시대 연극의 시간은 유동적이다.「창세기」는 최후의 심판으로 종결된다. 그 사이에 전개되는 이야기와 사건들은 압축되어 표현된다. 극적인 인과관계는 중요치 않다. 중세는 신의 '은총(Providence)'만이 세상살이의 중심이었다. 모든 사건은 신의 의지에 의해 좌우되었다. 관객은 이런 사실을 숙지하고 있었다. 한 가지 주목할 일은 종교극에 희극적 요소인 어릿광대가 등장하는 일이다. 도덕극 속에 풍자적 요소가 첨가되어 목회자들을 희롱하는 일이 허락되었다.

중세 종교극(The Mystery Play)의 내용은 성서였다. 종교극은 중세시대 유럽 전역에서 공연되었다. 종교극을 세분하면 성인이나, 순교자를 다루는 기적극(Miracle)과 일반인의 종교적 시련을 다룬 도덕극(Morality)으로 나눌 수 있다. 이들 종교극은 중세 후기 교훈적 내용을 담은 세속극이나 민속극에 전승된다. 그 이후, 그리스 로마 시대 고전문화의 전파, 봉건시대 사회조직의 붕괴, 교회 내 갈등 등의 요인이 겹쳐 종교극은 금지되었다. 이 시기는 중세시대가 끝나는 시점이 된다. 엘리자베스 여왕은 1558년 종교극을 금지하고 르네상스 시대의 문화 부흥과 교육에 진력했다. 한 가지 주목할 일은 그리스, 로마, 중세를 통해 연극은 정부와 종교단체의 지원을 받았다는 사실이다.

튜더 왕조 엘리자베스 여왕 시대 영국은 급진적으로 사회가 변했다. 영국은 당시 신교 중심이었지만 여전히 가톨릭은 국민 속에 잠복되어 있었다. 휴머니즘은 문화의 기조가 되어 엘리자베스 시대의 안정과 평화를 유지하는 원동력이었다. 이런 문화적 환경에서 셰익스피어 연극은 관객의 절대적인 호응을 얻으며 공연되고 있었다. 그의 작품 가운데서도 특히 〈리어 왕〉 등 비극작품은 인간의 고뇌, 압박, 투쟁, 죽음에 관한 암울한 주제를 다룬 작품으로서 밝고 행복한 이야기로 가득 찬 이전의 희극 작품과는 판이했다. 〈리어 왕〉은 선한 집단이 악의 집단에 의해 파멸되고, 동시에 악의 집단도 내부의 갈등과 분열로 자멸하는 인간 종말의 사건을 다루고 있다. 리어는 악의 횡포에 시달리는 시련을 겪으면

셰익스피어와 성서 : 〈리어 왕〉 격론

서 신에게 항의하고, 호소하면서 구제의 손길을 내밀었다.

셰익스피어 학자 얀 코트는 〈리어 왕〉을 새로운 「욥기」라고 정의했다. 해럴드 블룸(Harold Bloom)도 〈리어 왕〉에 「욥기」가 지대한 영향을 끼쳤다고 말했다. 「욥기」와 〈리어 왕〉은 플롯, 인물, 주제, 언어에 있어서 유사하다. 이런 이유 때문에 셰익스피어는 성서에서 영감을 얻고 있다”고 스티븐 마크스(Steven Marx)는 주장했다.

「욥기」는 두 가지 원리를 고수했다. 성서는 선민(選民)인 이스라엘 민족과의 관계를 서술한 복음서이며, 사악한 자들을 처벌하고 정의로운 자들에게 보상한다는 내용이었다. 이 모든 원리가 「신명기」와 「모세 5경」에 명시되어 있다고 학자들은 주장한다. 욥의 세 친구들은 이 원리를 지지하지만 욥은 그것을 부인하고, 고통은 억울한 일이며, 사악한 자들이 보상받는 일이 많다고 항의했다. 욥과의 끈질긴 논쟁을 통해 신 자신도 욥이 ‘옳았다’(42 : 1-16)고 인정하며 결국은 그의 정의로움에 은총을 베풀었다.

> 욥은 주님에게 답했다.
> 당신은 전능하십니다……
> 신의 말씀을 듣고 있습니다.
> 지금 이 눈으로 당신을 우러러 봅니다……
> 주님은 그 이후 욥을 그전보다 더 축복하셨다……
> 욥은 이후 140년 살고, 아들, 손자 4대 앞을 보게 되었다.

「욥기」는 신이 주역을 맡고 발언하며 권능을 휘두르고 있지만, 〈리어 왕〉에서는 신이 침묵하고 있다. 리어는 왕좌에 복귀 못 하고, 나라는 무너지며, 코델리아는 처참하게 살해되었다. 〈리어 왕〉은 비관적인 대사로 가득 차 있다. 셰익스피어는 〈리어 왕〉에 「욥기」를 연상하도록 병치(竝置)하는 기교를 사용하고 있다. 욥과 리어는 허탈한 정신에서 자제력을 잃고 저주와 비탄으로 신에게 맞선다. 그들은 자신들의 운명을 저주한다. 그들을 위로하고 도와주는 주변 인물들을 나무라며 협박한다. 욥은 7일의 악몽 속에서 자신을 저주하며 죽음을 갈망한다. 리어는 폭풍 속에서 세상을 저주하고, 미쳐버린다. 그러나 욥과 리어의 운명은 급변한다. 욥은 영험(靈驗)을 통해 자신을 위로하고 축복하는 신을 만나고, 리어는 천사 같은 코델리아를 만나 자신의 올바른 정체를 찾게 된다.

욥은 재물, 건강, 정신적 안정을 얻어 행복했던 시절에 운명적 변전을 겪으면서 급작스럽게 고립, 빈곤, 질환, 정신적 교란 상태에 빠졌다. 리어는 퇴임을 준비하는 자리서 고네릴과 리건의 위선과 공모를 알아차리지 못하고, 코델리아의 진정을 묵살하며, 충신 켄트를 추방하는 오류까지 범했다. 왕의 권위를 잃은 리어는 두 딸로부터 배척당하면서 치욕적인 현실에 직면했다.

「욥기」의 명칭은 주인공 욥에서 왔다. 그 이름의 의미는 '미움 받는 사람', '적이 있는 사람', '참회하고 각성하는 사람', '사랑을 받는 사람' 등이다. 「욥기」의 저자와 연대는 알 수 없지만 모세가 저자라는 학설이 전해지고 있다. 「욥기」를 인간 시련의 문제로, 또는 종말론적 입장에서 해석하는 학자들도 있다. 「욥기」는 욥의 비참한 체험을 문답과 독백으로 구성하고 있는데 이스라엘의 신과 사탄이 등장한다. 「욥기」의 사탄은 신과 대결하는 악마가 아니라 신의 부하이며 인간의 죄를 들춰내서 신에게 보고하는 것이 그의 임무다. 욥은 정직하고 착한 남자였다. 신을 두려워하고 악을 피해왔다. 욥은 일곱 아들과 딸 셋을 둔 재산가였다. 양 7천 필, 낙타 3천 두, 암소 천 마리, 당나귀 5백 마리를 소유하고 있었다. 때가 되면 가족들이 한자리에 모여 경건한 기도를 올리며 즐겁게 식사를 나누었다. 욥처럼 깨끗한 남자는 세상에 없는 듯했지만 신과 사탄은 욥의 신앙심을 시험해보기로 했다. 재산을 빼앗고 가족들을 해치면 욥의 신앙심이 흔들리면서 신을 저주할 것이라고 예상했다.

이윽고 욥의 재난이 시작되었다. 하인이 와서 "셰바 사람들이 쳐들어와서 가축을 몽땅 탈취해 갔습니다. 목동들은 모두 살해되었습니다"라고 욥에게 알렸다. 얼마 후, 또 다른 하인이 급히 와서 알렸다. "카르디아인이 목장을 습격해서 목동들은 다 죽고 저 혼자 살아남았습니다." 그리고, 또 다른 하인이 또 들이닥쳐서 위급한 상황을 알렸다. "큰일났습니다. 장남 댁에서 형제자매들이 회식하는 자리에 돌풍이 불어 집이 무너지고 모두들 그 아래 깔려 죽었습니다." 욥은 실성한 사람처럼 되었다. 일순간에 재산과 가족을 잃은 것이다. 그는 옷을 찢고, 두발을 깎아버리고, 땅에 엎드려서 눈물을 흘리며 아우성쳤다. 욥은 자신이 태어난 날을 저주했다. 왜 어머니 태 안에서 죽지 않았는가, 태어나서 왜 숨이 끊어지지 않았는가라고 개탄했다. 어찌하여 신(神)은 베풀고 다시 빼앗는가라고 아우성쳤다. 그래도 욥은 신을 저주하지 않았다. 이런 고난도 자신이 알 수 없는 신의 뜻이요, 은총이라 생각했다.

모진 시련을 겪고도 끄떡도 않는 욥을 보고 사탄은 다음 흉계를 꾸몄다. 욥에게 육체의 고통을 주기로 했다. 욥이 악성 피부병인 상아병(象牙病)에 걸렸다. 온몸이 가렵고 아파서 견딜 수 없었다. 욥은 사기그릇

파편으로 피부를 긁었다. 동네 사람들은 그를 피해 달아나고, 때로는 동네에서 쫓겨나기도 했다. 아내는 막말을 했다. "이것이 신을 숭배한 말로입니까. 신을 저주하고 죽는 것이 좋겠어요." 그래도 욥은 신을 저주하지 않았다. "신이 우리에게 행복을 주셨으니 불행도 감수해야지." 욥은 아내에게 말했다. 욥의 병은 날로 악화되었다. 그러던 어느 날 욥의 재난을 듣고 친구들이 그에게 찾아왔다.

욥기의 신학적 전개에서 중요한 부분이 이 친구들이다. 친구들이 7일 낮밤을 욥 곁에서 욥에게 권고한 것은 신에게 죄를 고백하고 참회하라는 충고였다. 그러나 욥은 자신의 결백을 주장하며 끝내 굽히지 않았다. 이 일로 욥과 친구들은 끈질긴 논쟁을 벌이게 된다.

친구 엘리파즈가 말을 꺼냈다. "죄 없는 사람이 망하고, 정직한 사람이 멸망한 적이 있는지 생각해봐요." 욥이 고생하는 것은 신에게 잘못을 저질렀기 때문이니 반성해야 한다고 말했다. 이에 대해서 욥은 반론을 폈다. "신이어, 저의 소원을 받아주세요. 신이여, 나를 짓이겨서, 손보고 망하게 하소서." 6장에서 욥의 답변이 있지만 7장 1-6절은 독백형식이다. 7장에는 신에 대한 호소와 독백이 섞여 있다. 친구와 욥의 논쟁 가운데서 주목해야 되는 13장 3절은 욥이 친구들에게 공격적으로 대하면서 직접 신과의 대화를 원하는 장면이다.

그는 여전히 자신의 정당성을 주장하며 신이 자신을 구제해줄 것이라고 믿고 있다. 욥은 신에게 "죄와 악이 나에게 얼마나 있는지 알려주세요"(13 : 20-28)라고 간청한다. 욥의 신앙 고백(19 : 25-27)에서 자신은 죄를 지은 적이 없는데 혹시나 어떤 실수로 죄를 지었다고 판단되면 그 대가를 치를 용의는 있다고 말하면서 지금처럼 이토록 심한 고통을 받을 정도로 죄를 범한 것 같지 않다고 말했다. 논쟁 끝머리서 욥은 더 이상 친구들 충고에 귀를 기울이지 않았다. 욥은 신과 직접 대화를 한다.(21 : 23-24 또는 26 : 31) 신의 개입은 욥의 신앙 때문이 아니라 신의 일방적인 은총 때문이었다. 인간은 전능하신 신을 무조건 믿어야 한다. 믿어야지 신을 알게 된다는 것이다.

결국, 신의 소리가 바람을 뚫고 욥에 도달했다. 신은 자신이 전능하다고 알린다. 욥은 그 진리를 깨달았다. 중요한 것은 '깨달음'이다. 보상을 바라지 않고 신을 마음속에 간직하는 일이 "깨달음"이다. 「욥기」는 신학의 근원적인 문제를 제기하고 그에 응답하는 성서이다. "깨달음"을 얻은 욥은 마지막에 신의 은총을 입어 병은 회복되고, 장수하며, 재산은 증식하고, 자손들은 번영했다. 「욥기」는 친구들이 주장하는 인과 응보설을 배제하고 철저하게 유일신을 경배하는 신앙을 주장하며 고통을 끝까지 견뎌냈다. 문제의 해결은 인간에 의해서가 아니라 신에 의해서 가능하다는 신학적 교리(16 : 19와 19 : 25-27)였다. 인간은 아무것도 할수 없다. 인간의 운명은 태어날 때 이미 정해져 있다. 그것은 인간의 숙명이다. 인간의 구제와 타락은 신의 은총에 달려 있다. 정직하고 의로운 사람은 그 자체만으로도 기쁨이요, 이(利)와 손(損)의 문제를 초월한다. 이토록 「욥기」는 무섭게도 신앙의 본질을 해명하고 있다.

「욥기」와 〈리어 왕〉의 플롯은 거의 같다고 말할 수 있다. 플롯의 구성을 초 · 중 · 종의 삼단계로 구분할 때, 초장 플롯의 발단을 보자. 리어는 세 딸에게 사랑의 크기에 따라 영토를 분배한다고 선언한다. 장녀 고네릴과 차녀 리건은 위선적인 언사로 아부해서 부왕으로부터 광활한 영토를 상속받았지만, 막내딸 코델리아는 꾸밈없는 솔직한 효심 때문에 오히려 부왕의 노여움을 사서 아무런 보상도 받지 못하고 구혼자 프랑스 왕과 함께 궁성에서 쫓겨났다. 이에 놀란 충신 켄트는 리어 왕을 말리는 진언을 하다가 함께 추방당한다. 절대군주의 광기와 아집으로 부왕과 딸들은 반목(反目)하며 단절되고, 리어의 부조리한 행동은 선악이 뒤바뀌는 무질서한 혼돈을 일으켰다.

「욥기」 제1장은 구성의 제1단계인 사건의 발단이다. 어느 날 주님 앞에 신의 사도들이 모였다. 그 가운데 사탄도 있었다. 주님은 사탄에게 물었다. "너는 어디서 왔는가?" 사탄은 답했다. "지상을 맴돌고 있었습니다." 주님은 다시 말했다. "너는 욥을 알고 있는가. 그는 신을 두려워하고 악을 피하는 정직한 사람이다." 사탄은 말했다. "신으로부터 아무런 이득도 받지 않는데도 신을 공경합니까. 그의 재산에 개입해서 손상을 입히면 주님을 저주할 것입니다." 주님은 사탄에게 말했다. "그렇다면 그의 모든 것을 네 마음대로 처분해보아라. 단 그의 목숨만은 살려둬야 한다." 사탄은 일을 시작했다.

〈리어 왕〉의 서브플롯으로 글로스터 공작과 적자 에드거와 혼외자 에드먼드 간의 애증, 배신, 망은, 음모의 드라마가 전개된다. 글로스터는 리어와 마찬가지로 에드거에 등을 돌리고 에드먼드의 흉계에 말려들어 악의 집단의 폭행으로 시련을 겪는다. 에드거는 거지 톰으로 변장하고 광야를 헤맨다. 〈리어 왕〉은 이때 중반의 전개부에 접어든다. 두 딸에게 배신당한 리어는 어릿광대를 데리고 폭풍 속을 헤맨다. 리어의 상심과 분노가 천둥 번개로 요동치는 자연과 하나가 되어 폭발한다. 리어의 저주와 통한의 울부짖음은 신의 은총에서 버림받은 재난이었다. 리

셰익스피어와 성서 : 〈리어 왕〉 격론

어 옆에서 충언하며 새롭게 태어나도록 힘쓰는 켄트, 에드거, 어릿광대는 「욥기」의 세 친구들과 같은 일을 하고 있다. 「욥기」와 〈리어 왕〉은 비극의 구성요소인 운명의 급변 사태를 똑같이 겪고 있다. 욥은 리어 왕의 수난처럼 자신의 가정이 무너지고, 재산을 약탈당하며, 질병에 걸리는 시련을 겪는다. 「욥기」는 2단계 과정을 겪는다. 「욥기」와 〈리어 왕〉의 중간 단계의 고난은 후반에서 화해와 재생의 과정으로 변전(變轉)된다.

최종 3단계는 새로운 인생에 눈을 뜨는 "깨달음"이요, 신앙의 회복이 된다. 욥은 최초 2단계에서 행복, 위신, 부귀, 건강, 정신의 안정이 무너지고 고립, 빈곤, 병환, 불안, 공포, 그리고 신에 대한 의혹을 겪었다. 욥은 생을 비관하며 절망에 빠지면서 죽음을 희구(希求)하는 생의 종말을 체험했다. 그런 와중에서도 욥은 끝까지 신에 대한 저주를 삼가고 신앙심을 유지했다. 친구들이 욥을 비난할 때, 욥은 친구들에게 반론하고, 신에게 매달리면서 자신의 존재를 주장했다. 욥은 신이 하는 모든 일은 신의 숨은 뜻이 있는 것이라고 믿었다. 이윽고, 신이 나타나 창조의 신비를 밝힌다. 욥은 자신이 한 말을 후회하고, 신을 옹호했다. 욥의 신앙은 진정이었다. 사탄의 집요한 도전에 항거하며 욥은 고난을 참으며 신을 수용하는 자신의 능력을 키웠다.

리어도 욥처럼 시련의 최종 단계에서 "깨달음"을 얻었다. 사태가 역전되면서 리어는 자신의 과거 행위가 얼마나 어리석었는지 알게 되었다. "나는 너희들의 노예이다. 불쌍하고, 허약하고, 무기력한 늙은이다"(3.2.19-20)라고 말하는 순간 리어의 역전이 시작되었다. 리어는 드디어 자신이 코델리아와 함께 '신의 밀사'가 된 위엄을 느낄 수 있게 되었다.

최종 장면에서 「욥기」와 〈리어 왕〉이 달라진다. 욥의 경우는 신의 축복을 받고 끝나는 행복한 결말이었지만, 〈리어 왕〉의 경우는 여전히 절망적이다. 피날레 5막 3장은 도버 근처 영국군 진영이다. 고네릴과 리건의 시체가 운구된다. 죽은 코델리아를 팔에 안고 리어가 등장한다. 리어가 울부짖는 마지막 대사를 보자.

리어　　울어라, 울어라, 울어라, 울어라! 아, 너희들은 목석이냐. 내가 너희들 혀와 눈을 갖고 있다면, 그것을 이용해서 하늘의 지붕을 부셔버렸을 것이다. 그 애는 영원히 갔다! 죽은 것과 산 것을 나는 구별할 수 있다. 딸은 죽어서 흙이 되었다. 거울을 다오. 내 딸의 입김이 거울을 흐리게 하거나 얼룩지게 하면 그건 살아 있다는 증거다.

켄트　　이것이 예언된 세상의 종말인가?

에드거　아니면 무서운 종말의 그림자인가?

알바니　만물이여, 무너져라! 멸망하라!

리어　　깃털이 움직였다! 살아 있구나! 그렇다면 이 애가 그동안 겪은 온갖 설움이 보장될 수 있다.

켄트　　오, 폐하!

리어　　비켜라.

에드거　이분은 폐하의 신하 켄트 백작입니다.

리어　　너희들은 모두가 살인자요, 반역자다! 천벌을 받아라. 나는 이 애를 구해줄 수 있었는데, 이젠 영원히 죽어버렸어! 코델리아, 코델리아, 잠시 기다려다오. 앗! 너 지금 뭐라고 했느냐? 네 목소리는 부드럽고 온화하고 나직했지. 여자의 목소리는 그래야 해. 너를 교살한 노예는 내가 죽여버렸다.

리어는 절망하고 있다. 리어는 세상의 종말을 보고 있는 듯하다. 그 자신도 죽어가고 있다.

이윽고 부대장이 등장해서 에드먼드가 죽었다는 소식을 전한다. 리어는 계속해서 울분을 터뜨리다가 쓰러진다.

리어   아, 불쌍한 내 딸을 목 줄라 죽이다니! 이제는 생명이 없구나, 없어, 없어! 개나 말이나 쥐 같은 것도 생명이 있는데, 너는 어째서 입김조차 없느냐? 너는 다시 이 세상에 돌아오지 않을 것이다. 결코 돌아오지 않을 것이다. 결코, 결코! 부탁이다. 이 단추를 빼다오. 고맙다. 이게 보이느냐? 코델리아를 보라. 보라. 내 딸의 입술을. 저걸 봐. 저걸 봐! (죽는다)

이처럼 〈리어 왕〉의 마지막 장면은 고통스런 비극이다. 욥처럼 리어도 왕권을 잃고 벌거숭이 몸이 되었다. 부귀와 건강을 모두 잃어버린 욥과 리어에게 남은 것은 무엇인가. 사태가 반전되면 신의 은총을 입을 수 있다는 신념일 것이다. 그러나 시련은 끝없이 계속되었다. 욥은 한때 절망적이었다. "신은 머리칼 한 가닥만 한 이유로 나에게 상처를 주고, 이유도 없이 나에게 상처를 준다. 숨 쉴 틈도 주지 않고 고통에 고통을 추가한다.(욥기 9 : 17-18) 리어도 리건에게 박대를 당하고 신에게 호소한다. "하늘이시여, 인내를 주소서. 신들이여, 여기서 있는 불쌍한 늙은이를 보십시오. 가슴에 슬픔이 맺히고, 나이가 찰 대로 차서 어느 모로나 불행한 인간입니다!"(2.4.262-264) 리어나 욥으로부터 도저히 빼앗을 수 없는 것은 이들의 언어 행동이다. 이들은 고통이 깊을수록 언어 행동은 가열되었다. 리어는 3막 폭풍 장면에서 마력을 발휘하고, 욥은 "대지여, 내

피를 덮지 마라, 나의 울부짖음을 막지 마라"(16 : 9-22) 하고 절규했다.

리어는 체포되어 갇혀 있는 상황에서도 기력을 잃지 않았다. 치유의 천사요, 구제자인 코델리아와 함께 있었기 때문이다. 리어와 코델리아의 관계는 사랑과 진실의 유대(紐帶)였다. 월튼(J.K. Walton)은 「리어 왕 최후의 대사(Lear's Last Speech)」(『셰익스피어 서베이(Shakespeare Survey)』, 1960~1962)에서 리어의 마지막 대사는 슬픔에서 기쁨으로 전환되는 아무런 내용도 없다고 말했다. 나는 그의 주장에 동의한다. 리어는 1막에서 코델리아에게 효심의 양을 요구했지만, 코델리아는 거의 무응답이었다. 말하자면 묵살의 침묵이었다. 그러나 리어는 마지막 순간까지 효심의 진의가 담긴 코델리아의 목소리를 듣고 싶어 했다. 그래서 혹시나 하고 귀를 기울인다. 하지만 그런 상황에서 무슨 말이 가능하겠는가. 그는 이때, 이 순간의 망연자실한 절망 상태서 죽는다. 대재난으로 끝나는 비극의 진수(眞髓)를 감득케 하는 순간이었다.

「욥기」와 〈리어 왕〉의 주제는 신과 인간의 본성에 관한 것인데, 그 내용이 두 인물의 성격을 통해 표현되고 있다. 「욥기」 초장에서 신은 인간의 적인 사탄과 함께 있다. 신은 괴수 레비아탄을 지칭하며 "지상에서 자신을 지배하는 자는 없다"고 힘을 과시한다(41 : 22-26). 신은 욥의 정직성을 칭찬하면서도 사탄에게 그를 시험하도록 허락한다. 〈리어 왕〉에서는 전지전능한 신은 여러 모습으로 나타난다. 에드먼드는 파괴적 욕망을 달성하기 위해 신에게 기도한다(1.2.1). 리어는 "위대한 신"(3.2.49), "성난 하늘"(3.2.43), "무자비한 폭풍"(3.4.29), "무서운 혼란"(3.2.50) 등으로 신을 언급하면서 신에 의지하고 있다. 리어는 정의를 실현하고 악을 벌하는 신을 믿고 있다. 욥의 친구들도 이와 같은 신념을 갖고 욥에게 죄를 뉘우치고 신에게 용서를 구하라고 강권한다(22 : 5-6). 욥은 이들의 권고를 묵살했다. 콘월이 글로스터의 눈을 도려내다가 하인에게 자살 (刺殺)당한 일에 대해 알바니 공작은 말했다. "신의 힘은 하늘에 있다. 옳고 그름을 판단하는 신은 사람들의 죄를 이토록 빨리 처벌한다"(4.2.46-48). 그는 고네릴과 리건이 자신들의 죄값으로 참사한 것에 대해 신에게 감사하며(5.3.206) 코델리아가 무사하기를 기원했다(5.3.206). 신은 잔혹하고 무자비하지만 동시에 자비롭다는 인식을 욥과 리어는 함께하고 있다. 신은 비극을 통해 인간의 가치관을 역전시키는 권능이 있다고 욥과 리어는 믿고 있다. 욥이 고통 속에서 자신이 태어난 것을 저주할 때. 욥의 아내는 그에게 자살을 권했다. 리어는 에드거에게 말했다. "너는 알몸으로 이 추운 날 비바람에 씻기고 있으니 차라리 무덤 속에 있는 편이 낫다."(3.4.95-96) 글로스터도 자살을 결심했다. 욥도 리어도 주님은 생명을 주고 생명을 빼앗는다고 생각했다. 두 주인공은 너무나 비슷한 성격의 소유자이다. 「욥기」 24장 7~10절을 보자.

입을 것도 없이 벌거숭이로 밤을 지나고
추위를 막는 이불도 없습니다.
산에서 빗물에 젖어도 몸을 피할 장소도 없이 바위에 기댑니다.
부친이 없는 아이는 모친으로부터 멀어지고
가난한 집안의 젖 먹이는 인질로 잡혀갑니다.
그들은 몸을 감을 옷도 없이, 벌거벗고 걸어가며
보리 다발을 운반하면서도 자신은 굶주리고 있습니다.

〈리어 왕〉을 보자.

리어   가난하고 헐벗은 딱한 사람들아, 너희들이 어디에 있든 이
        처절한 폭우를 맞으면서도 머리 하나 놓을 곳 없이, 굶주린
        배를 졸라매고 구멍이 숭숭 뚫린 누더기를 걸친 채 밤낮없
        이 참고 견디려 하는가?(3.4.28-32)

「욥기」와 〈리어 왕〉을 비교하면 주제와 인물, 구조와 언어 측면에서
유사점이 많다는 것을 알 수 있다. 셰익스피어가 성서를 자료 삼아 작
품을 어떻게 구성하고 써 내려갔는지 그 과정을 분석해보면 두 작품의
상호 관계에서 특히 중요한 것은 욥과 리어 두 사람의 유사점과 차이점
이다. 욥도 리어도 똑같이 극심한 고통의 시련을 겪지만 욥의 하늘은
희망이요, 환희였고, 구제의 축복이었다. 리어의 하늘은 암담한 종말
의 먹구름이었다. 그는 세상이 해체되고 붕괴되는 중심에 있었다. 리어
가 코델리아의 시체를 안고 들어오는 장면에서 우리는 리어와 함께 깊
은 허탈감에 사로잡힌다. 도버 윌슨(D. Wilson)은 그 순간의 리어를 "고
뇌의 정점"이라고 말했다. 새뮤얼 존슨은 악덕이 번창하고 미덕이 패배
하는 충격을 참을 수 없어서 네이엄 테이트의 '해피엔딩' 번안 작품에
의지했다. 슐레겔은 "코델리아의 죽음에 충격을 받은 리어의 죽음보다
더 큰 비극은 없다"고 말했다. 대우주를 관장하는 운명의 신 앞에 리어
는 무력하고 왜소한 인간으로 비치고 있다. 지상의 왕국을 대표하는 리
어는 욥이 도달한 천상의 은총을 누리지 못했다. 사실 그것은 불가능한
일이었다. 그 불가사의에 도전한 셰익스피어는 삶과 죽음, 그리고 인간
의 운명과 신에 관한 문제를 파헤치면서 『제네바 성서』를 머리맡에 두
고 〈리어 왕〉 비극을 써 내려갔을 것이다.

제6장

〈리어 왕〉 공연론

1. 공연의 1차적 과제

이 글에서 거론되는 주제는 두 가지다. 첫째는 한국에서 셰익스피어를 공연하는 경우 채택되는 텍스트의 문제이고, 둘째는 그 텍스트의 무대형상화 문제가 된다. 텍스트의 문제는 셰익스피어의 실체, 시대적 배경, 텍스트를 이해하는 일이 되고, 무대형상화 문제는 공연 기법에 관한 내용을 포함하고 있다.

'한국적 셰익스피어'라고 할 때 우리들이 관심을 기울여야 하는 것은 우리들의 시대와 인생을 셰익스피어 작품과 관련지어 '어떻게' 보여줄 것인가라는 문제가 된다. 그런데 이 두 가지는 서로 밀접하게 연관되어 있다. 너무나 당연한 이야기지만 텍스트를 바르게 깊이 읽어야 제대로 무대를 꾸며서 보일 수 있는 것이고, 확실하게 무대를 보여줄 수 있어야 그 텍스트 안에 있는 실체가 드러나는 법이다. 그런데 이 일은 쉽지 않다. 셰익스피어의 실체를 알아내는 일은 복잡하고 애매모호해서 그 숨은 의미를 파악하는 일이 쉽지 않다. 작품이 여러 가지로 복잡하다는 것은 의미가 심원하고 다양하다는 뜻이며, 애매모호하다는 것은 표현이 다양하고 상징적이라는 말이 된다. 예술작품의 의미는 가로등의 직선처럼 뚜렷한 것이 아니라 달밤의 안개처럼 흐릿해서 그 해석은 예술 감상자의 해석에 따라 달라진다.

예술작품의 의미는 숨어 있다. 그러기 때문에 '숨은 의미'를 알아내는 방법이 중요하다. 그 한 가지 방법은 리처드 혼비(Richard Hornby)가 주장한 구조주의가 된다. "예술작품은 각 부분이 상호 관련을 맺으면서 의미를 발산하는 구조물이다. 우주 만물은 상호 관련을 맺는 순간에 존재하며, 숨은 의미는 그 관계를 통해 간접적으로 전달된다."[1]라고 말했다. 너무나 당연한 주장이지만, 작품의 외면적 특성에 집착해서 자유분방한 개작을 시도하면서 작품의 내면적 진실을 놓치고 있는 한국의 셰익스피어 공연을 생각할 때 나는 이 말이 현안문제를 해결하는 근거가 된다고 생각한다.

셰익스피어 연극에 있어서 최고의 연출은 당시의 극장 구조를 감안해서 완성한 무대가 될 것이다. 따라서 셰익스피어 연극을 무대에 올리는 당사자들은 일단 엘리자베스 시대의 극장 구조에 관한 지식을 터득할 필요가 있다. J.C. 애덤스가 해설하는 엘리자베스 시대 극장구조론은 도움이 될 것이다. 이 밖에도 대부분의 셰익스피어 연구 서적에는 극장구조론이 첨부되어 있다. 당시 무대장치는 간단한 소도구 이외에는 특별한 장치나 배경 그림을 사용하지 않았다. 당시의 무대구조 자체

---

1 Hornby, Richard, *Script into Performance - A Structuralist Approach*, New York: Paragon House Publishers, 1987, pp.10~14.

셰익스피어와 성서 : 〈리어 왕〉 격론

가 무대장치였다. 무대에 텐트가 놓이면 전쟁 장면, 나무 몇 그루 설치하면 숲 장면, 제단은 교회, 옥좌는 궁전을 상징했으며, 기껏해야 테이블이나 의자가 놓일 정도의 간소하고 텅 빈 무대 공간이었다.

셰익스피어 극의 장치는 단순화, 양식화, 상징화가 주류를 이루고 있었다. 사실적인 장치는 연기에 지장을 주지 않는 범위 내에서 시도되었다.

당시 사용했던 소도구의 사례는 런던의 빅토리아알버트박물관에 소장되어 있는 도구의 실물이나 사진, 그림, 셰익스피어 전집에 삽입된 공연자료, 그림, 셰익스피어 사전 등에서 볼 수 있다. 특히 많이 사용된 소도구로 검이 있다. 홉스의 『무대 싸움의 기술』(1967), 와이즈의 『무대의 도검』(1968)이 참고가 된다. 돈주머니, 페니 은화, 편지에 사용된 종이류(백지가 아니라 양피지 같은 갈색 아니면 크림색 종이여야 한다), 거위털로 만든 부채(금은 보석으로 장식된 손잡이, 부채 중앙에 거울을 단 것도 있고, 동양풍의 부채도 있었다) 등을 볼 수 있다.

엘리자베스 시대의 극장에서 관객의 눈을 사로잡는 것은 의상이었다. 극장은 의상에 공을 들였다. 의상은 고가여서 극단의 재산이었다. 어전 공연 때는 궁정이 그 대가를 지불해주었다. 이 분야의 참고서적은 린시컴(Marie C. Linthicum)의 『셰익스피어와 그의 동시대 연극의 의상』(1936), 네글러(A.M. Nagler)의 『셰익스피어의 무대』(1958), 스타이언(Styan, J. L.)의 『셰익스피어 무대기술』(1967), 톰슨(Peter Thomson)의 『셰익스피어의 무대』(1983), 스페이트(Robert Speaight)의 『무대의 셰익스피어, 셰익스피어 공연사의 삽화』(1973) 등이 있다. 엘리자베스 시대 이후 무대의상은 변화를 겪는다. 그 이전에는 모든 무대의상은 국적 불문 당시 영국

의상으로 충당되었는데, 이후에는 극 장면의 나라에 따라 장치와 의상, 소도구 등이 달라졌다. 시대와 국적에 따라 변하는 의상에 관해서는 도리인 야우드(Doreen Yarwood)의 『세계 무용의상 백과사전』(1978)을 참고할 수 있을 것이다.

셰익스피어 시대의 공연 시간은 낮 시간, 여름에는 오후 3시, 겨울에는 오후 2시에 시작되었다. 약 두 시간 반 걸려 한 편의 공연을 끝냈는데, 무대 안쪽은 어두워서 촛불을 사용했다고 전해지고 있다. 그러나 글로브극장의 경우는 인공조명을 전혀 사용하지 않았다고 한다. 밤 장면을 표현하기 위해 등장인물이 횃불 또는 등불을 들거나, 모닥불을 피우거나, 촛불을 들었다고 전해진다. 대사를 통해 시간을 알리는 방법도 썼다.

음악은 극중의 노래와 반주, 춤이나 동작에 수반되는 반주음악, 팡파르나 행진 음악 등이다. 악사들이 2층 무대에 자리 잡고 있었다. 극중 인물로 등장해서 음악을 연주하거나 노래를 하는 경우도 있었다. 엘리자베스 시대 사용된 악기는 류트(lute), 시턴(cittern), 레코더(recorder), 플라주렛(flagelet), 파이프(pipe), 테이버(tabor), 호른(horn), 사크벗(sackbut), 바스 트럼펫(bass trumpet), 비올(viol), 드럼(drum) 등이었다. 음악은 개막 장면, 폐막 장면, 막간, 장면 이어가기, 분위기 조성, 대사의 배경음악 등에 활용되었다.

〈리어 왕〉의 무대는 내부에서 외부로, 밤에서 낮으로, 들판에서 캠프(camp)로 전환된다. 무대미술가들은 비극의 의미를 시각적으로 보여주는 일에 집중하고 있다. 무대미술은 사실주의, 표현주의, 상징주의 기법으로 분류된다. 18세기와 19세기 낭만주의 시대에는 사실주의 무대가 주류를 이루었다. 프랑스에서 공연된 앙트완의 〈리어 왕〉 무대는 최초의 이미지 중심의 현대적 무대였다. 피터 브룩의 〈리어 왕〉 무대는 리어의 허무를 표현하기 위해 커튼이 없는 탁 터진 텅 빈 무대에 강렬한 백열등을 투사했다. 이 세상에는 평화가 없기 때문이라는 것이다. 백열등 조명은 신성(神性)과 신비감을 자아내는 그림자가 없다. 켄트와 글로스터는 간단한 테이블에 마주 앉아서 이야기를 나눈다. 리어 왕은 소박한 나무의자에 앉아 있다. 의자는 낡아서 흠집이 있다. 그들 뒤에는 금속판이 걸려 있다. 폭풍 장면의 천둥 치는 소리를 내기 위해 음향 도구를 사용한다. 리어의 지도는 색이 바랜 두루마리다. 이 모든 것은 이들이 걸친 의상과 함께 리어 왕의 쇠잔한 세상을 표현하고 있다. 텅 빈 무대는 무의미하고 비정한 세상처럼 보이고, 그 속에 존재하는 인간은 사소하게 보인다. 텅 빈 브룩의 무대는 추상적이면서 실제적이다.

텅 빈 무대는 사회적 의미를 지니고 있다. 50년 군주의 호화찬란한 환경이 벗겨지고 리어는 알몸이 되어 새로운 도발에 직면해 있다는 것을 암시하고 있다. 그 정황이 3막 1장 황량한 들판으로 표현되고 있다. 아피아(Appia)는 3막에서 그의 장기인 텅 빈 무대를 스톤헨지(Stonehenge) 석주(石柱) 같은 공간으로 처리했다. 1960년, 헝가리의 〈리어 왕〉 공연에서 스보보다(Josef Svoboda)는 직사각형의 기둥을 무대에 도입했다. 그 기둥 아래로 조명이 쏟아지고, 극이 진행되면서 리어가 몰락하는 과정에 돌기둥이 낮아지고 점차 무너지는 광경을 보여주었다. 〈리어 왕〉 개막 장면의 장엄하고 웅장한 무대장치는 리어 왕 쇠락 과정에 따라 색이 바래고 형태가 뭉개진다. 트레버 넌(Trever Nunn)이 연출한 에릭 포터(Eric

Porter)의 리어는 황금빛 의상이 검은빛으로 변한다. 1962년 폴란드 바르샤바에서 공연된 〈리어 왕〉 초장에 나부끼던 황금빛 깃발은 리어 왕이 퇴색하면서 극 중반에는 텅 빈 무대가 되었다. 막스 라인하르트(Max Reinhardt)는 리어 왕의 미스테리를 강조하기 위해 어두운 조명에 역점을 두었다. 무대가 열리자 관객들이 바라본 것은 혼돈의 어둠이었다. 이윽고 무대 전면은 내리치는 싸늘한 조명으로 냉혹한 현실을 표현했다. 소박한 나무상자 몇 개로 옥좌를 표현했다. 라인하르트는 금속이나 고무제품으로 냉기가 솟는 의상을 만들었다.

1945년의 듀랑(Dullin)이 올린 파리 〈리어 왕〉 공연은 양식화된 부조리극 무대였다. 정해진 무대장치는 없었다. 대형 패널판이 무대 천장에서 내려와서 장면이 전환되며 고대 원시시대 색슨족(Saxon) 분위기를 창출했다. 이국적인 분위기를 조성하기 위한 디자인이었다. 현대적인 〈리어 왕〉 공연의 특징은 벌거벗은 무대에 양식화된 무대장치, 그리고 반사실적인 상징화된 의상이었다. 이런 의상은 셰익스피어가 의도한 계층의 구별이나 변장의 기법을 의도적으로 무시한 것이었다.

2. 〈리어 왕〉 텍스트 읽기

셰익스피어가 살았던 엘리자베스 시대(1558~1603)와 제임스 시대 (1603~1625)는 영어 발달사에서 '초기, 근대 영어' 시대가 된다. 이 영어 는 현대영어와는 다른 옛날 영어이기 때문에 책을 읽으려면 그 시대의 문법을 익히고, 주석본을 참고해야 해독할 수 있다. 더욱더 이 문제를 복잡하게 만드는 것은 셰익스피어의 대본이 여러 판본이어서 어느 것 이 정본인지 알 수 없다는 사실이다. 오랜 세월에 걸쳐서 수많은 본문 비평 학자들이 연구한 결과 지금은 거의 정본에 가까운 텍스트가 나오 고 있지만, 그래도 여전히 미심쩍은 부분은 남아 있어서 아직도 논쟁의 대상이 되고 있다.

〈리어 왕〉의 대본도 1608년 쿼토판(Quarto) 1이 출판되었는데, 이 판 본에는 1623년에 출판된 폴리오판에서 발견되는 100행의 대사가 생 략되어 있다. 1619년 Q2가 발행되는데 이 판본은 Q1과 같다. 1623년 폴리오판은 Q1을 토대로 한 것인데 무대 대본을 참작해서 변질되었다. F1판은 코토판에 있는 4막 3장 전체 내용인 300행의 대사를 생략하고 있다. 1655년에 Q3가 발행되었다. F판과 Q판은 차이가 난다. 다행히 현대판은 이 두 버전을 조율해서 편집하고 있다. 퀼러 카우(Quiller-Couch)와 도버 윌슨(Dover Wilson)이 편찬한 『뉴 케임브리지 셰익스피어(New Cambridge Shakespeare)』나 크레이그(W.J. Craig)가 편찬한 『아든 셰익스피어(Arden Shakespeare)』, 그리고 본인이 즐겨 찾는 베빙턴(David Bevington)이 편찬한 롱맨(Longman)판 『셰익스피어 전집(The Complete Works of Shakespeare)』(1997)은 널리 읽히는 전집인데, 요점은 누가 편찬한 어떤 대본을 읽는가에 따라 작품 해석이 달라진다는 것이다. 이런 이유에다 지적 소유권의 확보 때문에 공연 기록에 원본과 번역자를 밝혀야 한다고 학자들과 번역자들은 거듭 주장하고 있지만, 요즘 우리나라 셰익스피어 공연은 대부분의 경우 모든 기록에서 번역자를 밝히지 않는 반(反)문화적 행위를 하고 있다. 각색을 하는 경우에도 연출가는 번역자를 밝히고, 각색자를 명기해야 하며, 다른 번역본을 참고했을 때에는 그 텍스트를 분명히 밝혀야 한다.

셰익스피어 작품을 "정확하게 이해하기 위해서는 작품의 텍스트를 충실하고도 정확하게 읽는 방법 이외에는 다른 길이 없다"고 주장한 학자는 『셰익스피어 구문론』(2007)이라는 두 권짜리 역저(力著)를 집필한 조성식 교수이다. 조성식 교수는 이 저서에서 셰익스피어 작품의 언어적 문제를 풍부한 예문을 통해 자세하게 해명하고 있다. 셰익스피어가 활동했던 엘리자베스 시대 영어에는 '다양한 구문'과 '불규칙성'이 존재하고 있었으며, 이런 특징을 알지 못하면 셰익스피어 작품을 정확하게 이해할 수 없다고 그는 주장하면서 다음과 같이 말했다. "셰익스피어

　　　　　　　　　　　셰익스피어와 성서 : 〈리어 왕〉 격론

의 언어를 '현대의 눈'으로 보아서는 안 되며, 그의 '어법'에 대한 지식, 즉 어휘, 문체, 구문, 기교 등을 다각도로 분석해서 종합할 수 있는 능력을 갖추어야 한다. 말하자면 문학적 능력과 어학적 능력을 구비해야 한다."[2]

그의 주장은 작품을 읽으면서 언어의 의미, 문맥, 시적 비유 등을 파악하고, 그다음에는 시청각적 이미저리를 해독해서 무대에 활용해야 한다는 내용으로서 이는 셰익스피어 무대 창조의 기본이 된다. 셰익스피어 극은 인간 체험의 모든 영역을 망라하고 있다. 셰익스피어는 작중 인물의 상황에 가장 적절한 언어를 이들 인물에 부여하고 있다. 연출가와 배우가 그 언어의 의미를 해독한 후 대사를 전하는 일은 당연한 일인데 대사 전달의 연기는 대사 언어에 대한 해석에 따라 달라진다. 당시 셰익스피어 극장은 비사실적 연극이 주도했다. 극도로 제한된 대소도구만이 허락된 텅 빈 무대에서 배우들은 시적인 대사에 의존하면서 배우와 관객이 인정한 '무대적 인습'을 지키며 연기를 했다. 역사극에서 자주 펼쳐지는 전투 장면은 텅 빈 O 자(字) 무대에서 진행되는데 그 무대는 관객을 현혹시키는 마술적 무대였다. 당시 관객들은 시적 대사와 산문 대사를 구분하며 시공을 초월한 무대를 몽상하면서 연극을 감상했다. 우리나라 셰익스피어 연극의 위기는 셰익스피어 연극의 언어적 기능에 대한 성찰을 잃었기 때문에 셰익스피어의 진수를 전달하지 못하고 있다는 데 있다.

셰익스피어 언어의 의미는 숨어 있다. 셰익스피어는 무대 공연을 위

---

2 조성식, 『셰익스피어 구문론 (I)』, 서울 해누리, 2007, 100~101쪽.

해 작품을 썼다. 엘리자베스조 시대에서 오늘에 이르기까지 대본이 무대에서 어떻게 다루어지고 있는지, 작가와 연출가와 배우, 그리고 관객의 밀접한 관계가 무엇인지에 관한 연구는 깊고 광범위하게 진행되고 있다. 셰익스피어 시대는 오늘의 무대와 비교하면 큰 차이가 난다. 엘리자베스 시대의 글로브극장을 예로 들어보면 그 차이를 알 수 있다. 그 당시 무대에 관한 연구서 가운데 그림으로 보는 셰익스피어 무대를 상술한 책은 월터 호지스(Walter Hodges)의 『전군 등장 — 1576~1616년 사이 셰익스피어 시대의 무대 기법에 관한 삽화 연구(*Enter the Whole Army — A Pictorial Study of Shakespearean Staging 1576-1616*)』(1999)이다. 저자는 이 책에서 셰익스피어 시대의 공연 실황을 삽화를 통해 설명하고 있다. 호지스는 셰익스피어 연구자이면서 삽화가이다. 그는 『글로브극장 복원』(초판 1953, 개정판 1968)과 『셰익스피어 제2글로브극장』(1973) 등의 저서와 수많은 논문을 통해서 셰익스피어 무대 연구에 큰 업적을 남겼다. 이 책을 보면 셰익스피어는 극작가이면서 연출가였다. 물론 그 당시는 오늘날의 연출가는 없었다. 작가나 배우는 연출을 겸했다. 리처드 버비지나 벤 존슨 등과 함께 셰익스피어도 무대 연습에 참가하고 책임지는 발언을 했을 것이다.

셰익스피어 생존 시에 출판된 쿼토판 텍스트나 사망 후에 나온 최초의 폴리오판 전집에는 인물의 등장과 퇴장만 기록되어 있고 여타 무대 지시는 아무것도 없다. 20세기에 이르러 G.B. 헤리슨의 『뉴 리더즈 셰익스피어』, 혹은 도버 윌슨의 『케임브리지판 뉴 셰익스피어』는 지문(地文)이 자세하게 기록되어 있어서 연출과 연기에 참고가 된다.

셰익스피어는 대사 속에 극적인 효과를 달성하기 위한 사상이나 감정을 숨겨놓고 있다. 연출가와 배우는 대사 속에 숨은 뜻을 표현하기 위한 작업으로 서브텍스트(subtext)를 읽어내는 일이 중요하다. 서브텍스트는 스타니슬라브스키의 명저 『역할 창조』에서 사용한 언어인데, "대사 속에 숨겨진 사상을 이해하는 일"이다. 이 경우, 연출가의 작품 해석은 무대 작업의 원천이 된다. 연출가는 무대를 어떻게 만들어 관객에게 전달할 것인가라는 문제에 직면해서 다양한 방법을 모색하고 최종적으로 한 가지를 취사선택해야 한다. 이때 중요한 것은 원작에 순응하면서 시대를 반영하고 텍스트를 최대한도로 구체화해서 표현하는 일이다.

두 시간에서 세 시간 이내로 끝내야 하는 공연시간의 제약 때문에 작품을 축소하는 번안이 필요해진다. 〈리어 왕〉은 대사가 3,435행인 대작에 속한다. 〈햄릿〉은 3,921행이다. 〈로미오와 줄리엣〉은 3,050행이다. 〈한여름 밤의 꿈〉은 2,174행이다. 〈리처드 3세〉는 3,489행이다. 가장 짧은 것이 〈실수 연발〉로 1,777행이다. 현대에 와서 대사 속도를 빠르게 하는 낭독으로 공연 시간을 2시간 정도로 압축하고 있다. 1955년 영국에서 공연된 〈맥베스〉 두 편의 공연 시간을 보면, 셰익스피어기념극장의 경우는 2시간 13분이었고, 올드빅의 경우는 2시간 15분이었다. 미국학자 앨프리드 하트는 1분간 20행 낭독으로 2,430행을 2시간에 처리할 수 있다고 말했다. 1932년 올드빅 〈햄릿〉 공연은 4시간 32분이었다. 무삭제 공연은 6시간 걸린다고 알려져 있다. 20세기에는 약 3시간 정도의 〈햄릿〉이 대세를 이루고 있다(『셰익스피어 서베이』, 1948).

실제로 연출은 외부 일과 내부 일을 관장하고 있는데 외부 일은 극장의 구조, 무대 메커니즘, 무대 감독, 객석 배치, 관객 등 공연 관련 일도

했을 것이고, 내부 일로는 작품의 주제 파악, 해석, 성격 창조, 무대 구상, 장면 창출 등 작품 형상화에 연관된 일을 했을 것이다. 호지스는 그의 저서에서 '블로킹(blocking)'의 내용을 알리면서 셰익스피어 연극의 무대 상황, 장면 구성, 배우들의 동선 등을 쉽게 알 수 있도록 돕고 있다. 당시 셰익스피어 공연 대본은 막과 장의 구분이 없는 두루마리였다. 배우는 자신이 맡은 작중인물의 대사를 암기하고, 출입과 동선을 미리 파악하고 있어야 했다. 막(幕)과 장(場)은 텍스트를 연구한 본문학자들과 편수자들이 나중에 임의로 삽입했다.

셰익스피어는 무대를 생각하고, 배우의 적성을 감안하면서 작품을 썼기 때문에 셰익스피어를 현대적으로 재해석해서 무대에 제대로 올리려면 연출가는 셰익스피어 원전에 대한 충분한 지식과 이해를 지니고 있어야 한다. 현재 시중에 나돌고 있는 수많은 셰익스피어 공연 대본은 연출가들이 자신의 안목과 무대 감각으로 새로 편집하고 각색한 텍스트가 주류를 이루고 있다.

3. 포엘의 원작 복원 운동

크롬웰에 의해 18년간 극장이 폐쇄된 후, 찰스 2세의 왕정복고와 함께 영국의 극장문화는 새로운 시대를 맞이하게 된다. 셰익스피어극이 부활되었지만 공연 형식은 엘리자베스 시대와는 다른 것이었다. 왕정복고 이후 20년이 지났을 무렵 네이엄 테이트(Nahum Tate)는 〈리어 왕〉을 개작해서 공연했다. 테이트는 1672년 더블린의 트리니티대학을 졸업하고 런던으로 가서 〈트로일러스와 크레시다〉 각색 작업을 하던 존 드라이든을 만나 1680~1681년까지 〈리처드 2세〉, 〈리어 왕〉, 〈코리올레이너스〉를 각색했다. 그의 〈리어 왕〉은 이후 150년 동안 영국 무대에서 공연되었다. 그의 〈리어 왕〉은 18세기 신고전주의 예술미학인 절제와 규율의 언어로 개작되어 '낭만적 멜로드라마'로 변질되었다. 에드거는 코넬리아의 애인이 되었으며, 리어는 왕권을 되찾고 글로스터와 함께 행복한 말년을 보낸다. 그의 각색 작품에는 어릿광대가 생략되었다. 토머스 베터튼(Thomas Betterton), 데이비드 게릭, 켐블(John Philip Kemble), 찰스 킨 등 명배우들이 테이트 무대에서 리어 왕 역을 맡았다. 새뮤얼 존슨이 그 무대를 칭찬했다. 윌리엄 해즐릿(William Hazlitt)과 찰스 램의 반론에 자극을 받은 킨은 1823년 원작의 비극적 결말을 복원했고, 1838년 매크리디의 원작 중심 공연으로 셰익스피어는 완전히 복원되었다.

　복원 운동의 선구자 윌리엄 포엘(William Poel, 1852~1934)은 영국의 배우요 연출가였다. 그는 1873년 어빙의 무대에 실망하면서 셰익스피어 개작 공연의 근본적인 오류를 지적하고 복원의 필요성을 주장했다. 그는 1876년 스물네 살 때 찰스 매튜(Charles James Mathews) 극단에 입단했다. 1879년, 그는 셰익스피어 전문 극단 '엘리자베스 사람들'을 창단했다. 1881년 그가 햄릿 역으로 출연한 제1쿼토판 〈햄릿〉은 장치도 음악도 없이 아마추어 연기인들로 구성된 무대였지만 셰익스피어 원작 공연을 지향한 첫 무대의 의미가 있었다.

　포엘은 이후 올드빅의 전신인 로열 빅토리아 홀의 매니저로 일하다가 1884년 벤슨(F.R. Benson)의 무대감독이 되었다. 1887년에는 런던대학이 설립한 '셰익스피어 낭독협회' 강사직을 맡아 10년간 그 직책을 유지했으며, 강사 시절 그는 셰익스피어 대사를 빠른 속도로 유창하게 읽는 법을 가르쳤다. 그 요령은 작중인물의 성격을 악기에 비유하고, 키워드에 중점을 두고 낭독하는 일이었다. 그는 '보는 무대'가 아니라 '듣는 무대'의 창조에 온 힘을 기울였다. 그의 주장은 '엘리자베스 시대 연극은 본질적으로 낭독연극'이라는 것이다. 포엘은 의상과 조명에는 각별히 신경을 쓰면서도 장식적인 무대장치를 배제하면서 그림틀 무대 대신에 무대와 관객의 친밀성을 강조하는 플랫폼 무대를 사용했다. 연극 문화

운동의 중심지였던 런던의 로열티극장에서 1893년 무대에 올린 포엘의 셰익스피어 원작 무대 〈자에는 자로〉는 1891년 그레인(T.J. Grein)의 〈유령〉(입센 작)과 함께 영국 극장사의 역사적 사건이 되었다.

포엘은 놀랍게도 이 공연에서 엘리자베스 시대의 포천극장을 로열티극장에 재현했다. 프로시니엄 아치 무대 앞에 '에이프론(apron)'을 확장하고 '안무대'를 설치하고, 그 위로 '발코니'를 구축했다. 관객들이 엘리자베스 시대 의상을 걸치고 무대에서 객석을 바라본 것은 옛 관객을 재현한 것이었다. 평론가 아처(William Archer)는 "엘리자베스 시대 사람들 귀에는 들릴지 모르지만 우리 귀에는 들리지 않는다"[3]라고 혹평했지만, 버나드 쇼는 "런던에서 공연된 다른 어떤 공연보다도 가장 셰익스피어답다"[4]고 포엘을 격찬했다. 포엘은 1890년 독일 뮌헨에서 사빗(Savit)의 〈리어 왕〉 공연을 본 적이 있다. 이 공연은 엘리자베스 시대의 무대를 재현한 공연이었다. 이 공연이 그에게 큰 자극이 되었다.

〈자에는 자로〉 공연으로 인해 그는 엘리자베스 무대협회(1895~1905)를 만들게 되었고, 이 단체를 통해서 고스(Edmund Gosse), 골란츠(Israel Gollancz), 리(Sidney Lee), 워클리(A. B. Walkley) 등의 거물급 후원자의 동참을 얻게 되었다. 이후 그는 무대 공연, 강연, 저술 활동을 지속했는데 그랜빌바커는 그의 영향을 받고 공연과 저술 활동[5]을 펼치면서 셰익스피

---

3 Moore, Edward M., "William Poel", *Shakespeare Quarterly*, New York: The Shakespeare American Society, INC., 1972(winter), p.29.

4 Ibid., p.26.

5 Granville-Barker, Harley, *Preface to Hamlet*, New York: Hill and Wang, INC.,1957. 그랜빌바커는 *Prefaces to Shakespeare*라는 제목으로 1527년부터 1546

어 공연의 획기적인 발전을 도모하게 되었다.

1912년에서 1914년까지 배우와 극작가로 활동했던 그랜빌바커는 포엘 무대에 리처드 2세 역으로 출연했고, 포엘이 맥베스 역을 맡았을 때 맥베스 부인 역을 맡았던 여배우 릴라 매카시와 결혼했다. 포엘은 1895년 〈십이야〉와 1901년 〈에브리맨〉 공연으로 계속 명성을 얻으면서 셰익스피어 동시대 극작가들인 말로, 플레처, 존슨, 미들턴의 작품을 무대에 올렸다. 그의 실험적이며 계몽적인 공연 활동은 1905년 〈로미오와 줄리엣〉 공연을 끝으로 막을 내렸다. 이 공연은 극장 무대를 피하고 홀, 강의실, 마당 등에서 진행되었다. 셰익스피어 연극은 낭독 중심이고, '비사실적 무대'이며, '장치가 없는' 연극이라는 그의 연극론은 그의 저서 『셰익스피어와 극장』(1913)에서 구체적으로 해명되고 있다.

엘리자베스 무대협회는 1905년까지 계속되었다. 1898년 공연된 〈베니스의 상인〉은 포엘이 샤일록 역을 맡으면서 어빙의 해석을 정면으로 반박하는 무대가 되었다. 1914년 〈햄릿〉이 다시 공연되고, 1919년 공연된 〈트로일러스와 크레시다〉는 드라이든의 각색 작품을 제외하면 셰익스피어 이래로 단 한 번 공연된 기념비적인 무대가 되었다. 〈햄릿〉은 "셰익스피어 시대의 관객이 본 대로 재현하는 무대"[6]였다. 1929년 그는 작위 수여를 거절했다. "엘리자베스 시대 표현방식에 찬성하지 않는 연극계 인사들의 긴 인명록에 내 이름이 추가되는 것은 상상할 수 없는 일입니다"라는 것이 수락 거부 이유였다. 포엘은 여든 살 나이에도(1931) 〈코

까지 6권의 책을 출간했다.

6 Moore, Edmund M, Ibid., p.26.

리올레이너스〉를 무대에 올리는 놀라운 기력을 발휘했다.

포엘이 뿌린 씨앗은 영국 극단에 널리 퍼졌다. 1920년부터 1925년까지 올드빅의 책임자였던 로버트 앳킨즈(Robert Atkins)는 과거 포엘 무대의 무대감독이었으며 배우였다. 그를 통해 포엘이 널리 알려졌다. 해마다 개최되는 스트랫퍼드 기념극장 셰익스피어 축제 행사의 책임자는 1919년 그랭크 벤슨에서 브리지스 애덤스(Bridges Adams)로 바뀌었다. 그는 과거 포엘, 그랜빌바커 등과 함께 무대 배우로 활동했었다. 뉴젠트 몽크(Nugent Monck)도 과거 포엘의 무대감독이요 배우였다. 그는 포엘의 연극 이념을 이어가면서 매더마켓극장(Maddermarket Theatre)에서 활동했다. 1908년 영국 대중연극에 맞서서 엘리자베스 시대의 명작 공연을 목적으로 '케임브리지대학 말로 협회'가 설립되었다. 창립회원들은 이 모임의 이념과 활동 방향을 포엘에서 얻어왔다. 2차 세계대전이 끝날 때까지 셰익스피어 언어를 중시하는 공연을 계속한 이 단체에서 명배우 레드그레이브가 탄생하고, 1960년 스트랫퍼드 극장의 연출가 피터 홀(Peter Hall)이 신성(新星)처럼 나타났으며, 존 바턴(John Barton)은 그의 조연출이 되어 두각을 나타냈다.

1968년에는 트레버 넌(Trevor Nunn)이 피터 홀의 후계자가 되었다. 1930년대, 존 길거드, 로렌스 올리비에, 페기 애시크로프트(Peggy Ash-croft), 타이런 거스리(Tyrone Guthrie) 등은 새로운 셰익스피어극을 보여주었는데 이들은 그랜빌바커의 전통을 이어받은 세대들이다. 모틀리(Motley) 무대 디자인 그룹도 예외는 아니었다. 모틀리의 전통은 글렌 바이엄 쇼(Glen Byam Shaw)에 의해 스트랫퍼드에 뿌리를 내렸다. 그는 길거드 주연 〈햄릿〉에서 레어티즈 역으로 무대에 오르다가 1952~1959년 셰익스

피어기념극장 공동 연출가로 활약했는데 포엘의 연극 이념을 계승하고
있었다. 피터 브룩은 바이엄 쇼의 유동성과 거스리의 기발한 착상을 혼
합하고, 음악과 미술에 치중한 셰익스피어 무대를 창출하면서 포엘의
예맥(藝脈)을 계승했다. 이 모든 사람들과 모든 일들이 놀랍게도 윌리엄
포엘의 연극적 유산이었다.

셰익스피어와 성서 : 〈리어 왕〉 격론

4. 피터 브룩과 스즈키 다다시

1811년 찰스 램은 테이트의 개작을 비난하면서도 〈리어 왕〉은 무대에 올리기 힘든 작품이며 리어의 연기는 불가능한 일이라고 말했다. 거의 100년이 지나서 브래들리는 〈리어 왕〉 공연의 어려움을 실토했다.[7] 얀 코트는 〈리어 왕〉은 "오르기 힘든 높은 산"이라고 말했다.[8] 이와 비슷한 의견이 학계와 평론계에서 속출했지만, 그럼에도 불구하고 이 작품은 셰익스피어 시대에서 오늘에 이르기까지 수많은 연출가와 배우들의 야심찬 도전의 대상이 되었다. 〈리어 왕〉을 넘고 가야 명연출가로 평가되고, 이 작품에 출연해야 배우는 명성을 얻을 수 있었다. 그래서 〈리어 왕〉은 연극인의 영원한 선망의 대상이요 목표인데, 이 일은 한국도 예외는 아니다.

7　Bradley, A.C., *Shakespearean Tragedy*, London: Macmillan Co. LTD, 1958, p.199.
8　Kott, Yan, *Shakespeare Our Contemporary*, London: Methuen, 1967, p.100.

리어라는 인물에 대한 성격 규정 자체가 배우들에게는 어려운 난제였다. 1막 첫 장면에서 리어는 어떤 성격으로 연기해야 하는가? 배우는 이 의문에 해답을 주어야 했다. 노쇠해도 여전히 강력한 카리스마를 휘두르는 군주인가, 정신적으로나 육체적으로 기력을 다한 국왕인가? 군주로서의 성격을 부각시켜야 하는가, 아니면 부왕으로서의 성격을 제시해야 하는가? 도입부를 지나 전개부에 나타난 그의 옹고집과 광증의 원인은 무엇인가? 미칠 수밖에 없는 결정적 순간은 언제인가? 제3막의 폭풍우 장면의 연기와 제4막을 지나며 제5막에서 최후를 맞이하는 정감적 상태를 어떻게 연기해야 하나? 이런 연기적 과제가 리어 연기의 어려움이었다.

〈리어 왕〉 무대 작업도 연출가를 괴롭히는 요인이었다. 특히 글로스터에게 가해지는 잔혹 장면 처리가 문제다. 도버 해협 자살 장면 처리도 난제에 속한다. 조연을 맡은 인물의 연기도 추상적으로 할 것인지, 사실적으로 할 것인지 망설여진다. 무대장치를 낭만주의 시대풍으로 호화롭게 웅장하게 할 것인가, 아니면 현대적인 양식화된 추상 무대로 단순화할 것인지도 결정해야 한다. 폭풍우 장면도 중요한 쟁점이 된다. 그랜빌바커가 주장한 대로 폭풍을 의인화하여 리어 왕과 폭풍을 하나로 만드는 경우도 참고해야 한다.

〈리어 왕〉 최초의 공연 기록은 1606년 12월 26일 제임스 1세의 화이트홀 궁정에서의 공연이었다. 그러나 학자들은 이보다 한 해 전 여름에 국왕극단의 글로브극장 공연을 꼽고 있다. 극단의 수석인 리처드 버비지가 30대에 리어 왕 연기를 했다는 것이다. 희극배우 로버트 아민(Robert Armin)이 어릿광대 역을 맡았었다. 테이트의 각색 작품에서는 토머스 베터튼이 리어 왕 역이었다. 1700년부터 1730년까지 런던에서 바턴 부스(Barton Booth), 앤서니 보엠(Anthony Boheme), 제임스 퀸(James Quin)은 전통적이며, 고전적인 연기로 관객의 호응을 얻었다. 게릭이 처음 리어 왕 무대에 선 것은 1742년이었다. 그가 리어 왕 연기로 명성을 떨친 것은 1756년 드루리레인극장 무대였다. 그는 테이트의 대본을 따르면서도 셰익스피어 원래 대사를 많이 추가했다. 딸에게 저주를 퍼부을 때 지팡이를 내던지고 무대 전면으로 나와서 무릎을 꿇고 하늘을 향해 눈알을 굴리면서 연기를 했다고 한다. 게릭의 리어 연기에 이어 코벤트가든에서는 슈프랑거 배리(Spranger Barry)가 등장했다. 그의 우렁찬 목소리, 위엄이 넘치는 몸짓은 게릭을 압도하는 연기였다.

1767년 극작가이며 제작자 조지 콜먼(George Colman)은 코벤트가든 운영에 개입했다. 그는 테이트보다 셰익스피어 원전에 더 충실한 〈리어 왕〉을 1768년 무대에 올렸다. 콜먼은 4막 대부분의 내용을 복원하고 테이트의 사랑 이야기 부분을 삭제했다. 하지만 그의 셰익스피어 각색 작품은 게릭의 위세에 눌려서 큰 힘을 발휘하지 못했다. 켐블, 에드먼드 킨, 바턴 부스 등 명배우들이 테이트의 〈리어 왕〉 무대를 수놓고 있었기 때문이다.

19세기 영국의 명배우이며 제작자였던 매크리디는 1837년 코벤트가든 관장이 되었는데 이듬해 막을 올린 〈리어 왕〉은 원작의 대부분과 어릿광대를 복원한 공연이 되었다. 원작의 완전 복원은 1845년 새뮤얼 펠프스(Samuel Phelps)가 공연한 〈리어 왕〉이다. 매크리디 무대에 여배우 프리실라 호턴(Priscilla Horton)이 어릿광대 역을 맡아서 화제가 되었다. 펠프스의 리어 연기는 존경스런 국왕이 아니라 버림받은 부왕이었다. 그의 리어 왕은 큰 호응을 얻지는 못했지만 셰익스피어에 충실한 텍스트 때문에 호평이었다. 자연주의적인 폭풍 장면의 설정 때문에 관객들은 머리 위로 바람과 천둥번개가 지나가는 것을 느낄 정도였다고 한다.

1892년 헨리 어빙이 리세움극장에서 리어 왕으로 출연했다. 어빙은 글로스터의 눈을 도려내는 잔혹 장면을 위시해서 서브플롯 대부분을 삭제했다. 대부분의 관객들은 어빙의 불분명한 대사 발성에 불만이어서 그의 리어 왕 연기는 실패였다. 주목할 일은 여배우 엘렌 테리가 코델리아 역을 맡고 리어 왕과 상봉하는 장면에서 너무나 인상적이며 감동적인 연기를 했다는 사실이다. 어빙의 무대는 정교하고 웅장한 무대장치 때문에 영국 빅토리아 시대의 셰익스피어 공연을 대표하는 공연이 되었다.

이들 공연과는 전혀 다른 형식의 〈리어 왕〉이 1936년 셰익스피어기념극장에서 시어도어 코미사레브스키(Theodore Komisarjevsky)에 의해 공연되었다. 무대장치는 계단식 구조물로 양식화되었다. 드라마의 무드를 반영하는 형형색색의 조명이 사이클로라마에 투사되었다. 그의 이 같은 무대미술은 비평가의 격찬을 받았다. 다만 계단식 무대 때문에 배우들의 움직임이 여의치 않았다는 것이 문제였다. 아이르턴(Randle Ayrton)이 은퇴 직전 리어 왕 역을 맡고 열연했다. 20세기 초 길거드가 리어 왕으로 올드빅에 나타났다. 그때 나이 25세, 젊은 배우의 노왕 역할은 적절하지 못했다. 그러나 그의 천부적인 소질은 이때 벌써 나타나 있었다. 어느 평론가는 앞으로 20년을 더 살아서 길거드의 연기를 보고 싶다는 말을 했다. 1940년 길거드는 다시 올드빅에서 리어 왕 역을 맡았다. 그것은 그랜빌바커의 원작에 충실한 〈리어 왕〉이었다. 그의 리어 왕은 무기력하고 위엄이 없었지만 극평가들은 그의 연기를 높이 평가했다. 길거드는 1950년 앤서니 퀘일(Anthony Quayle) 연출의 〈리어 왕〉에 다시 출연했는데 이 공연은 그랜빌바커의 영향을 받은 것이었다. 이 공연이 주목받은 일은 명배우 페기 애시크로프트가 코델리아로 출연하고, 배우 앨런 바델(Alan Badel)이 어릿광대 역을 맡은 때문이었다.

어릿광대 역은 〈리어 왕〉 공연의 주관심사에 속한다. 〈리어 왕〉 공연에서는 언제나 리어 왕, 코델리아, 그리고 어릿광대가 거론된다. 그만큼 이 역할의 비중은 크다. 길거드는 1955년 연출가 조지 디바인(George Devine)의 양식화된 무대에 출연해서 '초자연적이며 우주적인 신비성'[9]에 초점을 둔 무대를 펼쳐 보였다. 일본의 조각가 노구치 이사무(Isamu Noguchi)가 무대 디자이너로 기용되었는데 무대장치는 효과를 거두었지만 의상은 초자연적인 기이한 인상을 주어 전체 무대 그림에 어울리지 않았다. 설상가상으로 길거드의 의상은 너무 무거워서 거동이 불편할 정도였다.

1946년, 올드빅 무대에서 로렌스 올리비에가 리어 왕으로 출연해서 관객의 절찬을 받았다. 그의 경쾌하고 유머러스한 리어 왕 연기는 역동적이고 대사는 마술 같다고 평론가의 찬사를 받았다. 알렉 기네스(Alec Guinness)의 어릿광대 역은 이 공연의 하이라이트였다. 1950년대에 성과를 올린 〈리어 왕〉 공연은 마이클 레드그레이브(Michael Redgrave), 오슨 웰스(Orson Welles), 그리고 찰스 로턴(Charles Laughton)의 무대였다. 평론가

---

9 Williamson, Sandra L. Ed. *Shakespearean Criticism*, Vol. 11, New York: Gale Research Inc., 1990. p.3.

들은 레드그레이브의 리어 왕은 국왕의 비극적 성격을 잘 표현했다고 격찬했다. 마리우스 고링(Marius Goring)의 어릿광대도 새로운 해석 때문에 호평이었다. 오슨 웰스의 리어 왕 연기는(1956년 뉴욕 공연에서 연출과 주연을 맡았음) 국왕의 다이너미즘과 페이소스를 적절히 표현한 연기였다. 1959년 바이엄 쇼가 주관하는 셰익스피어기념극장에서 리어 왕을 연기한 로턴은 '산타 할아버지' 같아서 깊이와 장중함을 잃고 있었다는 비판을 받았지만 "리어 왕의 인간적 측면"에 대한 해석이 탁월하다는 평가를 받았다.

가장 큰 논란을 불러일으킨 〈리어 왕〉 공연은 1962년 피터 브룩 연출에 폴 스코필드가 주연을 맡은 로열 셰익스피어 극단 공연이었다. 이 공연의 개념과 준비 과정은 브룩의 조연출을 맡았던 마로위츠(Charles Marowitz)의 「리어 일지(Lear Log)」와 오리온 픽처스(Orion Pictures)가 제작하고 브룩이 직접 감독한 영화 〈리어 왕〉, 그리고 브룩의 인터뷰 및 저서[10]에서 찾아볼 수 있다. 마로위츠는 브룩의 말을 이렇게 전하고 있다. "브룩은 베케트를 통해 셰익스피어를 보는 것이 아니라 셰익스피어를 통해서 베케트를 보고 있다." 이 말은 정곡을 찌르고 있다. 이 한마디로서 셰익스피어의 현대화 작업에서 연출가가 명심해야 되는 키워드는 충분하다고 생각된다. 연출가는 셰익스피어를 통해서 말하고 싶은 철학이 있어야 하고, 그가 말하고 싶은 철학에 따라 그 바탕 위에서 각색이 이

---

10 Brook, Peter, *The Empty Space*, Penguin Books Ltd, Harmondsworth, England, 1979.

루어져야 한다는 것이 나의 변함없는 소신이다. 살아 있는 현실 속에서 고뇌하는 인간의 의미로 다시 태어난 브룩의 〈리어 왕〉은 세계적인 충격의 파동을 일으켰다.

베케트의 차고 혹독한 부조리 철학의 '결핍'과 셰익스피어의 뜨겁고 '풍성'한 극이 충돌해서 발생한 폭발력은 관객의 예상을 뒤엎고 연극에 대한 새로운 의식을 촉발했다. 1963년 브룩은 로열 셰익스피어 극단에서 "잔혹연극 시즌"이라는 연극 실험에서 〈마라/사드〉를 공연했다. 그는 이 공연에서 광기와 정상, 폭력과 비폭력, 혁명과 반혁명, 현실과 극, 언어와 비언어 등의 충돌 상황을 연극으로 실험했다. 아르토적인 마술적 연극과 브레히트적인 지성적 연극의 이질적 요소 간의 충돌과 융합은 20세기 연극의 주류였는데, 브룩은 그 흐름을 대표하는 연출가였다. 나는 브룩 실험정신의 모태가 셰익스피어극의 재창조에서 비롯되었다고 생각한다. 브룩은 그의 저서 『텅 빈 공간』(1968)에서 야성과 신성, 민중성과 제의성, 외부 현실에 대한 도전과 내적 체험 등을 가능케 하는 대립과 조화의 연극을 셰익스피어의 총체적 연극에서 찾을 수 있다고 말했다.

브룩은 과거의 연극을 집요하게 부수고 새로운 연극을 탐구했다. 1966년 베트남전 토론극 〈US〉, 1968년 남근 상징을 무대에 설치하고 재즈 음악과 고고 춤을 도입한 제의적인 해프닝 연극 〈오이디푸스〉, 대사를 깡그리 없앤 마임극 〈폭풍〉(1969), 세상을 꿈과 그네의 음악 속에 도취시킨 〈한여름 밤의 꿈〉(1970), 세계 각국의 배우들을 모아서 이란 고대 페르세폴리스 궁전 폐허의 특설무대에서 아이스킬로스의 〈프로메테우스〉와 칼데론의 〈인생은 꿈〉을 조립한 〈사로잡힌 사람들〉(1971)의 공연, 사하라 사막에서 펼친 〈새들의 회의〉(1976), 고든 크레이그의 병풍을 도입하고 양탄자를 깐 무대장치로 명성을 떨친 〈벚꽃동산〉(1981), 춤과 음악의 극 〈카르멘의 비극〉(1983), 인도 건국신화를 극화한 9시간짜리 〈마하바라타〉(1985) 등이 그의 중요 레퍼토리가 된다.

브룩은 얀 코트의 저서『셰익스피어는 우리들 동시대인』(1965)과 브레히트의 서사극론에서 깊은 감명을 받고 〈리어 왕〉을 만들었다. 브룩의 〈리어 왕〉에서 배우 스코필드가 보여준 기력이 빠진 리어 왕은 바로 말세(末世) 문턱에 서 있는 인간의 모습이었다. 리어 연기는 혼자서 할 수 없다. 떠받쳐주는 조연배우가 있어야 한다. 어릿광대, 고네릴, 리건, 코델리아, 켄트 등이 조연인데 이 가운데서 브룩 작품에서는 이렌 워스 (Irene Worth)의 무섭도록 육감적인 고네릴 연기가 이 역할로 빛을 발산했다. 그녀의 잔혹하고 표독스런 연기와 대사 때문에 관객들은 숨을 죽이고 공포에 떨었다.

트레윈(J.C. Trewin)을 위시해서 평론가들은 브룩의 무대가 주는 충격을 "거칠고 원초적인" 현대인의 공포라고 했는데, 개중에는 버트램 조지프(Bertram Joseph)와 로버트 스페이트(Robert Speaight)의 경우처럼 "진정한 비극적 특성"이 전달되지 못했다는 비판을 받는 경우도 있다. 미국 링컨 센터에서 공연된 피터 브룩의 〈리어 왕〉을 보고 미국의 평론가 해럴드 클러먼(Harold Clurman)은 "허무주의를 표현한 일관성은 인정되지만 셰익스피어의 '거대한 비극의 힘'을 전달하는 일에는 실패했다"[11]고 평했고, 평론가 존 사이먼(John Simon)은 "셰익스피어를 브레히트와 베케트

---

11 Williamson, Sandra L. Ed., op.cit., p.4.

틀 속에 가두어두려고 한다"[12]고 비판했다.

평론가 수잔 손타그(Susan Sontag)는 "지나친 해석과 너무나 많은 생각이 방해가 된"[13] 공연이라고 꼬집었다. 이들의 상반된 갖가지 의견 가운데서도 대부분의 글이 제시한 공통된 견해는 텍스트의 지나친 삭제가 작품을 손상해서 연출가의 입장만 키워주었다는 것이었다. 이들은 제1막 4장의 리어와 그의 기사들의 난동, 글로스터의 눈을 도려내는 잔혹 장면에서 콘월 공작 하인의 동정적 반응 장면의 삭제, 그리고 극 종반에 에드먼드가 참회하면서 코델리아의 처형을 중단시키려는 장면 등이 삭제된 것을 몹시 언짢게 여기고 있었다. 특히 앨프리드 하베이지(Alfred Harbage)는 이런 일이 셰익스피어의 의도를 오독하는 오류에 속한다고 말했다.[14] 윌슨 나이트는 브룩은 "셰익스피어의 위대성을 20세기 틀에 맞추려고 텍스트를 축소했다"[15]라고 비판했다. 프랭크 커모드(Frank Kermode)는 "브룩이 하인의 장면을 생략한 것은 테이트의 해피엔딩을 변명의 여지 없는 결점으로 보는 것과 마찬가지로 동조할 수 없는 일이 된다"[16]고 비판했다. 브룩의 〈리어 왕〉을 보고 충격을 받은 관객은 다시는 〈리어 왕〉을 보고 싶지 않다는 절망감에 빠지기도 했다.

피터 브룩은 셰익스피어 극에 관해서 어떤 생각을 갖고 있었는가? 그

---

12 ibid., p.4.
13 ibid., p.4.
14 ibid., p.4.
15 ibid., p.4.
16 ibid., p.4.

의 저서 『변하는 관점(*The Shifting Point*)』(1987)을 보면 셰익스피어에 대한 그의 입장을 이해할 수 있다. 그는 엘리자베스 시대가 "폭력과 열정, 그리고 시와 불가분 관계"를 맺고 있다고 주장했다. 〈로미오와 줄리엣〉을 연출했을 당시에도 그는 이런 생각에 초점을 두고 작업을 했는데, 그 결과 이 작품은 전통적으로 계승된 달콤하고 비극적인 애정 드라마를 탈피해서 집단적 암투와 충돌, 난폭한 싸움과 죽음, 그리고 음모가 강조된 격렬한 복수 유혈극으로 탈바꿈했다. 그가 주목한 셰익스피어는 인간의 실체와 현실의 복합적 다원성을 냉엄하게 파헤친 잔혹극 작가였다. 브룩은 말했다. "문제는 셰익스피어의 세계관이 아니다. 중요한 것은 실제 현실을 반영하고 있다는 것이다. 셰익스피어가 표현한 현실은 그가 해석한 것이 아니라 그 자체가 실체이다."

브룩은 무대 디자이너 와토(Watteau)와의 작업에서 시각적 스타일의 중요성을 통감했다. 연출가는 작품과의 친화력을 유지하면서 현대인에게 호소력이 있는 이미지를 찾아야 한다고 그는 역설했다. 이미지에 집착하는 현대인을 참작해서 그는 디자인 기능을 강화했다. 이미지의 무대 창출력 발휘는 그의 중요한 지표가 되었다. 그의 연출은 이 때문에 그 전과 확연히 달라졌다. 그는 새로운 연습 방식에 몰두하게 되었다. 그는 말했다. "나 자신 연극에 대한 접근방식이 달라졌다. 독해로부터 시작하던 일이 지금은 육체적인 움직임 연습으로 시작하는 변화를 보인 것이다.

셰익스피어는 사람을 두 가지 측면으로 표현했다고 그는 판단했다. 그 한 가지는 일상생활 눈에 보이는 삶이다. 또 다른 측면은 사상이나 감정 등 내면의 삶이다. 셰익스피어는 인간의 이런 두 가지 면, 즉 얼굴

셰익스피어와 성서 : 〈리어 왕〉 격론

을 보면 마음의 움직임을 알 수 있는 방법으로 독특한 극작술을 개발했다고 그는 생각했다. 말의 리듬, 언어의 선택, 몸짓, 육체적 움직임 등이 하나로 통합되는 의미의 창출은 셰익스피어의 독창적 극작술이라 할 수 있는데, 브룩이 연습 날 역점을 두는 일은 배우들이 셰익스피어의 특이한 시적 전달 구조를 이해해서 시와 산문, 추상과 사실의 고전적인 연극적 큐비즘에 접근하도록 도와주는 일이었다. 그런 다음 배우는 셰익스피어 시극(詩劇)의 정서와 사상과 인물의 성격이 전하는 진실이 무엇인가를 알 수 있도록 도와주었다. 이 일도 서로 떨어져 있는 것이 아니고 "함께 섞이고 짜여져" 있기 때문에 예술가들은 작품의 의미가 살아나서 보이도록 전달 형식을 객관적으로 모색해야 한다고 브룩은 강조했다.

한편 브룩은 재미있는 비유를 들고 있다. 이른바 셰익스피어 석탄(石炭)론이다. 셰익스피어는 과거에 속한 것이 아니고 현재 속에 살아 있는데, 그의 작품이 가치가 있는 것은 지금 이 순간 현재 속에서 가치를 발산하고 있기 때문이라는 것이다. 그의 작품은 석탄과 같다. 우리가 석탄에 관해서 논할 때, 여러 가지 방법이 있을 수 있다. 석탄의 생성, 광물의 분석, 채탄의 역사와 방법, 석탄의 상품적 가치 등…… 그러나 우리들에게 있어서 석탄은 우리가 필요한 열과 에너지, 그리고 빛을 얻고 소멸되는 그 기간 동안만 유효하다. 셰익스피어가 바로 그렇다는 것이다. 셰익스피어는 활성화되지 않은 석탄과 같다는 것이다. 브룩은 석탄에 관한 지식에는 관심이 없다. 그는 추운 겨울날 저녁, 방 안의 난로 속에서 불타며 열을 뿜는 석탄이 필요할 뿐이다. 석탄은 이때 그 진가를 발휘하면서 가치를 지니게 된다. 석탄을 점화하고 타도록 만드는 일이 예술가들이 해야 되는 일이다. 이 따뜻한 석탄의 불과 빛 때문에 은밀한 마음의 구석이 깨어난다.

사람들은 브룩에게 〈한여름 밤의 꿈〉의 주제가 무엇인가라고 묻는다. 이때, 그의 대답은 한결같다. "이 작품 속에는 '사랑'이라는 단어가 되풀이되고 있다. 음악과 구성, 그리고 드라마 속의 모든 것이 이 단어에 귀결된다. 극의 질을 높이기 위해서 끊임없이 배우들에게 요청하는 일은 꿈같은 사랑의 분위기를 만들어달라는 것이다. 이 작품은 사랑의 형식을 보여주고 있다. 사랑의 연극이기 때문에 갈등이 있어야 한다. 사랑의 연극이기 때문에 사랑과 그 반대의 힘이 있어야 한다. 우리는 사랑, 자유, 그리고 상상력이 서로 밀접하게 연관되어 있는 것을 알게 된다. 사랑의 본질에 관해서도 많은 것을 알게 된다. 사랑의 신비로운 힘은 조화를 만드는 힘이라는 귀중한 교훈도 가르치고 있다."

브룩의 〈리어 왕〉 이후 명성을 떨친 공연이 영국과 미국에서 계속되었다. 모리스 카노브스키(Morris Carnovsky), 도널드 신덴(Donald Sinden), 그리고 에릭 포터(Eric Porter) 등이 무대에 올린 〈리어 왕〉은 높은 점수를 받았다. 카노브스키는 1963년 미국 셰익스피어 축제(스트랫퍼드, 코네티컷)에서 보여준 리어 연기로 관객들의 열렬한 박수갈채를 받으며 20세기 미국 최고의 리어라는 평가를 받았다. 카노브스키는 피터 샌더(Peter Sander)와의 인터뷰[17]에서 리어 왕 연기에 관한 얘기를 공개했다. 그는

---

17 MacManaway, James G. Ed. *Shakespeare Quarterly*, New York: The Shakespeare Association of America, Inc., 1977 (spring) vol.28, No.2, pp.144~150.

이 연극에서 효심을 묻는 알현 장면이 리어 왕 비극의 시작이고, 그 이후 전개되는 드라마는 그 결과에 지나지 않기 때문에 그 초반 장면의 연기는 〈리어 왕〉 성패의 사활이 걸린 순간이라고 말했다. 코델리아의 답변을 듣고 분노를 참다가 마지막 순간에 폭발하는 시간의 조절이 중요하다고 그는 덧붙였다. 그는 또한 광증 이후 리어의 변신과 코델리아에 대한 사랑의 표현도 대단히 중요한 부분이었다고 말했다.

1976년 트레버 넌이 연출한 로열 셰익스피어 컴퍼니의 〈리어 왕〉은 신덴의 연기로 높은 평가를 받았다. 평론가 베네딕트 나이팅게일은 "늙어서 버르장머리 없는 아이처럼 겁을 먹고, 욕망과 분노에 사로잡히면서도 애정을 담뿍 지니고 있는"[18] 리어 왕의 성격을 감동적으로 표현했다고 평했다. 에릭 포터는 1968년 RSC 극단이 공연한 트레버 넌 연출의 〈리어 왕〉에서 주인공으로 등장한 후, 1989년 조너선 밀러(Jonathan Miller)가 연출한 올드빅의 〈리어 왕〉 무대에 다시 출연했다. 밀러의 연출은 글로스터의 잔혹 장면을 관객들이 볼 수 없도록 무대 뒤에서 처리해서 비극적 강도가 약화된 무대였지만 포터는 리어 왕 연기에 완벽한 연기술을 발휘했다.

1994년 11월 제1회 베세토연극제가 서울에서 개최되었을 때, 일본의 극단 SCOT가 스즈키 다다시 연출로 〈리어 왕〉을 무대에 올렸다. 이 작품은 연출가가 새로 번안하고 구성한 것이었다. 나는 일본어 대본이 우리말로 어떻게 번역되었는지 검토하면서 깜짝 놀랐다. 상당 부분이 축

---

18 Williamson, Sandra L. Ed., op.cit., p.4.

소되었는데 대사보다는 신체 움직임에 역점을 둔 일본 전통극에 접합시킨 〈리어 왕〉이었다. 전위적이면서도 보수적인 기이한 〈리어 왕〉이었다. 놀라운 것은 대담하게 번안되었음에도 셰익스피어 〈리어 왕〉의 본질을 손상시키지 않고 있다는 점이었다. 일본의 한 평론가는 스즈키의 〈리어 왕〉은 "버림받은 고독한 노인의 환상"을 표출하고 있다고 말했다. 원작의 주제에 충실했다는 견해였다.

스즈키가 〈리어 왕〉을 번안한 이유를 그 당시는 정확히 알 수 없었는데, 후에 그의 저서 『연극이란 무엇인가?』(1988)와 대담집 『극적 언어』(1999)를 읽고 난 후, 일본 도가(利賀)와 시즈오카(靜岡) 극장에서 그와 대화를 나누는 가운데 나는 그의 입장과 방법이 무엇인지 조금은 이해하게 되었다. 스즈키는 배우의 연기에 관해서 오랜 기간 연구해왔는데, 그의 연기론 저변에는 그가 고집하는 철학이 있었다. 그는 베르그송의 『시간과 자유』에 심취하면서 메를로퐁티의 저서 『지각의 현상학』이 개진(開陳)하는 신체론에서 많은 것을 배웠다고 실토했다. 그는 "인간이라든가, 사회라든가, 문화 등의 문제를 생각할 때, 연극과 철학이 큰 축을 이루고 있다"고 믿었다. 스즈키 무대의 관극 포인트는 '스즈키 메소드' 연기술이었다. 걸어가는 법, 앉아 있는 자세, 발성법, 신체의 여러 가지 움직임에서 보여주고 있는 '스즈키 메소드'를 이해하기 위해서는 다음의 말을 경청해야 한다.

일본 연극의 역사성과 일본 사회의 특수성을 감안해서 연출하지 않으면 외국 작품은 연극으로 성립될 수 없습니다. 이것이 번역극 공연의 어려운 점인데, 이 점을 귀찮게 여기면 체호프의 경우 러시아인을 초대해서 공연하든가, 러시아에 가서 러시아 말로 하는 체호프를 보면 될 것입니다. 일본에는 '노'나 '가부키' 등 연극의 역사가 있고, 일본인 특유의 생활이 있기 때문에 19세기적인 러시아 연극의 인습을 답습해도 전달이 되지 않습니다. 내 연출은 언제나 이런 나의 생각을 확실하게 전하고 싶었습니다. 그렇다고 해서 무대의 모든 상황을 일본화하려는 것은 아닙니다. 등장인물의 이름을 일본 이름으로 하거나, 극적 상황을 일본의 환경 속에 담으려는 연출도 있습니다만 이런 일은 단순한 치환(置換)이기에 부질없는 일입니다. 중요한 것은 외국을 일본으로 만드는 것이 아니라, 외국의 작가를 일본의 연극인이 어떻게 읽고, 그 결과를 어떻게 접하게 하는가라는 문제가 됩니다.

이 말은 〈리어 왕〉 번안의 원리를 잘 설명하고 있다. 그는 계속해서 말하고 있다.

무대를 만드는 일은 극작가의 희곡을 상연하는 것이 아니라, 표현의 동기라든가, 표현의 계기를 희곡에서 얻어 와서 몇월 며칠 몇 시 몇 분에 모 연출과 모 연기자가 속임수 공간을 성립시키는 일입니다. 관객은 희곡을 보러 가는 것이 아니라, 그 공간을 보러 가는 것입니다.

일본 연극 전문지 『데아트로』 1991년 3월호에서 스즈키 다다시의 〈맥베스〉에 관한 좌담회가 열렸다. 이 자리에 참석한 일본의 평론가들 가운데 한 사람이 정곡을 찌르는 다음과 같은 발언을 했다.

〈맥베스〉라는 원작을 문제 삼을 때, 스즈키의 〈맥베스〉는 셰익스피어의 〈맥베스〉가 아닙니다. 셰익스피어의 〈맥베스〉가 아니라 스즈키 다다시가 해석한 〈맥베스〉의 한 가지 형상에 지나지 않습니다. 스즈키는 이미지로 승부하는 듯한데, 그 이미지라는 것도 흐트러지고 단편화되어 드라마로서의 연결성이 없습니다. 그래도 이 일은 아주 훌륭합니다. 스즈키의 이미지 구사는 '투모로우 스피치'의 처리에서 빛났습니다. 배우가 혼자서 히죽히죽 웃으면서 구슬프게 식사하는 와중에 그 대사를 하는 것입니다. 아주 감동적이었어요. 그런 이미지는 재미있습니다. 그러나 〈맥베스〉라는 드라마 전체의 의미를 현대인의 자폐증적인 케이스 스터디로 단편적으로 왜소화시킨 감이 있습니다.

또 다른 평론가는 이렇게 말했다.

스즈키의 〈맥베스〉는 정신질환자의 케이스 스터디로 만든 드라마인데, 스즈키는 맥베스가 어떻게 해서 맥베스로 되어버렸는가. 말하자면 어째서 그런 행동을 일으켜서 망해버렸는가라는 과정의 드라마를 만들고 있습니다.

이런 견해는 스즈키의 〈맥베스〉를 이해하는 데 도움을 준다. "스즈키는 자폐증에 걸린 현대인의 병리(病理)를 파헤치고 있다"는 주장도 설득력이 있다. 〈맥베스〉 무대에서 식사 중에 죽은 망령이 보이는 장면은 스즈키가 원작에 충실했는데, 이 부분이 바로 자폐증에 걸린 환자의 전형적인 장면으로 설명되었다. 평론가 중 한 사람은 〈맥베스〉가 〈리어 왕〉만큼 원작에 충실하지 않았다고 말하고 있다. 그리고 이 작품은 스즈키

판 베케트라는 의견도 나왔다.

베케트는 언어가 인간의 정신을 소외시킨다고 말하고 있습니다. 그래서 무대 위에 배우를 등장시키지 않는 상황까지 갔습니다. 여기서부터 스즈키 나름대로의 접근방식이 시작됩니다. 이런 면을 이해하지 못하고, 저것이 셰익스피어라고 말하면 크게 잘못 보는 일이 됩니다.

문제는 대본 구성이 스즈키 다다시라고 했을 때, 스즈키는 작가냐 연출가이냐, 아니면 작가와 연출가를 겸하고 있느냐라는 문제에 봉착하게 된다. 나는 셰익스피어에 관한 한 번역자는 분명해야 하며, 번역자나 또는 셰익스피어 전문가가 나서는 드라마트루그의 자리는 필수적이라고 말한 적이 있다. 물론 스즈키의 경우는 대본의 역자를 밝히고는 있지만, 연출가가 작가나 번역자의 대리역할을 할 수는 없다고 생각한다. 확실한 대본이 있고, 그 대본을 토대로 해서 연출가가 연출 대본을 만드는 일은 자유요, 그것은 순리요, 정석이다. 그래도 스즈키는 자신만의 분명한 테마를 갖고 일관되게 셰익스피어에 도전하고 있다는 것이 예술가다운 점이고, 그런 이유로 세계적인 화제가 되고 있다.

5. 〈리어 왕〉 공연의 한국적 상황

우리나라 〈리어 왕〉 공연에서 인상 깊었던 무대는 드라마센터서 공연한 안민수 연출의 〈리어 왕〉(1973)이다. 그의 무대는 당시 연극인들에게 신선한 충격을 안겨주었다. 드라마센터 돌출무대서 잔혹극 바람이 객석에 휘몰아쳤다. 폭풍 장면에서 강철판이 진동하면서 바람과 천둥소리를 내는 기발한 장치와 글로스터의 눈알을 적출하는 냉혹한 장면은 지금도 눈에 선하다. 당시 해외유학파 연극인들은 오도(誤導)된 사실주의 연극을 개혁하는 열의로 뭉쳐 있었다. 연출가 안민수, 유덕형, 오태석 등이 그 집단 속에 있었다. 이 가운데서도 안민수는 이들 중심에 있었고, 유덕형은 전문 분야인 조명을 맡으면서 무대를 관장했다. 안민수는 계속해서 오태석의 〈태〉(1974) 연출로 연극계를 깜짝 놀라게 했고, 안민수는 1975년의 〈보이체크〉에 이어 〈햄릿〉을 개작한 〈하멸태자〉(1976)로 8일간 11회 공연에 당시로는 놀랍게도 관객 5036명을 동원하고, 1977년 6월 15일부터 23일까지 구미 지역 순회공연에 나서기도

세익스피어와 성서 : 〈리어 왕〉 격론

했다. 구미 16개 도시에서 총 48회 공연에 관객 8만여 명을 동원했다. 안민수는 이후 학교 행정일과 신병으로 연출 작업을 중단했다. 아쉬운 일이었다.

1920년대 우리나라에서 처음으로 셰익스피어 작품이 소개된 이래로 30년대 식민치하 일본에서 유입된 공연의 모방 시대를 지나 해방 후의 혼란기와 전란을 겪으면서 신협을 통한 셰익스피어 공연이 명맥을 유지하다가 1964년 '셰익스피어 탄생 400주년 기념공연'을 계기로 셰익스피어 공연의 붐이 형성되었다. 이 축전에 대한 평론가 여석기의 글을 보면 당시 상황을 알 수 있다.[19] 실험극장은 〈리어 왕〉(최정우 역)을 허규 연출로 무대에 올렸다. 〈오셀로〉, 〈리어 왕〉, 〈안토니와 클레오파트라〉는 대작일 뿐 아니라 셰익스피어 작품 가운데서도 무대 공연이 힘든 작품에 속한다. 셰익스피어를 해낼 수 있는 연기자를 확보하기 힘든 상황에서 연출자가 무모하게 뛰어드는 일은 개탄할 일이었다고 여석기는 지적하고 있다. 그는 〈리어 왕〉 공연에 대해서 "앙상블도 짜이고 모두가 열연하고 있었지만 작품의 거창함에 눌려 허덕거리는 듯한 감을 금할 수 없었다"라고 말했다.

그가 여타 셰익스피어 공연에 대해서 논평한 글은 1960년대 우리나라 셰익스피어 공연의 자화상이다. 셰익스피어 공연에 관한 한 현재 우리의 상황은 이보다 훨씬 나아졌다고 볼 수는 없다. 몇몇 극단의 사례를 보면 외견상 많이 달라진 인상을 주지만 실제로는 그것이 기형적인 변화라는 것을 알 수 있다. '기형적'이라는 것은 원작에 대한 무원칙한

---

19 여석기, 『한국연극의 현실』, 서울: 동화출판공사, 1974, 195~196쪽.

졸속 개작이 초래한 비정상을 말한다. 한상철은 「셰익스피어 공연의 문제점」[20]에서 다음과 같이 논평했다.

셰익스피어를 우리나라에서 공연하는 데는 여러 가지 중요한 문제점이 있어왔고, 그것은 아직도 이렇다 할 해결의 묘를 얻지 못하고 있는 실정이다. 가장 지적되는 것의 하나는 번역의 문제이다. 언어의 조직과 생리가 전혀 다른 엘리자베스조 시대의 영어를, 그것도 특히 운문을 어떻게 우리말로 옮기느냐 하는 문제이다. 우리나라에서 나온 번역들은 대개 운문을 무시하고 있는데 그것은 희곡 대사를 우리말식의 운문으로 옮기기가 거의 불가능하기 때문이다. 그러나 리듬과 템포가 생명인 대사가 그것이 무시된 채로 번역되어졌을 때, 내용을 보다 쉽게 읽어서 이해하는 데는 도움이 되지만 무대 위에서 발성되는 대사로서는 치명적일 수 있다. …(중략)… 두 번째 문제점은 편집에 관한 것이다. 우리나라의 경우는 관객에게 흥미가 없는 구절이나 장면은 서슴없이 편집하는데 그 관객의 흥미란 다분히 문학적 흥미거나 순수한 스펙터클로서의 흥미에 기울어지고 있다. …(중략)… 다음은 작품 선정의 문제다. 3~4편의 정해진 희곡만을 늘 공연하고 있다. 흥행 위주 공연 때문에 과객의 연극 감상의 폭과 깊이가 제한되어 있다. 공연 자체의 문제도 상당히 심각하다. 가장 현저하게 나타나는 것이 연출자의 해석의 문제이다. …(중략)… 우리는 이제까지 연출자가 셰익스피어의 새로운 것을 발견한 공연을 별로 보지 못했다. 그저 대동소이한 셰익스피어가 아무 스타일도 없이 공연되는 것을 보았을 뿐이며, 따라서 극단 자체의 자기만족이나 흥행의 성공만을 느낄 뿐 정작

20 한상철, 『현대극의 상황과 한국연극』, 서울, 현대미학사, 2008, 39~41쪽.

셰익스피어에게서는 뭔가 새로운 것은 전혀 느끼지 못해 오고 있었다. 다만 드라마센터의 〈리어 왕〉은 예외로서 주목을 받았지만 연출자의 의식과 미학이 셰익스피어 작품 자체와 얼마나 상접된 내적 논리를 가지고 우리 관객에게 밀착될 수 있었는가는 의문을 남기고 있다. …(중략)… 셰익스피어의 현대적 해석 가능성과 연출 재량의 확대는 셰익스피어를 새롭게 실험해보고 싶은 모험에 항상 가능성을 던져주지만 반면 그러한 시도에 대한 위험 부담이 크다는 것도 동시에 기억되어야 될 것이다.

이 평론은 1970, 80년대 이후 오늘날 우리나라 셰익스피어 공연의 상황을 요약하고 있다. 1983년 한영수교 100주년 기념공연으로 극단 사조가 〈리어 왕〉을 공연했는데, 이해랑의 셰익스피어 연출 열세 번째 무대였다. 이해랑은 1949년 중앙대학에서 〈햄릿〉 연출을 맡은 이래로 신협, 부산대학, 드라마센터, 극단 배우, 중앙아트홀 등에서 〈맥베스〉, 〈줄리어스 시저〉, 〈베니스의 상인〉, 〈로미오와 줄리엣〉, 〈오셀로〉 등의 작품을 연출했다. 다른 작품도 그러하지만 1985년의 〈리어 왕〉도 사실주의에 토대를 두고 있었는데 그의 연극론으로서는 비(非)사실적인 요소가 많은 이 작품의 무대 형상화가 쉽게 해결되지 않아서 고민이었다. 주인공 리어 왕 역은 박근형, 고네릴 역은 김용림, 에드먼드 역은 서인석이 맡았는데 이들의 연기는 호평이었다.

이해랑은 평소 셰익스피어에 대한 불만을 나에게 털어놓았다. 그는 셰익스피어 작품 내용이 논리적 일관성이 없다고 비판했다. 〈리어 왕〉의 경우 이해랑과 내가 논쟁하는 부분은 어릿광대의 역할과 극 종반에서 코델리아와 리어 왕이 만나는 장면이다. 어릿광대는 웃음과 풍자로 리어 왕을 경고하고 각성시키는 일을 해야 하고, 코델리아는 죽음의 장면을 통해 비극적 효과를 최대한도로 성취해야 한다고 나는 역설했다. 연출가 이해랑은 어릿광대의 행위가 일관성이 없고, 코델리아는 중요한 성격이 아니라고 마냥 불만이어서 이 문제는 쉽게 해결되지 않았다. 이해랑의 무대는 셰익스피어극의 특징인 모순과 대립의 충격을 찾아볼 수 없는 단조로운 공연이 되었다. 그러나 이해랑의 무대는 연기 측면에서 중요한 성과를 거두고 있었다. 배우들은 연기술의 연마를 위해 셰익스피어 연극이 수단이 되고, 연출가는 배우들의 연기술 발전을 위해 셰익스피어 극이 필요했다. 이해랑의 〈리어 왕〉은 정통적이며 보수적인 연극이었다. 그는 대사를 살리는 일에 집중했기 때문에 '듣는 셰익스피어'로서는 제격이었다.

김정옥의 〈리어 왕〉은 이색적인 무대였다. 그의 토속적 무대는 한국적 셰익스피어의 가능성에 대한 의미 있는 시도라 할 수 있다. 셰익스피어를 재미있게 볼 수 있는 오락성과 대중성을 고려하고 민족성도 생각해서 음악, 노래, 의상, 줄거리, 언어 등에서 한국 전통예능을 수용해서 재창조한 공연이었다. 그러다 보니 보는 재미는 있는데, 작품의 비극적 밀도가 소멸되고, 장터의 마당극 〈리어 왕〉처럼 형상화되어, 작중 인물 간의 성격적 갈등이나 심원한 비극적 내용이 전달되지 않았다. 그의 연극은 꿈속에서 〈리어 왕〉을 보는 듯한 표현주의적인 연극이었다. 장면 구축이 영화의 '몽타주(montage)' 수법이었고, 기발한 의상과 동작이 탁 터진 열린 공간에서 펼쳐지는 무대였기에 특별한 감흥은 있었다. 김정옥과 함께 1960, 70년대 이후 등장한 연출가 이승규, 김동훈, 무세

중, 김상열, 오태석, 기국서, 권오일, 주요철, 이종훈, 이윤택, 정일성 등의 셰익스피어 공연은 경탄과 놀라움, 실망과 찬사, 반론과 옹호의 다양하고도 착잡한 반응을 일으켰다. 2000년대에 들어서서 언어 중심의 정통적인 공연 대신 작품을 해체하고 번안해서 시각적 요소를 중시하는 재창조 공연이 늘어나기 시작했다. 박일규와 박세환의 〈클럽 하늘〉, 원용오의 〈동방의 햄릿〉, 박재완의 〈루트 21〉(뮤지컬 〈십이야〉), 〈베니스의 상인〉 등 음악과 춤과 노래가 풍성하게 도입된 번안 작품들이 관객의 시선을 끌었다. 이런 작품들은 반문화적 취향을 추구하는 청년문화의 실험적 작품이었다. 오태석의 〈로미와 줄리엣〉, 이윤택의 〈리어 왕〉, 한태숙의 〈오셀로〉와 〈레이디 맥베스〉, 양정웅의 〈한여름 밤의 꿈〉 등은 독창적이고, 기발하고, 의미심장한 실험적 화제작들이어서 높이 평가되었다.

6. 극단 미추의 〈리어 왕〉 공연

극단 미추(美醜)의 〈리어 왕〉은 이병훈 연출에 배삼식 대본으로 공연 되었다. 미술은 박동우, 조명은, 김창기, 작곡은 김철환, 의상은 이유숙 이 맡았다. 연기는 정태화(리어 왕), 최용진(콘월), 서이숙(고네릴), 조정근 (켄트), 황연희(리건), 장항석(알바니), 함건수(버건디, 의사), 김현웅(글로스터), 정나진(에드먼드), 이강미(광대), 조원종(에드거) 등이 담당했다.

연출가 이병훈은 김승현 기자와의 인터뷰에서 〈리어 왕〉 연출의 소 신을 다음과 같이 밝혔다.

〈리어 왕〉에는 전통과 현대의 가치관의 충돌이 격렬하게 드러납니 다. 셰익스피어에서는 이야기가 모든 것을 담고 있으므로 무엇보다도 이것을 전달하는 것이 중요합니다. 최근 국내 무대에 오르는 셰익스 피어 연극이 원작을 지나치게 훼손시켜 내용을 알 수 없게 만든 작품 이 대다수인데 이번 공연에서는 원작을 압축, 우리 언어로 쉽게 바꾸

셰익스피어와 성서 : 〈리어 왕〉 격론

되 원작의 뼈대는 더 견고하게 해 작품의 깊은 의미를 살리고자 했습니다. 그리고 세대 간의 차이를 화려한 색상의 전통의상과 모던한 검정색의 현대의상 등으로 대조시킬 예정입니다. 셰익스피어 극의 특징은 여러 요소들이 혼합되어 있다는 것이지요. 지금의 우리 시대에는 동과 서, 과거와 현재가 뚜렷한 경계 없이 혼재되어 있습니다. 그 혼재되어 있는 지금의 모습을 표현하고 싶었습니다.(2008.8.17)

이병훈 연출의 방침은 온당하다고 본다. 원작의 스토리에 충실하고, 언어를 현대화하고, 동서양의 문화적 차이를 감안하고, 세대 간의 갈등 양상을 부각시키면서 "삶의 허무함, 권력의 무상함, 고통을 통한 깨달음"의 주제를 다양하게 표현한다는 것이다. 문제는 그의 이러한 노력이 대본의 압축과 무대형상화를 통해서 얼마나 성과를 올렸는가 하는 점이다. 다시 말해서 얼마나 셰익스피어에 충실했는가, 그리고 얼마나 우리 시대의 〈리어 왕〉이 되었는가 하는 점이다.

〈리어 왕〉 제1막 제1장은 리어 왕의 궁정 알현 장면이다. 리어 왕이 등장하기 전에 켄트가 등장해서 "왕이 콘월 공작보다 알바니 공작을 총애"한다고 글로스터 백작에게 말한다. 셰익스피어가 다분히 의도적이었던 것은 〈리어 왕〉 드라마의 종결 대사를 알바니 공작의 말로 막을 내리게 한 점이다. 시작과 끝을 알바니가 장식한 셈이다. 극의 구성상 그가 차지하는 비중은 크고, 그가 지닌 '숨은 뜻'은 간과할 수 없다. 켄트의 언급은 알바니와 콘월을 비교하면서 문제를 제기하고 있다. 더욱이나 리어 왕은 고네릴-알바니, 리건-콘월을 일심동체 한 쌍으로 보고 있다. 리어 왕의 처사에 대한 프랑스 왕의 항의와 분노에 대해서 알바니나 콘월은 부부가 함께 아무런 반응도 보이지 않고 있다. "첫 장면에서 왕, 딸들, 켄트, 프랑스와 버건디에 관해서 셰익스피어는 확실한 성격을 규정하고 있는데, 이들 두 공작에 관해서는 아무런 언급이 없다"라는 분석을 시도한 학자는 레오 커쉬바움(Leo Kirshchbaum)[21]이었다. 커쉬바움은 두 공작이 그들의 강성(强性) 부인 때문에 언제나 음지에서 도덕적이며 심리적인 고통과 구속을 받고 있었다고 설명한다. 그러나 콘월의 경우는 그렇지 않다. 그는 때로 아내 리건을 제압할 정도로 공격적이다. 허지만 알바니는 그에 비해서 소극적이요 고네릴에게 종속적이다. 고네릴 집에 가서 모욕당한 리어는 격노하고 있다. 그 장면에 알바니가 등장해서(1.4) "제발 참으십시오."라고 리어를 위로한다. 고네릴에게 저주를 퍼붓는 리어에게 알바니는 자신에게는 죄가 없으며 "무엇 때문에 화가 나셨는지 모른다"고 말한다. 리어의 말을 듣고 알바니는 "당신 편만 들 수 없다"고 고네릴에게 말한다. 이 말에 고네릴은 "제발 좀 가만히 계세요"라고 나무라지만 알바니는 아내의 지나친 행동을 우려하면서 "당신은 일을 하려다가 망친 적이 한두 번이 아니었다"고 경고한다. 그러나, 알바니는 여전히 허약한 남편이다. 아내를 제어할 만한 힘이 없다.

한동안 모습을 안 보였던 알바니는 제4막 제2장에 나타난다. 이 시점은 악의 집단에 의한 잔혹 행위가 끝난 다음이었다. 이 시점에 새로 등장한 알바니는 다른 모습으로 변해 있었다. 그는 콘월과 적대관계가 되

---

21 Kirschbaum, Leo., "Albany", *Shakespeare Survey*(Vol. 13), Cambridge: Cambridge University Press, 1974, p.21.

어 악에 대항해서 적극적으로 움직이는 인간으로 변신한다. 그런데 그동안 알바니는 왜 나타나지 않았는가? 이런 의문이 생긴다. 커쉬바움은 "셰익스피어의 기술(artifice)과 예술(art)이 절묘하게 만난 경우"라고 설명한다.[22] 악의 집단이 공모하고 처리하는 과정에 참여하면 리어와 글로스터에 대해서 그는 도덕적 결단을 내려야 한다. 이 일은 그의 양심에 어긋나서 이들의 처단에 차성할 수 없다. 그런데 반대로 잔혹 행위를 묵인하면 셰익스피어는 알바니를 극 종반에 활용할 수 없다. 반대하면 악의 힘이 흐트러지고, 찬성하면 끝 장면의 기능을 상실한다. 그래서 셰익스피어는 지혜롭게 글로스터 잔혹 장면에서 알바니를 잠적시켰다는 것이다. 허약하고 별 볼 일 없던 알바니가 악의 시련을 겪으면서 깨닫고, 뉘우치고, 강해진 것이다. 제5막 제3장에 등장한 알바니는 드라마의 중심에 자리 잡을 만큼 권위가 붙었다. 그는 고네릴 뿐만 아니라 악의 집단 전체를 제압한다. 그는 에드먼드를 대역죄로 체포한다. 작품 〈리어 왕〉을 마무리 짓는 알바니의 대사를 보자.

두 분의 유해를 운구해 나가시오. 지금 우리가 할 일은 전 국민이 왕을 애도하는 일이오. (켄트와 에드거에게) 나의 두 벗은 이 땅을 통치하고 난국을 수습해주기 바라오.

이렇게 말하는 알바니에게는 지도자의 힘, 자비와 정의가 넘쳐 있다. 그런데, 미추 공연에서는 알바니의 존재가 극의 첫 장면에서 생략되

22　ibid., p.23.

고, 종막에서는 알바니 대신 에드거의 대사와 연기에 중점이 놓인다. 나는 이것이 작품의 '숨은 뜻'을 놓치고 있는 한 가지 경우라 생각되면서도 "세대 간 격차"를 내세운 연출가의 의도 때문이라는 생각도 하게 된다.

등장인물의 나이 설정은 여러 면에서 중요하다. 콘월은 에드먼드의 아버지 될 정도로 나이가 많다. 그보다 훨씬 어린 알바니는 매사 제압하려는 앙칼진 고네릴 성격과 대조적으로 순진해서 처음에는 악의 집단의 음모와 악행을 모르고 있고, 알고 난 다음에도 한동안 우유부단했다.

리어 왕은 알바니를 총애하면서도 언제나 말은 콘월에게 먼저 건다. 리어 왕은 80세 고령이고 딸들은 젊다. 고네릴과 리건은 코델리아보다 나이가 많지만 에드먼드와 불타는 사랑을 나눌 정도로 여인의 매력을 지니고 있다. 작중인물의 연령층은 성격 패턴과 관련되어 분장, 의상, 연기 등에 영향을 미치고, 노령과 젊음, 부모와 자녀, 질서와 반항 등 주제와도 연관된다. 리어 왕 가족의 상호 유사성과 차별성은 성격 창조 작업에서 우선적으로 고려되어야 하는 점이다. 이들은 정신적 상태, 신체적 조건, 의상, 행동 등으로 구별되고 인식될 수 있다. 리어 왕의 사위 알바니와 콘월도 이 모든 점에서 구분된다.

에드거는 알바니를 "고매하고 저명하신 왕자님"(5.3.135)이라고 호칭한다. 에드먼드와 오즈월드는 그를 나약하고 우유부단한 사람으로 보고 있다. 고네릴은 남편 알바니를 "겁쟁이 바보"(4.2.62)라고 야유하면서 그의 힘이 허약한 점을 경멸하고 있다. 그런데 한 가지 중요한 역사적 사실을 지적해야만 되겠다. 〈리어 왕〉이 공연되었던 제임스 왕궁에서 알바니 공작은 바로 제임스 왕의 아들을 지칭하고 있었다는 사실이다. 이 때문에 알바니의 용맹스러운 마지막 장면은 왕자에 대한 송가였다는 해석이 있다. 콘월은 건장하고, 억세고, 다혈질이고, 잔혹한 성격인데 알바니와 대조를 이루고 있다.

알바니 관련 부분은 우리나라 셰익스피어 공연에서 무관심하게 넘어가고 있는데, 미추의 〈리어 왕〉도 예외는 아니었다. 알현 장면에서 리어 왕은 50년 통치한 정상답게 위엄과 권위로 호령하는 기세가 표현되어야 한다. 서두의 알현 장면에서 근위병들의 위압적인 동작은 리어 왕의 등장을 돕고 있다. 리어 왕은 이로 인해 무섭게, 그리고 강하게 암시되고 있다. '사랑의 경매' 장면은 리어 왕의 패배와 좌절을 극대화시킨다. 제1막은 사건의 발단이기 때문에 면밀하게 다루어야 한다. 스펙터클로서나 음향으로서나 또한 어떤 기발한 착상으로서나 첫 장면에서 관객을 압도하는 일은 셰익스피어 극의 '약속'이어서 관객을 무대로 집중시키는 효과를 달성해야 한다.

제1막 제1장에서 제시되는 코델리아와 리어 왕의 관계는 리어 왕의 '비극적 결함'을 유발하는 계기가 된다. 미추의 〈리어 왕〉은 극이 시작되자 곧바로 리어 왕의 연설이 시작되고 효심이 평가되고, 어릿광대는 첫 장면에 등장해서 피리를 불고 관객의 시선을 빼앗고 있었다. 어릿광대가 입은 옷은 그렇다 하더라도 머리에 비스듬히 쓴 장난감 모양 왕관은 어릿광대를 인형처럼 장식하고 있었다. 그는 희극적 인물만이 아니다. 리어 왕의 양심을 일깨우며 왕을 미치게도 하고 정상으로 돌아오게 만드는 마술사이다. 지혜와 경고의 기능을 수행하는 철학자이기도 하다. 어릿광대는 경박한 피에로가 아니다. 시종여일하게 장난치는 말썽꾸러기도 아니다. 첫 장면에서부터 종막까지 등장해서 웃고 노는 장면은 원작에 없다. 폭풍 장면이 지나면 어릿광대는 자신의 일이 끝났다고 생각해서 "나는 오정 때 잠자리에 든다"(3.6.83)라는 말을 남기고 완전히 사라진다. 그 이후 어릿광대 자리에 에드거가 들어서고 리어 왕을 돌보게 된다. 그런데 "미친 사람"(에드거)이 "미친 사람"(리어 왕)을 돌보는 상황에서 리어 왕은 점점 더 사나워지고 혼돈에 빠진다. 어릿광대의 말 "오정 때(noon)"는 무엇인가. 그 당시 극장 무대에서 그가 퇴장하는 시간이 "오정 때"라는 해석이 있다. 리어 왕의 무의미한 헛소리에 맞장구치는 별 의미 없는 말이라는 해석도 있다. 어릿광대가 비극 장면에서 물러난다는 해석도 있다. 그의 짧은 인생의 시간이 "오정 때"에 끝난다는 해석도 있다. 잠자리는 그의 무덤이라는 해석도 있다. 리어 왕이 환각의 세계로 빠져들고 있다는 것을 예고하는 언사라는 해석도 있다. 중요한 것은 어릿광대가 이 시점에서 역할을 끝내고 퇴장한다는 사실이다.

코델리아와 리어 왕의 관계는 더욱더 중요하다. 리어 왕의 비극은 영토 분배에서 시작되었다. 그 분배의 책임은 리어 왕에게 있었다. 리어 왕은 코델리아의 효심을 알아보지 못하고 고네릴과 리건의 잔꾀에 넘어갔다. 그는 정신적으로 눈이 멀어 켄트를 추방하고, 코델리아를 내쫓았다. 미추의 리어 왕은 과장된 연기 때문에 경박해 보이고, 딸들은 검은 면사포를 쓰고 있기 때문에 초상난 집 같았다. 병풍이 제시되면서 지도가 되는데, 그 지도는 백지로 보인다. 관객에게 보이는 경우라면 지도가 그려져 있었으면 좋았을 것이고 당시는 양피지였고, 지도의 색은 누르스름한 것이어야 한다. 크기도 커서 종신 중 한 사람이 등장할 때 깃발 들듯이 들고 있다. 왕국의 지도는 중요한 시각적 소품이요 상징적 영상물이다. 궁궐의 모든 눈이 지도에 쏠리고 있다. 왕은 어느 누구에게 어느 영토를 분배할 것인가에 신경과 관심이 집중되고 있다. 지도를 펼쳐놓고 영토를 가르는 왕은 권력의 극점(極點)에 있다. 스코필드가 연기한 리어 왕의 지도는 가죽으로 된 두루마리여서 이 일이 국가 정사(政事)의 일환임을 알렸다. 라인하르트의 〈리어 왕〉은 천장 돔에 그려진 거대한 지도를 지칭했다. 오슨 웰즈의 〈리어 왕〉은 마룻바닥에 펼쳐놓은 지도 위를 거닐면서 영토를 분배했다. 코델리아 때문에 분노가 치밀었을 때, 리어는 지도 위를 성큼성큼 그냥 걸어서 지나가버렸다. 나는 지도가 바닥에 넓게 깔려 있으면 리어 왕 연기 공간이 확대되어 그 지도를 리어 왕이 밟고 지나가거나 왕의 홀(笏)로서 지시하는 일이 가능하다고 생각했다. 충신들이 박수를 치는 일은 어울리지 않았다. 국토 분할과 왕권을 이양하는 의식이 진행되는 상황이기 때문에 궁전에는 시종여일하게 숨 막히는 긴장의 침묵이 흘러야 하며, 리어 왕의 질문 방식은 그 침묵을 깨면서 무겁게 침착하게 천천히 발성되어야 한다고 생각한다. 그러나 미추의 무대는 내 생각대로 진행되지 않았다.

코델리아는 왜 자신의 진실을 솔직하게 털어놓지 않았는가? 연출은 이런 의심을 가져볼 만하다. "코델리아의 태도는 진실에 대한 절대적인 헌신"[23]인가? 이 때문에 자신의 불행을 자초한 것인가? 그녀의 효심 답변은 끊임없는 의문의 꼬리를 남기고 있다. 사건의 발단이요, 비극의 원인이 되는 알현 장면의 디테일은 그래서 중요하다. 리어 왕과 코델리아의 관계를 해명하는 단서가 그 장면에 숨어 있다고 생각하기 때문이다.

---

23 Morris, Ivor, "Cordelia and Lear", *Shakespeare Quarterly*, 1957(spring), p.141.

알현 장면에 입장할 때 리어 왕이 제일 먼저 시선을 보내야 하는 곳이 코델리아라고 나는 생각한다. 아니면 연설을 할 때 의도적으로 코델리아 쪽을 바라보든가, 아니면 의도적으로 시선을 보내지 않든가 해서 자신의 속마음을 숨겨두는 시늉을 해야 한다고 생각한다. 그러기 때문에 코델리아는 고네릴과 리건과는 다른 방향으로 자리를 잡아야 하고, 그 자리는 관객이 리어 왕과 그녀를 동시에 볼 수 있는 위치가 되어야 한다.

리어 왕이 두 딸의 답변을 듣는 동안 코델리아의 방백은 리어 왕의 기대감과는 달리 불안감으로 가득 차 있다. 그녀의 첫 방백은 "아버님을 사랑하지만, 침묵을 지키자"(1.1.64)였고, 두 번째 방백은 "나의 효심은 혀로 다 말할 수 없다"(1.1.80)였다. 리어 왕의 질문에 대한 첫 답변은 "없습니다"(1.1.89)였다. 두 번째 답변도 마찬가지였다. 세 번째 답변은 "자식의 도리로서 효성을 다할 뿐이고, 그 이상도 이하도 아닙니다"(1.1.95)였다. 리어 왕은 다시 말하라고 재촉한다. 코델리아의 다음 답변이 의미심장하다. 브래들리는 그의 저서[24]에서 『리어 왕』 전체 26개 장면에서 코델리아는 오직 4개 장면에만 등장하고 100행 남짓한 대사를 말하는데 어째서 "그토록 개성적이고 기억에 남는" 인물인가라고 자문하고 있다. 아래 대사만 하더라도 너무나 인상적이요 아름답다. 그 언어의 아름다움이 곧 코델리아의 순진무구한 성격의 아름다움이다. 이 대사는 리어 왕의 물음에 "없습니다"를 세 번 반복한 다음에 나온 말이다. 코델리아의 답변은 "없습니다"로 반복되어야지 미추 대본처럼 리

---

24 Bradley, A. C., op.cit., p.263.

어 왕의 물음 "없어?"에 "네, 그렇습니다"로 반복하면 안 된다. 원어로 보면 코델리아의 "nothing"은 리어 왕의 "Nothing will come of nothing"으로 운(韻)을 이어받아 연결된다. 이런 시적 대사의 극성(劇性)을 놓치면 안 된다고 나는 생각한다.

다음에 이어지는 감동적인 대사 때문에 코델리아의 이미지는 계속 사람들 뇌리에 깊이 각인된다.

> 아버님, 아버님은 저를 낳으시고 기르시고 사랑해주셨습니다. 마땅히 그 답례를 올리는 것이 저의 의무입니다. 아버님께 복종하고 아버님을 사랑하며 존경합니다. 언니들이 정말 아버님을 그토록 사랑한다면, 어째서 남편을 얻었단 말입니까? 저도 만약 결혼을 한다면, 아마도 저의 배우자인 주인께서 제 애정과 관심과 의무의 반은 빼앗아갈 것이 틀림없습니다. 저는 절대로 언니들같이 결혼하지 않을 겁니다. 아버님께 효도를 다하기 위해서라면.(1.1.98)

리어 왕이 다시 말해보라고 강요해도 코델리아는 막무가내였다. 리어 왕은 한 번은 희롱당하고, 두 번은 비웃음 당하고, 세 번은 조롱당한 기분이었다. 그를 바라보던 신하들도 같은 느낌이어서 멍하니 천장만 쳐다보고 몸은 굳어 있었다. 코델리아는 꼭 한 번 '아버지(father)'라는 단어를 사용했다. "결혼을 하지 않겠다"는 코델리아의 의지는 아버지에 대한 효성 때문이다. 리어 왕은 이 깊은 뜻을 놓치고 말았다.

코델리아는 냉정하게 이성에 호소하고 있다. 코델리아는 리어가 사태 인식을 제대로 하도록 도움을 주고 잠에서 깨어나기를 바라고 있다. 코델리아는 이른바 부정적 능력을 지닌 성격이다. 마빈 로젠버그[25]는 셰익스피어 작품에서 "부정적 언어인 'nothing'은 30여 회, 'no'는 150회, 'not'은 3백 회 등이며, 'neither', 'nor', 'none', 'ne'er' 등은 1백 회 정도가 되는 것에 반해 긍정적인 언어인 'yes'는 10회 이하, 'yea'나 'aye'는 25회 정도로 미미하다"고 밝혔다.

영국군 진영 장면으로 5막이 시작된다. 프랑스군이 영국 땅에 상륙해서 진격 중이다. 에드먼드는 바쁘다. 그는 사랑과 전쟁을 동시에 치르고 있다. 그는 리건의 애인이 되었다. 이 시점에서 에드먼드의 마성(魔性), 악랄함, 교활함은 더욱더 극심해진다. 에드먼드 진영에 알바니와 고네릴이 등장한다. 고네릴은 전쟁에 패배할망정 사랑하는 에드먼드를 놓치고 싶지 않다고 공언한다. 알바니는 고네릴 때문에 불안하다. 고네릴은 알바니를 무시하고, 에드먼드에 집착한다. 고네릴은 리건을 독살했다. 전쟁이 급박한 상황에 이르렀다. 에드먼드는 "적군을 눈앞에" 두고 "두 자매 모두에게 사랑을 맹세"한다. 두 자매의 분열은 악의 집단의 자멸을 재촉한다.

미추 〈리어 왕〉 대본의 3막 1장은 프랑스 진영 내의 천막 장면인데 본문 대본은 4막 4장이 된다. 미추 대본 3막 2장 영국군 진영은 본문 5막 1장이 된다. 미추 대본 3장 프랑스군과 영국군의 싸움 장면은 본문 5

---

25 Rosenberg, Marvin, *The Masks of King Lear*, Berkely: University of California, 1974, p.69.

막 2장 전쟁 장면이고, 이 장면에서 코델리아와 리어 왕이 등장하고 퇴장한다. 이들 장면을 통해 영불전쟁의 배경이 전달되고 표현되어야 극이 파국으로 치닫는 논리가 성립되는데 미추는 전쟁의 위기를 제대로 전달하지 못하고 있었다. 등장인물의 전투복, 무기, 분장, 조명, 음향 등이 여의치 않았기 때문이고, 눈앞에 안 보이는 전투 장면을 관객이 상상하도록 만들어주는 특별한 무대기술이 없었기 때문이다. 이 때문에 코델리아와 리어 왕이 전투 중에 체포(미추 대본 5.4) 당하는 실감을 느낄 수 없었고, "장교들은 이 포로들을 끌고 가라"(5.3.1)고 명령하는 에드먼드의 긴급한 위기상황을 체감할 수 없었다. 이 장면에서 코델리아의 대사는 중요하다. 그녀는 에드먼드의 험악한 위세를 묵살하면서 리어에게 말한다.

코델리아 최선을 다했음에도 최악의 사태를 맞는 것은 우리가 처음이 아닙니다. 학대 받으신 아버님 생각하면 저는 맥이 풀립니다. 나 혼자라면 찌푸린 운명의 여신과 싸워서 물리쳤을 것입니다. 언니들을 만나보지 않으시렵니까?

리어 아니다, 아니다, 아니다, 아니다! 우리는 감옥으로 가자. 둘이서 새장 속의 새가 되어 노래를 부르자. 네가 나의 축복을 빌어주면 나는 무릎을 꿇고 너의 용서를 구하마. 그렇게 우리는 살아가자. 기도하고 노래하고 옛날얘기를 나누며 금빛 나비를 보고 웃고 지나자.(5.3.4-13)

"끌고 나가라"(5.3.19). 에드먼드는 거칠게 명령한다. 리어는 그의 폭언을 묵살하고 코델리아에게 축복의 말을 전했다. 이런 대사 때문에 극이 주는 감동은 말할 수 없이 고양된다.

> 리어　내 딸 코델리아, 너같이 희생된 제물에 대하여 신들은 향을 피워줄 것이다. 내가 너를 붙잡고 있지 않느냐? 우리를 떼어놓으려는 자는 하늘에서 횃불을 가져와야 할 거다. 횃불로써 여우를 몰아내듯이 우리를 쫓을 수밖에 없을 거야. 눈물을 닦아라. 그들이 우리를 울리기 전에, 그들은 먼저 병에 걸려 썩어 문드러질 거다. 그들이 먼저 굶어 죽을 거다.(5.3.21-25)

리어는 코델리아를 놓아주지 않는다. "내가 너를 붙잡고 있지 않느냐", 이 말에 코델리아는 눈물을 흘린다. 리어는 코델리아를 안고 걸어나간다. 이들의 퇴장에 관해서는 쿼토판이나 폴리오판에는 아무런 지문이 없지만 연출가는 이들의 아름다운 화합의 광경을 무심코 지나치면 안 되고 위 대사(21-25)를 살리는 장면을 안출(案出)해내야 한다. 미추 〈리어 왕〉은 이 장면에서 "코델리아! 손을 잡자. 울지 마라. 나도 울지 않겠다. 자아, 가자. (호위되어 퇴장)"라는 짧은 대사로 끝내버렸다. 아쉬운 일이었다. 나는 이런 대목에 부딪칠 때마다 셰익스피어 개작의 무엄(無嚴)함을 느낀다.

문제는 코델리아 시신을 안고 등장하는 리어 왕의 장면이다(5.3.259). 에드거와 군인들이 그의 주변에 있다. 리어는 울부짖는다.

울어라, 울어라, 울어라! 아, 너희들은 돌 같은 인간들이구나.

코델리아는 리어의 팔에 매달려 축 늘어져 있다. 흰 목덜미에 교수형 밧줄로 조인 자욱이 벌겋게 나 있는 것이 보이면 좋을 것이다. 세 번 울부짖는 소리의 연기를 연출 입장에서 어떻게 처리할 것이냐 하는 일은 중요하다. 소리의 높낮이와 음량과 연기 동작의 변화가 중요하다. 로젠버그는 이 소리를 분류하고 있다.[26] "고통과 신음, 체념과 절망으로 몸을 쥐어짜는 길거드(Gielgud)의 발성, 찢는 듯, 깨지는 듯 고성을 지르는 로턴(Laughton)의 발성, 신음소리로 울부짖는 만치우스(Karl Mantzius)의 발성, 울면서 호소하는 레드그레이브(Redgrave)의 발성, 늑대의 울음소리를 내는 크라우스(Kraus)의 발성, 개처럼 마냥 울어대는 코브(Cobb)의 발성……." 어느 것이 되든 "울어라(Howl)"의 대사는 짐승들이 내는 고통스런 소리를 모방해서 발성하면 좋을 듯하다. 첫 소리("howl")를 내고 리어는 주변을 돌아봐야 한다. 그는 발성의 대상이 필요하다. 알바니를 찾고 있다. 그리고 나서 군인들 사이를 헤치고 가면서 군인들에게 두 번째 소리("howl")를 퍼붓는다.

리어   아 너희는 돌 같은 인간이구나. 내가 너희들의 혀와 눈을
         갖고 있다면, 그것으로 하늘의 지붕을 부숴버렸을 것이다.

주변 군인들은 전쟁으로 지쳐 있다. 그래서 리어에 대해서는 관심

---

26 Posenbeng, Marvin, Ibid, p.312.

이 없다. 리어는 관객 앞으로 나선다. 리어 왕은 코델리아가 살아 있다는 착각에 빠져 있다. 그는 거울을 달라고 한다. "만약에 내 딸의 입김이 거울을 흐리게 하거나 얼룩지게 하면 그건 살아 있다는 증거다."(5.3.263-264) "깃털이 움직인다. 살아 있구나!"(268)라고 순간적으로 착각하지만 결국에는 코델리아의 죽음을 시인한다. "나는 이 애를 구해줄 수 있었는데, 이젠 영원히 죽여버렸어!"(272)라고 말한다. 이후 리어 왕은 켄트를 알아보고 "자네는 켄트 아닌가?"(283) 하면서 두 사람은 재회의 감동을 나누지만 리어는 다시 의식이 몽롱해진다. 리어는 코델리아의 죽음을 확인하고 마지막 대사를 남긴 후 죽는다.

리어   아, 불쌍한 내 딸을 목 졸라 죽이다니! 이제는 생명이 없구
        나, 없어, 없어! 개나 말이나 쥐 같은 것도 생명이 있는데,
        너는 어째서 입김조차 없느냐? 너는 다시는 이 세상에 돌
        아오지 않을 것이다. 결코 돌아오지 않을 것이다! 결코, 결
        코! 부탁이다, 이 단추를 끌러다오, 고맙다. 이게 보이느
        냐? 코델리아를 보라! 보라, 딸의 입술을, 저걸 봐, 저걸
        봐! (죽는다) (5.3)

극단 미추의 〈리어 왕〉 마지막 장면은 각색 때문에 연출의 무대 형상화는 한계가 있었다. 〈리어 왕〉의 5막 3장은 원본을 충실히 반영하는 것이 바람직하다. 리어가 코델리아 시체를 안고 나오는 장면을 보자.

(미추 대본)
리어   아, 잠깐만 기다려라, 코델리아야! 울어라, 울어! 아아, 코

델리아야!

켄트 폐하! 공주님!

알바니 폐하, 폐하께서 살아 계신 지금 왕관과 왕권 그리고 모든 권리와 명예를 폐하께 돌려드립니다.

리어 이 살인자, 반역자들아! 오호호! 내 딸이 죽었다. 사랑스런 내 딸이 목 졸려 죽었어! 잠깐! 이 애가 말을 한다. 입술이 움직였어. 그래, 그래, 네 말은 보드랍고 상냥하고 나직하구나. 잠깐만 기다려, 잠깐만 얘야, 얘야……! 없다, 없다, 없어, 없어! 개도, 말도, 쥐도 생명이 있는데, 왜! 왜 너는 숨을 쉬지 않느냐? 막내야, 너 다시는 돌아오지 않겠지. 결코, 결코, 결코! 가슴이 답답하다. 단추를 풀어다오. 저기 봐라! 이 아이, 입술이, 저 봐, 저, 저기! (리어 죽는다.)

이 장면을 본인이 제시한 원본의 장면과 비교하면 〈리어 왕〉 종결 장면(5.3.259-312)의 시적 대사와 논리적 구성이 미추 대본에서는 절제되고 와해된 것을 알 수 있을 것이다. 〈리어 왕〉 전편에 전개되는 모든 인간의 애환과 사건들은 5막 3장에 귀납되는 과정이다. 이 장면은 〈리어 왕〉의 중심이며 통합(unity)의 축을 형성한다. 미추 대본은 그 중요성을 대충 보아 넘긴 탓으로 드라마의 종장(終章)은 참담한 결과를 낳았다. 〈리어 왕〉 초장과 종장의 중요성을 연출가 포엘도 특히 강조하고 있었다.

영국 배우들이 〈리어 왕〉에서 놓치고 있는 것은 첫 장면에서 코델리아가 부왕과 함께 다정하게 등장해야 된다는 점이다. 그래야 이 연

극의 마지막 장면에서 리어 왕 팔에 안겨 등장하는 코델리아와 균형이 맞게 된다.[27]

어떤 〈리어 왕〉 공연이든 얀 코트의 문제 제기는 항상 염두에 둬야 한다. 그는 말했다. "〈리어 왕〉 주제는 세계의 부패와 몰락이다. 이 작품은 왕국의 분양과 제왕의 은퇴로 시작되는 역사극이다. 그리고 이 작품은 역사극처럼 새로운 왕이 선포되면서 종막을 고한다. 서막과 종막 사이에 내란이 진행된다. 그러나 역사극이나 비극처럼 세계는 다시금 치유(治癒)되지 않는다…… 모든 사람이 죽거나 살해되었다. 12명 등장인물 가운데 반은 선하고 반은 악독했다."

극단 미추의 〈리어 왕〉이 제기한 문제의 상당 부분은 번안에 관한 것이었다. 셰익스피어 작품의 번안은 많은 난제를 내포하고 있다. 이 문제를 다시 생각해보기로 한다.

번안 문제의 요점은 번안하되 셰익스피어의 본질, 말하자면 텍스트의 실체는 엄연히 살아 있어야 한다는 것이다. 이 경우에 필수적인 것은 공연 주체의 공연미학이요, 예술철학이다. 피터 브룩은 셰익스피어 번안 공연의 이정표가 되고, 모델이 된다. 〈로미오와 줄리엣〉 공연을 마치고 그는 이렇게 말했다.[28]

---

27 Williamson, Sandra L. Ed., pp.142~145.
28 Brook, Peter, Skifting Point, p.71.

셰익스피어와 성서 : 〈리어 왕〉 격론

내가 시도한 일은 〈로미오와 줄리엣〉의 통념을 깨는 일이었다. 예쁘고 아름다운 감상적 러브스토리를 부수고 땀내 나는 대중들의 불화, 음모, 흥분, 열정, 그리고 폭력 속으로 돌아가는 일이었다. 베로나 거리의 시와 아름다움을 포착하는 일이었다. 두 연인의 사랑 이야기는 다만 부수적인 사건에 지나지 않는다. …(중략)… 연출가는 대상(對象) 작품과 자신의 친근성을 파악한 후 작품의 이미지를 발견하고 그 이미지를 통해서 현대 관객이 납득할 수 있도록 생동감 넘치는 작품을 창조해야 한다. 이미지를 의식하는 시대에서는 디자인과 연출은 불가분의 관계가 된다. …(중략)… 셰익스피어의 경우 무대 디자인은 내가 직접 한다. 나의 이미지와 무대가 하나가 되기 위해서다. …(중략)… 〈리어 왕〉은 부조리 연극의 좋은 예증이 된다.

아르토, 브레히트, 부조리 연극, 그로토프스키 등 현대연극의 미학에 힘을 얻은 브룩은 셰익스피어가 작품에서 표현한 것을 현대적 기법으로 충실하게 무대 공간에 옮겨놓았다. 그는 셰익스피어 작품의 드라마는 끊임없이 움직이고 무한한 변화를 거듭하고 있다는 아주 평범한 사실에 주목하고 그 특성을 파헤쳐 나갔다. 그 결과 그는 "셰익스피어는 과거의 것이 아니고 현재의 가치"[29]라는 진리를 발견했다. 브룩의 이런 깨달음은 번안 작업의 논리를 구축하는 계기가 되었다.

21세기 중반 부조리극, 해프닝, 정치극, 다큐멘터리극의 바람이 지나고, 80년대와 90년대에 명작 리바이벌 공연이 성행하면서 셰익스피어가 전 세계적으로 붐을 일으키고 있었다. 한편 낭만주의 연극이 뮤지컬

---

29 Brook, Peter, ibid., p.95.

형식으로 공연되면서 〈니콜라스 니클비〉, 〈레 미제라블〉, 〈오페라의 유령〉 등 상업적인 대중적 뮤지컬이 유행하기 시작하자 이에 맞서서 포스트모더니즘 실험극이 등장했다. 포스트모더니즘 연극은 반(反)사실주의 연극에서 잉태되었다. 상징주의 연극은 인간의 내면을 추구하고, 브레히트는 서사극으로 사회개혁을 몽상했지만, 이 일에 대해서도 포스트모더니스트들은 초연하고 무관심했다. 이들의 연극은 미래에 대한 낙관론을 포기했다. 이들은 인류 사회의 진보가 불가능한 것으로 보았다. 이들은 행동의 우발성과 무의미성에 더 많은 관심을 기울였다. 화가 잭슨 폴락, 음악가 존 케이지 등 반(反)예술을 주장한 다다이스트(Dadaists) 집단에는 부조리 작가 베케트를 위시해서 하이너 뮬러, 톰 스토파드, 장 주네, 아리안 므누슈킨, 피터 브룩, 예르지 그로토프스키, 바르바의 오딘 극단 등이 소속되어 있다. 이들은 피터 브룩이 말한 대로 "새로운 연극을 탐구하기 위해 끊임없이 과거의 연극을 파괴"하고 있었는데, 이들은 가능한 한 '기계'를 배제하고, 인간의 '육체'를 표현의 중요 매체로 삼으려고 했다.

그러나 '기계'는 다시 살아났다. 1960년대 이후 무대 스펙터클의 확장은 큰 변화였다. 이 변화의 근저에는 인간과 사회에 관한 인식의 변화가 있었다. 말하자면 '현실'과 '인간'에 관한 사상이 변하면서 연극의 조류가 바뀌고 있었다. 인간 상호 간의 소통 수단은 인쇄 매체로부터 전자 미디어로 바뀌고 있었다. 이 때문에 인간의 감수성에도 변화가 일어났다. 관객은 영상문화에 쉽게 빠져들고, 다초점 환경에 익숙해졌다. 문화적 변화의 속도가 빨라지면서 관객은 고정된 무대장치나 느린 템포의 장면 전환 등 정체된 무대를 참지 못하고, 빠른 템포의 다차원적

현실 인식에 길들여지면서 새로운 영상주의 연극을 갈망하게 되었다.

이런 '현실' 변화에 호응한 것이 전자 전달 수단에 의한 빛과 소리의 무대 표현이다. 영화적 기법, 입체음향, 빛과 춤과 전자음악의 복합기능 등 다매체 무대 형성력이 중시되어 멀티미디어 기술은 새로운 각광을 받게 되었다. 체코의 요세프 스보보다(Josef Svoboda)는 이 일을 선도한 무대미술가였다. 그는 1958년 이후 연출가 알프레드 라도크와 함께 '멀티플 스크린(multiple screen)'의 실험을 감행했다. 1959년 프라하의 국립극장에서 공연된 〈그들의 날〉은 획기적인 멀티미디어 공연이었다. 멀티미디어 무대기술은 계속 검토되고, 심화되고, 확대되면서 새로운 연극의 지평을 열었다.

우리가 주목해야 되는 일은 바로 이것이다. 셰익스피어 공연이 멀티미디어 기법을 이용하면서 새로운 지평이 열리고 있다. 셰익스피어에 적용되는 한국적 전통공연의 방법도 새로운 가능성이다. 셰익스피어 텍스트를 논리 정연하게 번안해서 한국의 전통 예술-굿, 판소리, 인형극, 그림자극, 궁중의례, 탈춤, 마당극이 지니고 있는 해학, 격분, 광기, 충돌의 미학과 적절히 융합될 수 있다면 우리들의 셰익스피어는 지역 문화의 범위를 넘어서 세계 연극의 무대에서 새로운 각광을 받을 수 있을 것이다.

Abbot, E.A., *A Shakespearean Grammar*, London, 1870.

Barker, Deborah E. & Ivo Kamps, *Shakespeare and Gender – A History*, London: Verso Publishing Company. 1995.

Bate, Jonathan, *The Genius of Shakespeare*, New York: Oxford University Press, Inc., 2008.

Beauman, Sally, *The Royal Shakespeare Company*, Oxford: Oxford University Press, 1982.

Bevington, David, ed., *The Complete Works of Shakespeare*, New York: Addison–Wesley Educational Publishers Inc., 1997.

Bloom, Harold ed., *William Shakespeare – Histories & Poems*, Chelsea House Publishers, 1986.

Bradley, A.C., *Shakespearean Tragedy*, London: Macmillan & Co Ltd., 1958.

Bristol, Michael D., *big-time shakespeare*, London: Routledge, 1996.

Brook, Peter, *The Empty Space*, Harmondsworth, England, Penguin Books, 1979.

—————, *The Shifting Point*, New York: Harper & Row, 1987.

—————, *the open door –Thoughts on Acting and Theatre*, New York: Theatre Communication Group Inc., 1995.

—————, *Threads of Time – Recollections*, Washington, D.C., A Cornellia & Michael Bessie Book, Counterpoint, 1998.

Brown, John Russel, *William Shakespeare: Writing for Performance*, New York: St. Martin's Press, 1996.

Bultmann, R.K., *History and Eschatology*, Edinburgh: The University Press, 1956(Iwanami Gendai Sosho).

Burgess, Anthony, *Shakespeare*, London: Vintage, Random House, 2002.

Campbell, Oscar James ed., *A Shakespeare Encyclopaedia*, London: Methuen & Co LTD, 1974.

Campbell, Oscar James & Edward G. Quinn ed., *A Shakespeare Encyclopaedia*, London: Methuen & CO LTD. 1966.

Colton, Garden Q. & Giovanni A. Orlando, *Shakespeare and the Bible*, Santa Monica: Future Technologies, 2015.

Craig, W.J. ed., *The Complete Works of William Shakespeare*, London: Oxford University Press, 1905, 1947.

David, Richard, *Shakespeare in the Theatre*, Cambridge: Cambridge University Press, 1978.

Duncan—Jones, Katherine, *Shakespeare —An Ungentle Life*, London: The Arden Shake-speare, A & C Black Publishers Ltd., 2010.

Dunton—Downer, Leslie & Riding, Alan, *Essential Shakespeare Handbook*, New York: DK Publishing, Inc., 2004.

Eaton, Thomas Ray, *Shakespeare and the Bible*, London: James Blackwood, Paternoster Row, 1858.

Elsom, John, *Is Shakespeare Still Our Contemporary?*, London & New York: Routledge & Kegan Paul. 1989.

Evans, Bertrand, *Shakespeare's Tragic Practice*. Oxford: Oxford University Press, 1970.

Fischlin, Daniel & Fortier Mark, *Adaptation of Shakespeare*, London and New York, Rout-ledge, 2000.

Frye, Northrop, *The Great Code —The Bible amd Literature*, New York: A Harvest Book Harcourt, Inc., 1982.

Furness, Horace Howard, ed., *King Lear*, A New Variorum Edition, New York: Dover Publications, Inc., 1880.

Furness, Horace Howard, *A new Variorum Edition of Shakespeare*, New York: Dover Pub-lications Inc. 1963.

Granville Barker, Harley, *Preface to Hamlet*, New York: Hill and Wang, INC., 1957.

Greenblatt, Stephen, *Will in the World*, New York: W.W. Norton & Company, 2004.

Gurr, Andrew, *The Shakespearean Stage 1574-1642.*, Cambridge: The Cambridge University Press, 1992.

Halliday, F.E., *Shakespeare and His Critics*, London, Gerald Duckworth & Co. Ltd., 1950.

Harbage, Alfred, *A Reader's Guide to William Shakespeare*, New York: Farrar, Straus and Giourx, 1963.

Harris, Laurie Lanzen & Mark W. Scott ed., *"Hamlet" in Shakespearean Criticism*, Vol.1. Detroit, Michigan: Gale Research Company, 1984.

Hodgdon, Barbara ed., *A Companion to Shakespeare and Performance*, Oxford: Blackwell Publishing, 2005.

Holderness, Graham, *The Shakespeare Myth*, Manchester: Manchester University Press. 1988.

Honan, Park, *Shakespeare – A Life*, Oxford: Oxford University Press, 1999, 2012.

Hoy, Cyrus ed., *Hamlet*, A Norton Critical Edition, New York: W.W. Norton & Company. 1963.

Jones, Emrys, *The Origins of Shakespeare*, Oxford: Oxford University Press, 1978.

Knight, G. WIlson, *The Imperial Theme*, London: Methuen & CO LTD, 1979.

──────────────, *The Crown of Life*, London: Methuen & CO LTD, 1977.

Kott, Jan, *Shakespeare Our Contemporary*, New York: 1964.

──────────, *Shakespeare Our Contemporary*, translated by B. Taborski, London: Methuen, 1967.

Levi, Peter, *The Life and Times of William Shakespeare*, New York: Wings Books, 1988.

Long, Michael, *The Unnatural Scene – A Study in Shakespearean Tragedy*, London: Methuen & Co Ltd., 1976.

Marx, Steven, *Shakespeare and The Bible*. tr. by Kazumi Amagata. Originally published in English by Oxford University Press, 2000. Japanese Edition published by The Board of Publications, The United Church of Christ, Tokyo, Japan, 2001.

Milward, Peter, *Shakespeare and Religion*. tr. by Hirosha Yamamoto, Tokyo: Renaissance Books 5, Showa 56.

Mowat, Barbara A. & Paul Werstine, *Shakespeare's Sonnets and Poems*, New York: Simon & Schuster Paperbacks, 2004.

Muir, Kenneth & S. Schoenbaum, *A New Companion to Shakespeare Studies*, Cambridge: The Cambridge University Press, 1980.

Nicoll, Allardyce ed., *Shakespeare Survey*, London: Cambridge University Press, 1956.

New Bible Dictionary, New Japan Bible Publishing Society, Tokyo: 1970.

Onions, C.T., *A Shakespeare Glossary*, Oxford, 1986.

Papp, Joseph & Elizabeth Kirkland, *Shakespeare Alive!*, New York: Bantam Books, 1988.

Parsons, Keith, *Shakespeare in Performance*, London: Salamander Books, 2000.

Peterson, Eugene H., *The Message – The Bible in Contemporary Language*(한국어판, 복 있는 사람 간행, 2002).

Rosenberg David & Harold Bloom, *The Book of J*, New York: Grove Press, 1990.

Rosenberg, Marvin, *The Masks of King Lear*, Berkeley: University of California Press, 1974.

Rowse, A.L. ed., *The Annotated Shakespeare*, New York: Clarkson N. Potter, Inc., 1978.

Shaheen, Naseeb, *Biblical References in Shakespeare's Plays*, Newark: University of Delaware Press, 1999, 2011.

Shakespeare Quarterly, Published by the Folger Shakespeare Library, 1981.

Shakespeare Survey 39, Cambridge: Cambridge University Press, 1987.

Shaughnessy, Robert ed., *Shakespeare on Film*, New York: St. Martin's Press, 1998.

Spevack, Marvin, *The Harvard Concordance TO Shakespeare*, Part 1, Part 2. Cambridge, Massachusetts: George Olms, Hildesheim. 1969, 1970, Marvin Spevack 1982.

Spurgeon, Caroline F.E., *Shakespeare's Imagery and What IT Tells*, Cambridge: The Cambridge University Press, 1971.

Stoll, Elmer Edgar, *Art and Artifice in Shakespeare*, London: Cambridge University Press, 1933: New York: Barnes & Noble, Inc., 1962.

Styan, J.L., *Shakespeare's Stagecraft*, Cambridge: Cambridge University Press. 1971.

Tillyard, E.M.W., *The Elizabethan World Picture*, London: Chatto & Windus, 1943; New York: The Macmillan Company, 1944.

The Geneva Bible, 1560.

The Riverside Shakespeare, New York: Houghton Mifflin, 1974.

Weir, Alison, *The Life of Elizabeth I*, New York: Ballantine Books, 1998.

Wells, Stanley ed., *The Cambridge Companion to Shakespeare Studies*, Cambridge, Cambridge University Press, 1986.

Wilson, J. Dover, *What Happens in "Hamlet"*, New York: The Macmillan Company; London: Cambridge University Press, 1935; 3rd ed., New York and London: Cambridge University Press, 1951.

──────────, *The Tragedy of Hamlet, Prince of Denmark*, Cambridge: The University Press, 1948.

Yates, Francis A., *The Art of Memory*, Chicago: The University of Chicago Press; London: Routledge and Kegan Paul Ltd, 1966.

──────────, *Theatre of the World*, London: Routledge & Kegan Paul, 1969.

──────────, *Astraea -The Imperial Theme in the Sixteenth Century*, London: Routledge & Kegan Paul. 1975.

──────────, *The Occult Philosophy in The Elizabethan Age*, London: Routledge & Kegan Paul. 1979.

셰익스피어, 『셰익스피어 4대 비극』, 이태주 역, 범우사, 2007.

──────, 『셰익스피어 4대 비극』, 이태주 역, 푸른사상사, 2021.

──────, 『셰익스피어 4대 희극』, 이태주 역, 푸른사상사, 2021.

──────, 『셰익스피어 4대 사극』, 이태주 역, 푸른사상사, 2021.

이경식, 『셰익스피어 본문비평』, 범한서적주식회사, 1997.

이태주, 『이웃사람 셰익스피어』, 범우사, 2007.

조성식, 『셰익스피어 구문론 (I,II)』, 해누리, 2007.

찾아보기

셰익스피어와 성서 : 〈리어 왕〉 격론

셰익스피어와 성서 : 〈리어 왕〉 격론